DESEO

AF274446

MAUREEN CHILD

UNA MENTIRA INOCENTE

HARLEQUIN™

Editado por Harlequin Ibérica.
Una división de HarperCollins Ibérica, S.A.
Avenida de Burgos, 8B - Planta 18
28036 Madrid

© 2024 Harlequin Ibérica, una división de HarperCollins Ibérica, S.A.
N.º 532 - 25.1.24

© 2020 Maureen Child
Una mentira inocente
Título original: Jet Set Confessions

© 2020 Maureen Child
Magia en el mar
Título original: Temptation at Christmas
Publicadas originalmente por Harlequin Enterprises, Ltd.
Estos títulos fueron publicados originalmente en español en 2020

I.S.B.N.: 978-84-1180-664-0
Depósito legal: M-32149-2023
Impreso en España por: BLACK PRINT
Fecha impresión para Argentina: 23.7.24
Distribuidor exclusivo para España: LOGISTA
Distribuidor para México: Distibuidora Intermex, S.A. de C.V.
Distribuidores para Argentina: Interior, DGP, S.A. Alvarado 2118.
Cap. Fed./Buenos Aires y Gran Buenos Aires, VACCARO HNOS.

MIXTO
Papel procedente de fuentes responsables
FSC
www.fsc.org   FSC® C159065

Capítulo Uno

–¿Has perdido completamente la cabeza? –Luke Barrett miró a su abuelo, que estaba al otro lado de la estancia–. Dijiste que querías que viniera para hablar. Esto no es hablar. Esto es una locura.

Jamison Barrett estaba frente a su escritorio, y Luke se tomó un momento para admirar el hecho de que, a sus ochenta años, el hombre seguía teniendo una postura recta como un militar. Fuerte, en forma y listo para la batalla.

–Deberías pensártelo mejor antes de llamar loco a un anciano –afirmó–. Somos muy sensibles a ese tipo de cosas.

Luke sacudió la cabeza. Su abuelo siempre había sido obstinado, estaba acostumbrado a eso. Pero unos meses atrás, el hombre había soltado una bomba y estaba claro que no había cambiado de opinión al respecto.

–No sé de qué otra manera llamar a esto –protestó Luke frustrado–. Cuando el presidente de una empresa decide de pronto cambiar completamente el rumbo y cortar su rama más productiva, creo que puede considerarse una locura.

Jamison rodeó la esquina de su escritorio, probablemente con la esperanza de darle un tono más amigable a la conversación.

–No tengo intención de retirarme del mundo

de la tecnología. Solo quiero darle una vuelta de tuerca y…

–Y volver a los caballitos de madera, las bicicletas y los patinetes –lo interrumpió Luke.

–Somos ante todo una empresa juguetera –le recordó Jamison–. Desde hace más de cien años.

–Y luego crecimos para convertirnos en Juguetes y Tecnología Barrett –señaló Luke.

–Crecimos en la dirección incorrecta –le espetó su abuelo.

–No estoy de acuerdo –Luke suspiró y trató de contener la exasperación que se había apoderado de él. Siempre había confiado en el buen juicio de su abuelo, pero en esto estaba dispuesto a pelearse con el viejo porque que lo asparan si el camino al futuro pasaba por el pasado.

–Tengo estudios que me avalan.

–Y yo tengo los informes de ganancias y pérdidas para demostrar que te equivocas.

–Sí, estamos ganando mucho dinero, pero, ¿es eso lo único que queremos?

Luke se quedó boquiabierto.

–Teniendo en cuenta que esa es la razón para montar un negocio, yo diría que sí.

Jamison sacudió la cabeza decepcionado.

–Antes tenías unas visión más amplia.

–Y antes tú me escuchabas –irritado, Luke se metió las manos en los bolsillos del pantalón y miró a su alrededor.

En las paredes del despacho había pósteres enmarcados de los juguetes más populares a lo largo de los años y fotos familiares en las estanterías, en las que también había libros encuadernados en piel.

Era un despacho victoriano que parecía en conflicto con el tiempo presente.

Igual que Jamison.

—No quiero volver a discutir contigo sobre esto, abuelo —dijo Luke tratando de contener la impaciencia.

Le debía todo a aquel hombre y a su mujer, Loretta. Ellos habían cuidado de Luke y de su primo Cole cuando los padres de los chicos murieron en un accidente de avioneta. Luke tenía diez y años y Cole doce cuando fueron a vivir con sus abuelos siendo unos niños destrozados por el dolor. Pero Jamison y Loretta recogieron sus pedazos a pesar de su propio dolor por haber perdido a sus dos hijos y a sus nueras en un terrible accidente. Les dieron a sus nietos amor y protección y la sensación de que el mundo no se había terminado.

Luke y Cole crecieron trabajando en Juguetes Barrett, conscientes de que algún día ellos estarían al cargo. La empresa tenía más de cien años, y siempre había optado por saltar al futuro y arriesgarse. Cuando Luke estaba en la universidad y convenció a su padre de que los juguetes tecnológicos iban a ser lo siguiente, Jamison no vaciló. Reunió a los mejores diseñadores tecnológicos que encontró y la empresa juguetera Barrett se hizo todavía más grande y más exitosa. Ahora eran una de las empresas de juguetes tecnológicos más punteras del mundo. Los últimos años, Luke se había dedicado a la parte tecnológica y Cole a la rama más tradicional.

De acuerdo, Cole no estaba contento con que Luke fuera el heredero aparente, sobre todo porque era dos años mayor que Luke, pero los primos lo habían arreglado. En gran parte.

Ahora, sin embargo, ninguno de los dos sabía dónde estaban parados. Todo porque Jamison Barrett se había empeñado en…

—Yo tampoco quiero discutir, Luke —dijo Jamison irritado—. Lo que quiero es hablar de lo que veo cada vez que salgo de esta oficina. Qué diablos, Luke, si no estuvieras tan pegado al móvil como el resto de la humanidad, también lo verías.

Luke trató de contenerse. Había escuchado aquel argumento una y otra vez en los dos últimos meses.

—Otra vez esto no.

—Sí, esto otra vez. Se trata de los niños, Luke. Están tan enganchados a los móviles, las pantallas y los juegos como tú al correo electrónico —Jamison alzó las manos—. Antes los niños corrían por ahí con sus amigos, se metían en líos, subían a los árboles, nadaban —miró a Luke—. Qué diablos, Cole y tú estabais en constante movimiento cuando erais niños. Si os obligábamos a quedaros en casa a leer era como una tortura para vosotros.

Era cierto, pensó Luke. Pero se limitó a decir:

—Los tiempos cambian.

Jamison torció el gesto.

—No siempre para mejor. Los niños de hoy solo tienen amigos en línea y se ponen cascos para poder hablar sin tener que verse en persona. En lugar de salir fuera, construyen casas virtuales en los árboles. Es más, seguro que hoy hay muchos niños que no saben ni montar en bicicleta.

Luke sacudió la cabeza.

—Las bicicletas no van a ayudarles a navegar por un mundo completamente digital.

—Exacto. Un mundo digital —Jamison asintió secamente—. ¿Quién va a arreglar los coches, el aire acondicionado o el inodoro cuando se estropee? ¿Vas a hacer pis digitalmente también?

—Esto es ridículo —murmuró Luke, sorprendido por haberse dejado arrastrar por la fijación de Jamison—. Abuelo, estás verbalizando la misma queja que toda generación hace respecto a la nueva. Tú nunca has sido de los que miran atrás. Siempre has estado más interesado en el futuro que en el pasado.

—Bueno, los tiempos cambian —le espetó Jamison devolviéndole la pelota—. Y estoy hablando del futuro —afirmó—. Hay muchos estudios que han investigado lo que provoca en la mente de los niños estar mirando fijamente una pantalla. Por eso quería que vinieras. Quería que los leyeras. Que abrieras tu mente lo bastante como para admitir que tal vez tenga algo de razón.

Y dicho aquello, Jamison volvió a su escritorio y empezó a repasar los papeles y los archivos apilados. Murmuró algo entre dientes y siguió buscando.

—Estaba aquí —murmuró—. Esta mañana le pedí a Donna que lo imprimiera…

Luke frunció el ceño.

—No importa.

—Ahí es donde te equivocas. Maldita sea, Luke, no quiero ser partícipe en destrozar una generación entera de niños.

Luke aspiró con fuerza el aire y se recordó a sí mismo que quería a aquel anciano que en aquellos momentos le estaba volviendo loco.

–¿Sabes qué? No vamos a ponernos de acuerdo en esto, abuelo. Tenemos que dejar de pelearnos, y lo mejor es que los dos sigamos haciendo lo que estamos haciendo.

–¿Y ya está? ¿Esa es tu última palabra sobre este asunto?

Luke miró a los ojos verde oscuro de su abuelo. Parecía que el abismo entre ellos se estuviera haciendo más grande cada segundo.

–Sí, abuelo. El pasado no puede construir el futuro.

–No se puede tener futuro sin un pasado –señaló el anciano.

–Y venga la burra al trigo –murmuró Luke–. Cada vez que hablamos de esto decimos lo mismo, y ninguno de los dos convence al otro. Estamos en orillas opuestas, abuelo. Y no hay puente.

–Tu abuela estuvo llorando anoche. Por todo esto.

Luke sintió una repentina punzada de culpabilidad, pero luego se lo pensó mejor. Loretta Barrett era dura como una piedra. Su abuelo estaba intentando utilizar a su mujer para ganar la discusión.

–No es verdad.

Jamison torció el gesto.

–No, no es verdad –reconoció–. Gritó un poco. Pero podría haber llorado. Seguramente lo hará.

Luke dejó escapar un suspiro y sacudió la cabeza.

–Eres imposible.

–Hago lo que tengo que hacer. Tu sitio está aquí, Luke, y no al frente de tu propio negocio.

Y sinceramente, Luke antes creía que Juguetes

Barrett era su sitio. Pero las cosas habían cambiado con el nuevo rumbo de su abuelo. Luke se lo había tomado como una falta de fe. Su abuelo siempre le había empujado, había creído y confiado en él. Aquello le parecía una traición, así de claro. La nueva empresa de Luke era pequeña, pero tenía muy buenos diseñadores recién salidos de la universidad, llenos de ideas que podían revolucionar el mercado de los juguetes tecnológicos.

Todo aquello había empezado porque estaba frustrado con su abuelo, pero ahora Luke estaba empeñado en que aquello funcionara. Tal vez Jamison quisiera darle la espalda al progreso, pero Luke lo recibía con los brazos abiertos.

—Esta es la empresa juguetera Barrett —le recordó Jamison—. Siempre ha habido un Barrett al frente del negocio desde el principio. La familia, Luke. Eso es lo importante.

Y por eso resultaba todo mucho más difícil.

—Seguimos siendo familia, abuelo —le recordó al anciano… y también a él mismo—. Y recuerda que tienes a Cole para llevar el negocio si alguna vez decides jubilarte.

—Cole no eres tú —afirmó su abuelo—. Quiero mucho al chico, pero no tiene la misma cabeza que tú para los negocios.

—Ya entrará en razón —dijo Luke.

Pero en realidad no lo creía. Aquella era la razón por la que su abuelo había confiado en Luke para dirigir la empresa en un principio. Cole no estaba interesado en el día a día del negocio. Le gustaba estar al mando, le gustaba el dinero. Pero trabajar, no tanto.

—Siempre has sido un obstinado –murmuró Jamison.

—A quién habré salido –respondió su nieto.

—*Touché* –su abuelo asintió con la cabeza–. Tú haz lo que tengas que hacer, que yo haré lo mismo.

A Luke no le gustaba que hubiera tanta tensión entre su abuelo y él. Jamison Barrett era la roca que sostenía su vida. Le había enseñado a pescar, a lanzar la pelota y a hacerse el nudo de la corbata. Le había enseñado a llevar un negocio y a tratar a los empleados. Siempre había estado allí para él. Y Luke sentía que ahora lo estaba abandonando. Pero que lo asparan si se le ocurría una manera de poner fin a aquello de modo que los dos salieran ganando.

—Dale un beso a la abuela de mi parte.

Se marchó antes de que su abuelo pudiera decir nada más y cerró la puerta del despacho tras él. La sede de la empresa estaba en Foothill Ranch, California, y la mayoría de las ventanas daban a las palmeras, más edificios y aparcamientos. Sin embargo, había un cinturón verde cerca y suficiente luz del sol que se filtraba a través de las ventanas ligeramente tintadas.

Donna, la secretaria de Jamison, alzó la vista de la pantalla del ordenador. Era una mujer de unos cincuenta y tantos años que llevaba más de treinta como secretaria de su abuelo.

—Hasta pronto, Luke.

—Sí –murmuró él echando un último vistazo a la puerta de su abuelo. No le gustaba dejar al anciano así, pero, ¿qué opción tenía?–. ¿Está Cole aquí?

—Sí –Donna señaló con la cabeza hacia los despachos del otro lado.

–Gracias –Luke se dirigió hacia allí para ver a su primo. Llamó con los nudillos y luego abrió la puerta y asomó la cabeza–. ¿Qué tal?

–Hola –Cole alzó la vista y sonrió. Aunque iba vestido de traje, parecía el típico surfista de California. Bronceado, en buena forma, con el pelo rubio por el sol y los ojos azules, Cole Barrett era el encantador de la empresa. Era quien comía con los potenciales clientes y se reunía con los proveedores porque era capaz de convencer a todo el mundo para que hiciera lo que él quería.

–¿Has venido a ver al abuelo?

–Acabo de salir de su despacho –Luke apoyó un hombro en el quicio de la puerta y se fijó en lo distinto que era el despacho de Cole del de Jamison.

Era más pequeño. El escritorio de Cole era de acero y vidrio, la silla de cuero negro minimalista. Las estanterías estaban llenas de juguetes que su empresa había producido a lo largo de los años pero había fotos de su mujer, Susan, y de su hijo de dos años, Oliver: esquiando en Suiza, visitando las pirámides o a bordo del yate familiar.

Luke miró a su primo a los ojos.

–Quería advertirte de que sigue sin hacerle gracia que me haya ido.

Cole se reclinó en la silla.

–No me sorprende. Tú eras el chico de oro, el que estaba destinado a dirigir Juguetes Barrett…

El tono de Cole estaba teñido de amargura, pero Luke ya estaba acostumbrado.

–Eso ha cambiado.

–Solo porque te has ido –Cole sacudió la cabeza–. El abuelo sigue empeñado en que vuelvas.

Luke se apartó de la puerta y estiró la espalda.

—Eso no va a pasar. Ahora tengo mi propia empresa.

—Ya. Muy bien —Cole se levantó, se puso la chaqueta del traje y la abrochó—. Tengo una comida.

—Vale. Oye… —Luke pensó en su abuelo, en como buscaba entre los papeles y se sintió confundido al no encontrarlos—. Tenme informado sobre el abuelo, por favor. Se está haciendo mayor.

—Ni se te ocurra decírselo a él —dijo Cole con una risotada.

—Ya —Luke asintió—. Bueno, me voy o perderé el vuelo. Dales un beso a Susan y a Oliver de mi parte.

Y dicho aquello, Luke se marchó sin mirar atrás.

Jamison estaba frente a la puerta abierta de su despacho mirando a su nieto. Sintió una punzada de frustración y empezó a agitar las monedas que tenía en el bolsillo del pantalón.

—Estás tintineando —le advirtió Donna.

Jamison se detuvo y miró a su secretaria.

—No ha funcionado, ¿verdad? —le preguntó ella con cara de «ya lo sabía».

—No —reconoció él con un gruñido. Sacudió la cabeza y volvió a mirar a Luke, que estaba saludando a la gente en su camino al ascensor. Se iba, y Jamison no sabía cómo retenerlo. Así que al parecer había llegado el momento del armamento fuerte.

—Esa mujer de la que me hablaste… ¿sigues pensando que podría ayudar?

Donna dejó de teclear en el ordenador y le miró.

—Al parecer es bastante impresionante en lo que hace, así que, tal vez sí.

Jamison asintió.

—Bueno, lo he intentado por las buenas —murmuró—. Ha llegado el momento de ejercer presión.

—Si Luke se entera de lo que quieres hacer esto podría terminar muy mal…

Jamison hizo caso omiso a la advertencia y agitó la mano con gesto indolente.

—Entonces tendremos que asegurarnos de que no se entere, ¿verdad? Haz esa llamada, Donna.

Fiona Jordan entró en el restaurante Las Tejas, un hotel de cinco estrellas de San Francisco. Lo mejor de tener su propio negocio era que nunca sabía lo que iba a ocurrir. El día anterior estaba trabajando en su dúplex de Long Beach, en California, y ahora se encontraba en un maravilloso hotel de San Francisco.

Sonrió para sus adentros, aspiró con fuerza el aire y observó un instante los manteles de lino blanco de las mesas y los ventanales con espectaculares vistas a la bahía, donde el sol del atardecer pintaba de dorado la superficie del agua.

Estaba allí para encontrarse con una persona. Cuando lo vio, el corazón le dio un vuelco y sintió una punzada caliente y potencialmente peligrosa.

Luke Barrett. Tenía el cabello castaño claro con reflejos dorados por el sol y lo bastante largo para que se le curvara en el cuello de la chaqueta azul marino. Estaba mirando fijamente el móvil que sostenía en la mano, ajeno al mundo que lo rodeaba.

Ya le habían advertido de que Luke estaba tan absorto en su trabajo que no se fijaba en la gente que tenía alrededor. Así que se dijo que tendría que hacer algo para resultar inolvidable.

Luke estaba sentado solo en una mesa al lado de la ventana, pero no prestaba ninguna atención a las vistas. Fiona, por su parte, estaba disfrutando demasiado de la vista que era él. Era todavía más guapo de lo que parecía en la foto que le habían dado. Volvió a sentir un escalofrío y se tomó un momento para disfrutarlo. Hacía mucho tiempo que ningún hombre despertaba aquella reacción en ella. Volvió a fijarse en el pelo de Luke, quien seguía inmerso en el móvil.

Se dio cuenta de que para conocer a Luke Barrett iba a necesitar un empujoncito extra. Así que se dirigió a la barra del bar, pidió una copa de vino, aspiró con fuerza el aire y observó a su objetivo.

Luego se apartó el largo y oscuro cabello del hombro y se dirigió a su mesa. El bajo de su falda negra y vaporosa le rodeaba los muslos y los altos tacones negros repiqueteaban contra el suelo. La blusa verde oscuro de manga larga tenía un escote pronunciado, y de los lóbulos le colgaban dos aros de oro. Tenía un aspecto genial, aunque estuviera mal que lo dijera ella misma, y era una lástima estropear aquel conjunto, pero en momentos desesperados…

Pasó un camarero delante de ella; Fiona se tambaleó adrede, dio un par de pasos y, soltando un pequeño grito, se lanzó con su vaso lleno de buen vino al regazo de Luke Barrett.

Capítulo Dos

El primer instinto de Luke fue agarrar a la mujer que había caído de la nada sobre su regazo. Ella sonrió, y Luke sintió un puñetazo de deseo en el pecho. Cuando ella se movió, sintió ese mismo puñetazo mucho más abajo.

—¿Qué diablos...? —miró aquellos ojos color chocolate y se dio cuenta de que la mujer se estaba riendo.

—¡Lo siento, lo siento! —volvió a moverse, y Luke la sujetó al instante—. Creo que he tropezado con algo. Menos mal que estabas tú aquí, o me habría caído sobre algo mucho más duro.

Luke no estaba tan seguro de eso. En aquel momento se sentía muy duro. Y húmedo, porque el vino se le había derramado por la camisa y los pantalones. La mujer se dio media vuelta, agarró una servilleta se frotó el vino que tenía en la blusa. Luego empezó con la camisa de Luke. Cuando intentó secarle los pantalones, ya era hombre muerto.

—¿Con qué has tropezado? —miró al suelo y no vio nada.

—No lo sé —reconoció ella encogiéndose de hombros—. A veces me tropiezo con el aire.

—Está bien saberlo.

La mujer ladeó la cabeza y el cabello largo y oscuro le cayó por un hombro.

—¿Vas a dejar que me levante?

No era lo que Luke tenía en mente.

—¿Vas a caerte otra vez?

—Bueno, no estoy segura —admitió ella con una sonrisa—. Todo es posible.

—Entonces, tal vez sea más seguro que te quedes donde estás —murmuró Luke, todavía atrapado por su sonrisa y aquellos ojos marrones.

—Bueno, que sepas que lo siento —dijo la mujer—. Por si te sirve de consuelo, yo también tengo la blusa manchada —señaló la mancha encogiéndose de hombros.

Luke deslizó al instante la mirada hacia sus senos, y deseó que volviera a encogerse de hombros para tener una visión mejor. Cuando levantó la vista, vio que ella sonreía con picardía.

Un camarero se acercó a ellos con varias servilletas y se quedó ahí parado, como si no supiera muy bien qué hacer. Finalmente pregunto:

—¿Está usted bien, señorita?

—Oh, estoy fenomenal.

Estaba fenomenal. Él estaba sufriendo una tortura, pero al parecer eso no le importaba a nadie.

—Lo siento mucho, señor Barrett. ¿Puedo hacer algo por usted?

—No —murmuró Luke—. Creo que ya está todo hecho.

—Bueno, hay una cosa… —dijo la mujer—. Me he quedado sin vino —alzó la copa vacía.

El camarero miró a Luke y luego a la mujer sin saber qué hacer. Luke estaba acostumbrado. Era rico, su familia era famosa, y la mayoría de la gente se ponía nerviosa al verle. Forzó una sonrisa y dijo:

–¿Te importaría traerle a la señorita otra copa de vino, Michael?

–Claro. ¿Qué estaba bebiendo?

–Vino tino, gracias. De la casa.

Luke frunció el ceño y sacudió la cabeza.

–Creo que podemos mejorar eso, ¿verdad, Michael?

El camarero sonrió.

–Sí, señor.

Cuando el hombre se marchó, Luke volvió a mirar aquellos ojos color chocolate.

–Teniendo en cuenta que estás sentada en mi regazo, lo suyo es que me digas cómo te llamas.

–Ah, soy Fiona. Fiona Jordan –sonrió la mujer–. ¿Y tú? He oído el apellido, Barrett. ¿Y el nombre?

–Luke.

Fiona inclinó la cabeza y lo observó durante unos segundos.

–Me gusta. Corto. Fuerte. Suena a héroe de novela romántica.

Aquella era sin duda la conversación más extraña que había tenido en su vida.

En aquel momento apareció Michael con una copa de vino para Fiona y volvió a servirle whisky a Luke. Dejó las dos bebidas sobre la mesa.

–A cargo de la casa, señor Barrett. Y una vez más, siento mucho que…

–No tienes que disculparte, Michael –intervino Fiona con una sonrisa–. La torpe soy yo.

Michael sonrió confundido y salió corriendo.

–Creo que le has asustado –murmuró Luke–. Las mujeres bonitas producen ese efecto en los hombres.

Ella se dio la vuelta y le dirigió una sonrisa de oreja a oreja.

–¿Pero en ti no?

–Soy inmune.

–Me alegra saberlo –Fiona sonrió todavía más–. ¿Significa eso que debería dejarlo o intentar con más fuerza dar miedo?

–Seguir intentándolo, sin duda –Luke sonrió.

Qué diablos, le gustaban las mujeres seguras de sí mismas. Bueno, en realidad le gustaban las mujeres y punto. Pero si era fuerte, guapa y con sentido del humor se situaba en lo más alto de la lista. Y esta en concreto le intrigaba más que la mayoría. Hacía mucho tiempo que ninguna mujer provocaba aquel impacto en él. Se rio para sus adentros, porque aquella había aterrizado encima de él causándole un impacto tanto físico como emocional.

Echó un rápido vistazo al envoltorio completo. Cabello largo castaño oscuro, ojos color chocolate, boca grande ahora curvada en una sonrisa, y un cuerpo que le llenaba la mente con todo tipo de imágenes interesantes. La blusa verde le quedaba muy bien, y la falda negra era lo bastante corta para mostrar unas piernas magníficas. Los zapatos de tacón daban el toque final al conjunto. Oh, sí, podría ser muy peligrosa.

Incluso para un hombre que no tenía ninguna intención de tener una relación. A Luke le encantaban las mujeres y le venía fenomenal tener alguna cita ocasional o encuentros de una noche. Pero no tenía el tiempo ni la paciencia para entregarse a dos pasiones en aquel momento. Tenía toda la atención puesta en crear su empresa. Así que conocer a una mujer como aquella podía resultarle problemático.

–Entonces… –Fiona volvió–, ahora que estamos cómodos el uno con el otro, ¿qué te trae a San Francisco?

–Yo no diría que «cómodo» sea la palabra adecuada –dijo Luke con ironía cambiando de postura.

Ella se rio.

–Creo que ha llegado el momento de movernos a una silla –afirmó agarrando su copa de vino.

Luke hizo lo mismo con el whisky y le dio un sorbo. La bebida le provocó una ligera quemazón en el cuerpo que no podía compararse con la llamarada que sentía en el regazo.

–Sí, tal vez deberíamos…

Sabía que todo el restaurante los estaba mirando, pero no le importaba en absoluto. Fiona Jordan había llenado de luz aquel día tan aburrido y pensaba disfrutarlo. De hecho no había sentido así de… ligero desde el día anterior al encuentro con su abuelo.

Había algo en ella que le hacía olvidarse de las preocupaciones, y se lo agradecía. Justo antes de que Fiona cayera sobre su regazo le había estado dando vueltas en la cabeza a la conversación con su abuelo. Preguntándose si podría haberla manejado mejor. No le gustaba que estuvieran enfrentados.

Fiona se levantó y tomó asiento en la mesa frente a él. Le dio un sorbo a la copa de vino y le miró a los ojos.

–Bueno, ¿y de qué podemos hablar? –le preguntó.

En lo único que podía pensar Luke era en lo que le hacía sentir. Le resultaba difícil pensar en algún tema de conversación más allá de «vamos arriba a mi habitación».

–No sé. Empieza tú.

–Vale –ella se encogió de hombros–. ¿Qué estás haciendo en este hotel? O mejor, voy a replantear la pregunta: ¿eres de San Francisco?

–No –respondió Luke–. Soy de Orange County. De Newport Beach, para ser exactos.

Fiona sonrió.

–Entonces, somos casi vecinos. Yo vivo en Long Beach. Y dime, ¿qué haces aquí?

–Negocios –respondió Luke–. He venido a una conferencia sobre tecnología.

–Ah –Fiona echó un rápido vistazo a su alrededor–. Una conferencia. Eso explica todos los gafetes, y también por qué todo el mundo tiene la nariz pegada al móvil o a un ordenador.

Luke miró y tuvo que reconocer que casi todo el mundo estaba mirando una pantalla en el restaurante, incluso una mesa con seis personas. Frunció un poco el ceño, pero enseguida se recompuso.

–Culpable. Pero es que mi negocio va de esto. Fabrico juguetes tecnológicos.

–¿De qué tipo? –preguntó Fiona ladeando la cabeza.

Parecía realmente interesada, y a Luke no había nada que le interesara más que hablar de lo último en juguetes tecnológicos. Si su abuelo no hubiera cambiado de opinión… Luke se había imaginado guiando a Barrett hacia el futuro, aprovechar que eran una marca de confianza para introducir a los niños en el porvenir. Pero sería su nueva empresa la que hiciera todo eso. Solo tardaría un poco más en despegar.

–De todo tipo. Desde tablets para niños de dos años a videojuegos, robots en miniatura y drones –le dio un sorbo a su whisky–. Tenemos una línea entera de juguetes tecnológicos para todas las edades.

Fiona se rio y su carcajada sonó a burbujas de champán.

–Yo apenas puedo entender mi ordenador ahora. No me imagino a un bebé usando uno.

–Te sorprendería. A nuestros grupos de prueba se les da fenomenal el color y el espacio.

No había sido capaz de convencer a Jamison de ello, por supuesto. A su abuelo le preocupaba inyectar demasiada información en cerebros en crecimiento. Pero Luke creía que una mente joven y abierta era más capaz de absorber información. ¿Cómo iba a ser eso algo malo?

–Hay docenas de estudios que demuestran que el cerebro de los niños de un año es como una esponja que puede absorber información mucho más rápido de lo que lo hará en el futuro.

Fiona sacudió la cabeza.

–Entonces supongo que no haces bicis, muñecas ni cosas de esas, ¿verdad?

–No. El futuro no está en las muñecas, las bicis y las pelotas. Está en la electrónica.

Ella alzó las manos en gesto de burlona rendición.

–Vaya, de acuerdo. Me has convencido. Me rindo.

Luke aspiró con fuerza el aire antes de soltarlo para intentar calmarse.

–Ya, lo siento. Me has dado en un punto débil. Mi abuelo y yo hemos estado dándole vueltas y vueltas a esto.

–Yo sigo sin estar convencida de que las tablets para niños de dos años sean una buena idea. Incluso las esponjas necesitan un osito de peluche.

Luke sonrió, satisfecho de que no hubiera insistido en preguntarle más sobre el enfrentamiento con su abuelo.

–Hay muchas empresas que venden peluches, muñecas o lo que creas que debería tener un niño. Pero el futuro está en la tecnología, así que ¿por qué no empezar lo más pronto posible?

Ella seguía sin parecer convencida.

–¿Niños de dos años?

–Claro. Si logramos que a esa edad se involucren con la electrónica, su cerebro se desarrollará más deprisa y se sentirán más inclinados por la ciencia. Todos ganamos.

–La ciencia –Fiona sonrió–. ¿Cómo hacer tartas de barro en el jardín?

–Eres dura de convencer, ¿verdad? –Luke la miró a los ojos y le gustó la sensación de sentirse atraído por ellos.

–Solo digo que si se sienten cómodos con la tecnología de pequeños, les resultará más fácil aceptarla más adelante. Usamos colores y formas para llamar su atención, aprenden sin darse cuenta. Los estudios demuestran que los niños estimulados están más preparados para la vida.

–¿Pero no hay también estudios que dicen que no es bueno introducir demasiado pronto la tecnología en los niños?

–Pareces mi abuelo –masculló él.

–Gracias –Fiona se rio–. No quiero discutir, pero pienso que hay dos formas de ver esto y que tu abuelo tiene razón en cierta medida –le dio otro sorbo a su copa de vino–. A mí me gusta ver a los niños pequeños metiéndose en charcos de barro. Deberían estar fuera corriendo y jugando. Verlos delante de una pantalla no me parece bien. Ya tendrán un ordenador cuando crezcan, ¿para qué empezar antes de que sea necesario?

En aquel momento le sonó el móvil y Luke miró la pantalla antes de pulsar la tecla de enviar al buzón de voz. No estaba de humor para hablar con su abuelo.

–¿No tienes que contestar? –preguntó ella.

–En absoluto.

–Vale –Fiona dejó la copa de vino sobre la mesa.

Luke deslizó la mirada hacia sus dedos subiendo y bajando por el tallo de la copa. Su cuerpo se puso duro al instante.

–Bueno –dijo bruscamente–, ya que estoy atrapado en esta silla durante un rato, ¿por qué no te quedas y comes conmigo?

Fiona se mordió el labio inferior, y al verla Luke sintió un tirón.

–Es lo justo –dijo ella–, ya que yo soy la razón por la que estás atrapado en esa silla un rato.

–Lo eres –no tenía pensado tener compañía pero, ¿qué diablos?

¿Qué era mejor, una mujer hermosa o mirar sus correos electrónicos en solitario? Estaba claro…

–De acuerdo –Fiona cruzó sus magníficas piernas y balanceó con indolencia el pie derecho. Luego apoyó los codos en la mesa, se inclinó hacia delante y sonrió–. ¿Te sientes un poco mejor ya?

Debería ser así, pero seguía duro.

–Es raro, pero no.

Una lenta sonrisa curvó los labios de Fiona.

–Eso pensaba.

Luke sintió un fuerte calor interno que alimentó las llamas, manteniendo su pene en plena alerta. Diablos, si seguía así iba a tener que contratar a alguien para que caminara delante de él y pudiera salir del maldito restaurante.

Fiona agarró la copa de vino, le dio un sorbo y luego sacó suavemente la lengua para recoger una gota del labio superior.

–Lo estás haciendo adrede, ¿verdad?

Ella sonrió todavía más.

–¿Y funciona?

–Demasiado bien –admitió Luke.

Cuando el camarero les llevó la carta, ella pasó las páginas hasta que llegó a las hamburguesas.

–¿Una mujer que no pide ensalada? –preguntó Luke sorprendido.

Fiona alzó la mirada hacia él y sacudió la cabeza.

–Eso es sexista. Lo sabes, ¿verdad?

Luke se encogió de hombros.

–Todas las mujeres a las que invito a cenar siempre piden ensalada.

–Pues está claro que sales con las mujeres equivocadas –Fiona cerró la carta y puso las manos encima–.Yo soy una carnívora sin remisión. Hamburguesas, filetes. Me encantan.

Luke asintió con la cabeza mientras la miraba, disfrutando de la vista.

—Me alegra saberlo. ¿Y hoy qué vas a pedir? ¿Hamburguesa o filete?

—La hamburguesa San Francisco, pero sin aguacate.

El camarero regresó y Luke pidió la comida. Luego volvió a reclinarse con el whisky en la mano para observar a la mujer que se había convertido en el centro de su atención. Sus hombros desnudos le hacían pensar en deslizarle aquella bonita blusa verde por los hombros para poder disfrutar del festín de sus senos. Se puso todavía más duro, y sus manos sintieron el deseo de tocarla.

Fiona se revolvió bajo su mirada fija y luchó contra la oleada de calor que amenazaba con apoderarse de ella. No estaba preparada para aquella… llamarada que sintió desde el momento que vio a Luke Barrett. ¿Cómo iba a estarlo? Lo único que tenía de él era una foto y una breve descripción sobre dónde sería más probable encontrarlo.

Nadie le había dicho que tenía los ojos del color del mar. Ni que era alto y se le notaban los músculos bajo el traje bien cortado, ni que tenía el pelo un poco largo y bañado por el sol. Y tampoco esperaba que el timbre de su voz le atravesara la espina dorsal.

Y por encima de todo, no estaba preparada para el pico tembloroso que se le había instalado entre las piernas tras sentarse en su regazo y sentir su dureza presionando contra ella. Al recordarlo se revolvió un poco en el asiento.

Pero ella no estaba allí para encender nada. Estaba allí porque le había dado su palabra a alguien. Había aceptado un trabajo, hecho una promesa. Y Fiona siempre cumplía sus promesas.

Sonrió porque Luke la miró como si estuviera intentando leerle el pensamiento, y agradeció que no pudiera. Una cosa era que le gustara, pero si le gustaba demasiado pondría en peligro su trabajo. Le habían ofrecido una bonificación de veinte mil dólares si lo conseguía. Y necesitaba ese dinero. Podría comprar un coche e invertir en su propio negocio para ayudarlo a crecer.

—¿En qué estás pensando?

La pregunta de Luke la sacó de sus pensamientos. Fiona tuvo que recomponerse.

—Me estaba preguntando cómo se mete alguien en el negocio de los juguetes tecnológicos —dijo, felicitándose en silencio por haber salido del paso tan rápidamente.

—Empecé en el negocio familiar —dijo encogiéndose de hombros—. Hace poco me independicé.

—¿Ah, sí? ¿Por qué?

Él la miró con cierta desconfianza.

—¿Y a ti qué más te da?

—A mí me da igual —mintió Fiona—. Es solo curiosidad. ¿Tiene que ver con tu desacuerdo con tu abuelo?

—Sí —Luke frunció el ceño—. Mi abuelo y yo teníamos un plan, pero él cambió de opinión, así que voy a seguir adelante con el plan yo solo. Así de simple.

—Los asuntos familiares nunca son simples.

—Lo será —afirmó él asintiendo.

Luke se cerró rápidamente después de eso, y

Fiona se dijo para sus adentros que debía ir más despacio. Con cuidado. Luke tenía los ojos cerrados y parecía como si hubiera levantado un muro a su alrededor. Y ella tenía la sensación de que no podría atravesar ese muro ni con un ariete. Estaba claro que era una persona reservada, así que resultaría más difícil conseguir que se abriera. Y a pesar de lo que acaba de decir, Fiona sabía que no había nada sencillo en aquella situación.

Y sin embargo, no tuvo más remedio que preguntarse cómo podía rechazar así a un abuelo que lo quería. Fiona no tenía familia. Tenía amigos. Muchos amigos, porque había tenido que crearse una familia. No podía imaginarse dando la espalda a un abuelo que la quisiera.

Llegó la comida y los dos guardaron silencio mientras el camarero colocaba los platos delante de ellos y luego les llenaba las copas de agua.

Luke había pedido la misma hamburguesa que ella pero con aguacate.

–¿Te apetece probarlo?

Ella alzó una mano en gesto de rechazo.

–No, gracias. No me gusta el aguacate.

–Podrías ver esto como una oportunidad para expandir tus horizontes.

Ella se rio.

–¿Con un aguacate? Creo que podríamos encontrar mejores formas de empezar a expandir esos horizontes –murmuró–. ¿No te parece?

Luke se la quedó mirando un largo instante. El calor de sus ojos le abrasaba cada centímetro de piel.

–Podría trabajar con eso.

Capítulo Tres

De regreso en Laguna Beach, Jamison entró en su casa y se dirigió directamente al salón. Las voces acalladas de la televisión lo llevaron hacia allí. Loretta estaba acurrucada en la esquina del sofá viendo una pantalla plana que colgaba de la pared encima de la chimenea, donde ardía la leña. Su mujer le miró y sonrió, y Jamison sintió aquel puñetazo de amor que siempre le hacía perder el equilibrio.

Desde el momento que se conocieron, hacía casi sesenta años ahora, Jamison había querido a Loretta. Era lo mejor que le había pasado en la vida, y a medida que pasaban los años lo tenía más claro. La gente joven podía pensar que el amor era cosa de ellos, pero Jamison podía testificar que las llamas no se apagaban, solo se hacían más cálidas, más firmes, y el amor que las alimentaba, más rico.

—Hola, cariño —lo saludó ella—. ¿Qué tal tu día?

—Frustrante —reconoció él torciendo el gesto y dirigiéndose al mueble bar. Se sirvió un whisky y le dio el primer sorbo como si fuera una medicina—. Sigo pensando en la discusión de ayer con Luke.

—Oh, Jamie, por el amor de Dios. Déjalo ir ya.

—¿Cómo voy a dejarlo ir? —Luke se sentó a su lado en el sofá y clavó la mirada en la suya—. Se suponía que ese chico iba a hacerse cargo de Juguetes Barrett. Era mi futuro, y ahora le ha dado la espalda a todo para tener a los niños enganchados a la tecnología.

Loretta se rio y agarró la copa de vino que tenía encima de la mesa.

–Pareces un hombre subido a un carro tirado por un caballo protestando porque su hijo quiere un coche.

–No es lo mismo en absoluto –murmuró Jamison mirando el vaso de whisky como si buscara respuestas allí.

–Es exactamente igual –Loretta estiró la pierna y usó el pie para rascarse el muslo–. Cuando sustituiste a tu padre, ¿no te acuerdas de cómo él se lamentaba de que aquello iba a ser el final de la empresa porque querías hacer demasiados cambios?

Luke le acarició distraídamente el pie. Aquello era distinto. Su padre había estado atrapado en el barro. Sin visión y sin capacidad de escucha.

–Sí, pero yo no me fui de la empresa, ¿verdad?

–Y Luke tampoco lo hará.

Jamison la miró con dureza.

–Ya lo ha hecho.

Loretta le restó importancia a aquello.

–Volverá. Estoy segura. Solo necesita ponerse a sí mismo a prueba. Exactamente igual que tú hace cincuenta años –exhaló un breve suspiro–. Es tan obstinado como tú. Por eso chocáis tanto. Creo que Luke quiere demostrarte algo. Y hasta que no aceptes sus ideas y confíes en él, ninguno de los dos estaréis contentos. Mientras tanto tienes a Cole para que te ayude.

–Cole –Jamison sacudió la cabeza–. No tiene la

cabeza en la empresa como Luke. Hoy se ha marchado pronto, ha salido a comer y luego se ha ido a casa en lugar de volver al trabajo. Dijo que tenía algo que hacer con Susan y Oliver –hizo una pausa–. ¿Qué clase de actividad tiene un niño de dos años que su padre no se puede perder?

Loretta le dio una patada suave con el pie.

–Ese niño de dos años es nuestro bisnieto.

–Y le quiero mucho, pero Cole no es solo el padre de ese niño, es el vicepresidente de una empresa… el problema no es que pase tiempo con el niño, sino que le importa un bledo el negocio. No presta atención en las reuniones. En el fondo no entiende lo que pasa en la empresa, no le importa y no hace un esfuerzo por comprenderlo tampoco. No es…

–¿No es qué?

Jamison la miró y reconoció la verdad.

–No es Luke.

Su mujer le observó un instante y luego dijo:

–Esto no se trata de la falta de visión de Cole, ni siquiera de Luke, ¿verdad? Aquí hay algo más.

Jamison se frotó el entrecejo, pero no intentó tratar de escaparse. Sabía que no podía ocultarle nada a su mujer.

–Estoy perdiendo facultades, Loretta –le retiró el pie del regazo y se puso de pie con el whisky en la mano–. Se me olvidan las cosas. Llevo un tiempo así, pero últimamente está peor.

Loretta frunció un poco el ceño, pero su voz sonó suave cuando preguntó:

–¿Qué tipo de cosas?

Una de las razones por las que quería tanto a su

mujer era por su calma inherente. No se alteraba por nada. Incluso cuando perdieron a sus hijos y a sus nueras en aquel espantoso accidente de avión, se mantuvo fuerte como una roca. Porque agarró su dolor y lo convirtió en amor hacia sus nietos, Cole y Luke.

Jamison agradecía mucho su estoicismo en aquellos momentos, porque por Dios que lo necesitaba.

—Hoy no pude encontrar unas estadísticas que le pedí a Donna que imprimiera. Las dejé en mi escritorio y media hora más tarde ya no estaban allí —Jamison sacudió la cabeza—. Debí moverlas, pero que me aspen si lo recuerdo.

—Bueno, estarías ocupado. Distraído.

—Tal vez —pero la distracción solo podía servir de excusa durante un tiempo. Llevaba semanas perdiendo la pista a cosas pequeñas. ¿Cuándo empezaría a pasar con las cosas grandes? ¿Olvidaría quién era? ¿Olvidaría a Loretta?

Se pasó la mano por el cuello y trató de calmar sus acelerados pensamientos. Si había algo que le aterrorizaba era la posibilidad de su mente fuera poco a poco desapareciendo…

—Te estás preocupando por nada —aseguró Loretta.

—No es solo el informe —reconoció él—. Ayer, cuando Cole y Susan se fueron a casa, no podía encontrar las malditas llaves del coche. Hace semanas que me ocurre, Loretta.

—Tendrías que habérmelo dicho.

—No quería hablar de ello y no quería preocuparte. Ahora…

–Si estás preocupado, ve a ver al doctor Tucker.

Jamison torció el gesto.

–Eso sería admitir que estoy preocupado.

–Te estás volviendo loco por nada, Jamie. Si te pasara algo yo lo habría notado.

Jamison la miró a los ojos y decidió creerla… porque necesitaba hacerlo.

–Seguramente tengas razón.

Loretta se rio y le agarró cariñosamente la barbilla.

–Después de casi sesenta años juntos, ya deberías saber que siempre tengo razón.

–Es verdad –sonrió él–. ¿En qué estaría pensando?

Loretta se acurrucó entre sus brazos y apoyó la cabeza en su pecho. Jamison la estrechó contra sí y dio las gracias a las estrellas que le habían regalado a aquella mujer con la que atravesar la vida. Necesitaba aquel momento con ella. Aquel momento de calma para recuperar el centro.

Por eso no le mencionó que había contratado a la mujer de la que Donna le había hablado.

Fiona salió de la ducha a la mañana siguiente y se preguntó qué diablos estaba haciendo. Luke y ella habían pasado la velada juntos, y luego habían hecho planes para visitar la ciudad hoy.

–No debería estar haciendo esto –murmuró–. Se supone que una no debe involucrarse con un caso. Pero, ¿cómo no hacerlo? Tengo que hablar con él, ¿verdad?

Y además le gustaba de verdad. Lo que hacía que todo aquello fuera aún más duro.

–Pero al mismo tiempo tengo que conseguir que entienda a su abuelo. Que hable conmigo del tema para poder presentarle argumentos que pueda escuchar. Hacer que desee volver al negocio, y no lo conseguiré si lo evito, ¿verdad?

Cerró el agua caliente y se tomó un segundo para descansar la frente contra la pared de azulejos. Había volado hasta San Francisco para conocerlo y no podría hacerlo si no pasaba tiempo con él.

Se sonrojó al recordar lo que había sucedido ayer durante su primer encuentro. Nunca en su vida había sido tan abiertamente sexual. Y no sabía cómo había sucedido, más allá de la instantánea atracción que sintió por él.

–Esto podría complicarse mucho –murmuró agarrando una toalla blanca con la que rodeó su cuerpo todavía mojado. Utilizó otra para el pelo y quitó el vapor del espejo. Pero eso no ayudó. Ahora tenía que enfrentarse a su mirada de preocupación.

Su gran plan había sido encontrarse con él allí, en la conferencia, donde Luke estaría lejos de casa. Hablar con él, llegar a conocerle. No sexualmente, solo… como amigos. Luego, cuando volvieran a casa, tal vez podría continuar con aquella amistad y convencerle de que su abuelo y la empresa familiar lo necesitaban.

–Pero yo misma he destrozado el plan –dijo frunciendo el ceño a su reflejo–. Esto no está bien.

Era su trabajo, maldición. Se suponía que debía resolverle la vida a Luke, no lanzarse ella misma a un conflicto. Aquel era su trabajo, y tenía que ser profesional. No tenía ningún sentido que fantaseara con el hombre más guapo que había visto en su vida, Dios, lo que había sucedido antes resultaba muy vergonzoso. No tendría que haberse dejado caer en su regazo.

Cuando sonó el móvil, se lo tomó como un descanso a sus locos pensamientos. Luego vio la pantalla y suspiró. Esto tampoco podía evadirlo.

–Señor Barrett –dijo forzando una sonrisa–. No esperaba saber de usted tan pronto.

Lo cierto era que todavía no tenía nada sobre lo que informarle. Y no iba a compartir con él que su nieto le había encendido el fuego en el cuerpo.

–Señorita Jordan… ¿puedo llamarte Fiona?

–Por supuesto –Fiona se recolocó la toalla de la cabeza con una mano y volvió a secar el vapor del espejo.

–¿Te has encontrado con Luke?

–Sí –dijo, aunque no le iba a contar cómo había ido el primer encuentro–. He quedado con él dentro de una hora. Vamos a pasar el día juntos –y Fiona confiaba en conseguir que volviera a hablar de su abuelo. Volver a poner aquel trabajo en la senda adecuada. Jamison Barrett la había contratado para que su nieto volviera al negocio familiar, y eso era lo que iba a hacer. Nunca antes había fracasado en un contrato, y aquel no iba a ser el primero.

El negocio de Fiona, llamado Yolosoluciono, había nacido de su capacidad innata para resolver problemas. Si alguien perdía un anillo de diamantes o una mascota, ella los encontraba. Si alguien quería ir a un concierto que tenía las entradas agotadas, se las conseguía. También encontraba parientes perdidos. En resumen, podía resolver todo tipo de problemas.

Y no quería estropear su historial de éxito fallando ahora.

–¿Va a saltarse la conferencia para quedar contigo? –Jamison se rio entre dientes–. Estoy impresionado. No hay nada que le guste más a mi chico que la tecnología y estar rodeado de otros seres como él. Debes ser una profesional milagrosa.

–Yo no diría tanto –Fiona frunció el ceño ante su reflejo.

–Bueno, según me ha contado Donna, mi secretaria, siempre consigues lo imposible.

Fiona parpadeó varias veces.

–Señor Barrett, no quiero que tenga unas esperanzas demasiado elevadas –le advirtió. Sí, nunca antes había fallado, pero, ¿qué le decía siempre su madre adoptiva? «Siempre hay una primera vez para todo»–. Voy a hacer todo lo posible, pero su nieto parece muy obstinado.

–Lo es –murmuró Jamison–. Lo ha heredado de su abuela.

Fiona estuvo a punto de echarse a reír. Estaba claro que Luke se parecía a su abuelo mucho más de lo que ninguno de los dos hombres estaría dispuesto a admitir.

–Hoy es la última noche de la conferencia –dijo Jamison entonces–. Luke volverá mañana a casa, así que espero que me actualices mañana por la noche o a la mañana siguiente como muy tarde.

–Por supuesto –contestó Fiona.

Y secretamente confió en tener buenas noticias que darle. Pero por lo que había visto hasta el momento de Luke Barrett, Fiona tenía la sensación de que no era el tipo de hombre que tomaba decisiones precipitadas. Había dejado el negocio familiar porque estaba convencido de que era lo más adecuado para él.

¿Cómo se suponía que iba a cambiar su línea de pensamiento en un solo fin de semana? La respuesta era que no podía. Iba a necesitar más que un fin de semana, lo que significaba que iba a tener que ver mucho a Luke Barrett.

Se miró al espejo y vio en su mirada emoción. Oh, eso no era bueno.

—Bueno, pues espero tu llamada. Consíguelo —Jamison colgó un instante después y Fiona dejó el teléfono.

—Esto es solo un trabajo más, Fiona —le dijo a la mujer del espejo.

Cuando su reflejo puso los ojos en blanco al escuchar aquello, supo que estaba metida en un lío.

—No te involucres. No dejes que las hormonas te lleven por ahí. Consigue que Luke hable de su familia. Haz que sea consciente de a qué está renunciando. Y cuando todo termine… te vas. Porque si Luke descubre que te contrataron para que lo conocieras y lo convencieras, jamás volverá a hablar contigo de todos modos.

Así que lo mejor para ella sería sencillamente no involucrarse desde un principio…

Aquella noche, Luke se sintió al borde de un precipicio. Tenía el cuerpo tenso desde que Fiona había aterrizado en su regazo el día antes. Saltarse la conferencia para pasar tiempo con ella tampoco había ayudado a mejorar la situación.

Habían pasado todo el día haciendo turismo por la ciudad. Si alguien le hubiera dicho a Luke una semana antes que eso era lo que iba a hacer, se habría reído en su cara. Pero Fiona quería ver el parque y el muelle, y él la complació. Fiona se dedicó a observar las vistas, y Luke a observarla a ella. La noche anterior había soñado con ella, y ahora tenía todavía más imágenes de las que tirar. Fiona apoyada en la barandilla del muelle con el viento marino revolviéndole el pelo y levantándole la falda negra. Su sonrisa cuando el taxi los llevó por la calle con más curvas el mundo. Por no mencionar cómo su lengua acariciaba el helado de cucurucho que Luke le compró en el parque.

Luke cerró los ojos un instante y contuvo un gemido ante aquel pensamiento.

Para distraerse mientras estaba sentado en el bar esperando a que Fiona llegara a su cita para cenar, abrió el móvil y vio el correo. Había veinte mensajes nuevos, y mientras los leía, Luke dejó fuera el resto del mundo como si estuviera solo en una isla.

La verdad era que si no hubiera conocido a Fiona se habría aburrido como una ostra.

Aquella conferencia no tenía nada nuevo que ofrecerle. Luke ya había escogido su camino, tenía sus propios planes y ningún interés en cambiar lo que era en efecto una empresa recién nacida.

Solo había ido a San Francisco porque le parecía que debía hacer acto de presencia, hablar con un par de viejos amigos. Y entonces conoció a Fiona. Ella le había impactado y no tenía problema en reconocerlo… al menos para sí mismo. Era una mujer inteligente, divertida y segura de sí misma, y esas tres cosas combinadas con aquel cuerpo y aquellos ojos hacían que su mente divagara mientras revisaba los correos electrónicos.

–Eso no está bien –Luke sacudió la cabeza para aclarar su pensamientos. Ya tenía suficiente en su vida en aquel momento, y desde luego no necesitaba la distracción de una mujer… aunque fuera tan intrigante como Fiona. Qué diablos, pensó, especialmente alguien tan intrigante como Fiona.

Tenía que centrarse en su empresa. Dejó escapar un suspiro y leyó el mensaje de su asistente Jack.

Nos hemos tropezado con un inconveniente en la producción, jefe. Peterson dice que vamos con retraso y que no podremos lanzar las nuevas tablets a tiempo para navidad.

–Maldita sea –Luke sintió una oleada de frustración. Sí, para la gente hablar de lanzamientos navideños en febrero sonaba ridículo, pero aquellas cosas siempre se planeaban con meses de antelación, y a veces años. Normalmente por ese tipo de razones. Algo salía siempre mal.

Aquella no era la primera vez que Luke tenía que lidiar con retrasos y problemas en el trabajo. En Juguetes Barrett con frecuencia tenían que hacer milagros de última hora. Sí, se suponía que su primo Cole se encargaba de los socios de producción, pero muchas veces aquel trabajo recaía sobre Luke. Estaba vez también se ocuparía. Le escribió rápidamente un correo a Jack.

Dile a Peterson que tenemos un contrato y que espero que lo cumpla. Dile que tiene que encontrar la manera de conseguirlo. Y si te dice alguna tontería, yo mismo me ocuparé del asunto el lunes.

Aquello seguramente bastaría para meter al hombre en vereda. En caso contrario, Luke encontraría a otro para hacer el trabajo y se correría la voz de que la fábrica de Peterson no cumplía con sus compromisos.

Centrado ahora en el trabajo, respondió unos cuantos correos más de marketing y diseño y luego se saltó uno de su abuelo. Sabía muy bien que Jamison le volvería a decir que tenía que regresar al negocio familiar.

Sintió una breve punzada de culpabilidad pero la ignoró. Quería al viejo, pero que lo asparan si volvía a un lugar donde no se valoraban sus opiniones. Su nuevo negocio no era solo una empresa, sino una cuestión de orgullo.

–¿Perdón?

Era una voz femenina justo a su lado. Una de las camareras había intentado rellenarle la taza dos veces antes. Agitó la mano.

–No quiero más, gracias.

–Me alegra saberlo –dijo la mujer–. Entonces, ¿voy a tener que caerme otra vez sobre tu regazo para que me prestes atención? –añadió.

Luke se quedó muy quieto antes de girar la cabeza para mirar a Fiona. Si antes le pareció que estaba impresionante con aquella falda corta y vaporosa, aquello no era nada con lo que le parecía ahora.

Llevaba un vestido rojo oscuro que definía cada

curva de su cuerpo como las manos de un amante. El vestido estaba fruncido en la cintura y la falda apretada se detenía a mitad de los muslos. Los tacones negros completaban el conjunto y hacía que sus piernas parecieran impresionantes. Su mente imaginó al instante aquellas piernas rodeándole las caderas mientras Fiona lo introducía más profundamente en su calor.

Y entonces Luke se puso demasiado duro para poder levantarse.

Fiona llevaba el pelo recogido en una coleta baja que le colgaba por los hombros, y sus ojos color café echaban chispas, como si supiera perfectamente el efecto que estaba provocando en él.

—¿Ya has visto suficiente o quieres que me dé una vuelta despacio? –le preguntó.

Si Luke veía su trasero embutido en aquel vestido, sería el final para él.

—No es necesario. Siéntate.

—Oh —ella miró hacia el comedor—. Pensé que íbamos a cenar. Tengo hambre.

Luke asintió cuando ella se sentó y le hizo una señal a la camarera.

—Lo siento, pero eso va a tener que esperar a que pueda volver a caminar.

Los labios de Fiona se curvaron en una sonrisa.

—¿Otra vez? Eres genial para levantarme la autoestima –Fiona miró a la camarera cuando se acercó–. Vodka con Martini, por favor.

Cuando se quedaron solos de nuevo, Luke terminó el correo que estaba redactando. Cualquier cosa con tal de apartar sus pensamientos de donde querían estar.

–¿Vamos a tener una cita telefónica? –preguntó ella–. Lo digo por sacar mi móvil del bolso.

–¿Qué? No, es solo un pequeño asunto de trabajo del que tengo que ocuparme.

La camarera regresó y dejó el cóctel frente a Fiona antes de marcharse otra vez. Fiona se comió una de las tres aceitunas y luego dio un sorbo.

–Así que trabajo a todas horas y en todas partes.

Luke levantó la vista justo a tiempo de ver cómo se metía en la boca la segunda aceituna.

–Es importante –aseguró aspirando con fuerza el aire.

–Ah, seguro –Fiona se reclinó en el asiento de cuero y le dio un sorbo a su bebida–. ¿Siempre trabajas fuera del horario de oficina?

Un poco irritado, Luke trató de centrarse en el correo que estaba redactando.

–Cuando no tengo más remedio.

–Cuando nos conocimos ayer también estabas trabajando. ¿Nunca descansas?

–Normalmente no –le dio a la tecla de enviar y llegó una respuesta al mensaje que le había enviado antes de Jack. Lo abrió y sonrió satisfecho.

–¿Qué sentido tiene ser el dueño de tu propia empresa si nunca tienes tiempo libre?

Luke volvió a alzar la vista para mirarla y agarró su bebida.

–Está claro que no sabes todo lo que implica tener tu propio negocio.

–Eso no es cierto. Pero no dejo que el trabajo interfiera en mi vida.

Luke resopló.

–Este trabajo es mi vida.

–Vaya, eso es muy triste –musitó ella.

Luke la miró fijamente.

–¿Triste? Estoy creando una empresa de la nada. Eso no es triste. Es excitante. Un reto.

–¿Que está chupando todo lo que hay alrededor como un agujero negro?

Luke se rio entre dientes, volvió al correo que le estaba escribiendo a Jack, lo terminó y lo envió. Luego dejó el móvil en la mesa a su lado.

–Es increíble –dijo–. Durante un segundo he pensado que era mi abuelo quien me hablaba.

Ella arqueó las cejas.

–Eso es lo que sueña escuchar toda mujer.

–No quería decir eso –Luke sacudió la cabeza–. Es que de repente se ha vuelto antitecnología.

–Ah, entonces no me parezco en nada a él –afirmó Fiona dándole otro sorbo al cóctel–. A mí me gusta la tecnología. Me encantar enviarle correos y mensajes a mi madre, que me contesta con errores tipográficos muy graciosos. Y me gusta tener lavadora, coche y televisión.

Luke sonrió y asintió.

–Me alegra oírlo. Lo que la gente no entiende, incluido mi abuelo, es que la tecnología no son solo ordenadores, robots y drones. Hace más de cien años, la tecnología fue el primer avión. Se trata del futuro. De verlo. Agarrarlo.

–¿Y qué pasa con el presente?

–¿Cómo?

–El presente –repitió ella con una sonrisa pícara–. ¿La cena? ¿Ya puedes andar?

–Mientras no vuelvas a sentarte en mi regazo,

creo que vamos bien –Luke se levantó y rodeó la mesa para retirarle la silla.

Fiona se levantó muy despacio, aspiró con fuerza el aire y dijo:

–Intentaré contenerme.

Y no iba a ser fácil. Luke se dio cuenta de que ni siquiera tenía que tocarle. Con mirarle ya era suficiente para alimentar un fuego que amenazaba con reducirlo a cenizas.

Luke guio a Fiona hacia la recepcionista del restaurante y ambos siguieron a la mujer, que los llevó a una mesa que había al lado de una gran ventana. Luke llevó la mirada al trasero de Fiona y al modo en que lo movía con cada paso. Quería ponerle las manos encima. Y pronto.

Capítulo Cuatro

–Hemos pasado el día juntos y todavía no sé qué haces en San Francisco –aseguró Luke.

Era cierto. Fiona había conseguido que la conversación girara en torno a él la mayor parte del día. Que hablara de su empresa, y que de vez en cuando saliera a colación ese abuelo que estaba tan empeñado en que siguiera en el negocio familiar.

Porque no podía contarle lo que quería saber. No podía revelarle que la habían contratado para conocerle y que volviera a la familia. Así que solo le quedaba la opción de medias verdades y mentiras directas. Fiona no se sentía cómoda con ello, pero a veces no había otro camino.

–Estoy aquí por trabajo –dijo–. Tengo mi propio negocio –metió la mano en el bolsillo y sacó un tarjetero metálico que le había regalado su mejor amiga, Laura. Lo abrió, sacó una tarjeta y se la dio.

Luke la miró con expresión de asombro. No podía culparle, la mayoría de la gente reaccionaba así al principio.

–¿Yolosoluciono? –alzó la vista para mirarla–. ¿Arreglar qué? Esto es muy difuso.

Fiona se encogió de hombros.

–En realidad, describe perfectamente lo que hago. Si alguien pierde algo o si necesitan algo que no pueden conseguir por sí solos, me llaman y yo lo soluciono.

–Así de fácil.

No era una pregunta, pero al mismo tiempo sí.

–No he dicho que sea fácil –Fiona sonrió, porque parecía tan receloso que le iba a resultar divertido demostrarle que se equivocaba.

Además, cuando le miraba a los ojos sentía llamaradas dentro del cuerpo. Sin duda estaba sucediendo algo entre ellos, algo con lo que no había contado. Algo que no esperaba en absoluto.

¿Complicaría aquello la situación? Sin duda. Luke le estaba prestando atención y eso la ayudaría en su objetivo de convencerle para que regresara al negocio familiar. Pero ella no era mujer de aventuras de una noche, y cuando Luke supiera que había montado su primer encuentro, su relación quedaría relegada únicamente a eso.

–Cuéntame algo que hayas «solucionado» últimamente.

Fiona repasó mentalmente sus archivos y le surgió un ejemplo rápido.

–De acuerdo –dijo–. Hace como dos semanas me llamó una mujer para que la ayudara a encontrar la chaqueta deportiva con insignia de su hijo.

Luke se rio y Fiona torció el gesto. En realidad no le sorprendía su reacción, pero se sentía un poco decepcionada.

–A ti tal vez te parezca una tontería, pero aquel chico había trabajado muy duro para conseguir la letra de su equipo universitario. Y su madre pagó mucho dinero por ella.

–De acuerdo –asintió Luke–. ¿Y cómo resolviste el problema?

–Siguiendo sus pasos –continuó ella–. Averigüé dónde había estado, con quién, si se había detenido en algún momento en el camino... fui a todos los lugares a los que Ryder había ido durante todo el fin de semana porque él no recordaba cuándo fue la última vez que vio su chaqueta.

Luke frunció el ceño.

–Eso parece mucho trabajo.

–Yo trabajo mucho –afirmó Fiona–. De verdad, es increíble la cantidad de sitios a los que puede ir un adolescente en un fin de semana. Fui a una hamburguesería en Bolsa Chica, una tienda de surf en Huntington Beach, un teatro de Newport y un puesto de perritos calientes en Laguna. También había estado buscando trabajo en Long Beach y en Palos Verdes. Total, que hablé con docenas de personas y fui a miles de sitios hasta que por fin encontré la chaqueta.

–Tengo que reconocer que estoy intrigado. ¿Dónde estaba?

–En casa de una chica –Fiona sonrió, agarró el Martini que se había llegado al comedor y le dio un sorbo–. Vio al chico en una cafetería en Long Beach donde estaba dejando su currículo para un trabajo. Va a clase con él y le gusta mucho, y cuando Ryder se olvidó la chaqueta después de la entrevista, la recogió.

–¿Se la llevó sin más? –preguntó Luke con curiosidad.

–Bueno, dijo que tenía pensado devolvérsela en el instituto, pero se la quedó unos días más. Creo que le gustaba tenerla. El caso es que encontré la chaqueta, se la devolví al chico y a su agradecida madre.

—¿Y le contaste que la tenía esa chica?

Fiona dio un respingo.

—Me suplicó que no lo hiciera. Estaba avergonzada.

—Se la robó. Es una ladrona.

Fiona ladeó la cabeza y le observó. Aquella era una parte de él que no había visto antes. Hasta el momento solo había sido encantador, divertido y muy sexy. Pero su respuesta pintaba una imagen dura y despiadada de él.

—Eso es muy frío.

—Es solo un hecho —Luke se encogió de hombros—. Se la llevó y no la devolvió.

—Iba a hacerlo —Fiona estaba convencida de ello—. Entonces, ¿para ti lo único que cuentan son los hechos? ¿No existe el punto medio?

—¿Te parece raro? ¿Estás a favor de que la gente robe?

—Por supuesto que no, pero esto dispuesta a admitir que la gente hace cosas de las que se arrepiente…

—Eso le pasa a todo el mundo —las facciones de Luke se oscurecieron un tanto—. Eso no significa que no tengas que aceptar las consecuencias.

—Estoy completamente a favor de la responsabilidad, pero un poco de comprensión no le hace daño a nadie.

—Hay cosas buenas y cosas malas. Punto —Luke le dio un sorbo a su bebida. Parecía completamente satisfecho con su afirmación.

Bueno, aquello no era un buen presagio para ella, pensó Fiona. Ella había empezado aquella historia con una mentira. Y dudaba mucho que Luke pudiera entenderlo.

—Entonces, ¿en tu mundo no hay sombras grises?

Luke sacudió la cabeza.

—Debe resultar difícil ser perfecto en un mundo imperfecto.

Él curvó ligeramente los labios.

—Yo no he dicho que sea perfecto. Cuando me equivoco, lo asumo.

Fiona tenía la impresión de que no consideraba que se equivocara con mucha frecuencia.

—¿Y lo confiesas?

Luke no dijo nada, y Fiona supo lo que eso significaba. No, no lo hacía. Había imaginado que las disculpas no le salían con facilidad a un hombre tan seguro de tener razón todo el rato. Así que aprovechó el momento para señalar su punto.

—Entonces, ¿por qué debería confesar la chica? ¿Quién se beneficiaría de ello? Devolvió la chaqueta. El chico estaba contento. Su madre también. Y la chica no tiene que preocuparse de que se burlen de ella en el instituto a cuenta de este asunto.

—¿Y en eso consiste tu trabajo? —preguntó Luke—. ¿En seguir la pista a colegialas que roban chaquetas?

—Es un ejemplo —aquella no era la primera vez que la gente despreciaba su negocio—. He ayudado a la gente a investigar para sus tesis, encontré un anillo de compromiso perdido, y hace unos meses reuní a una mujer con la hija que había entregado en adopción treinta años atrás.

Aquel caso era la razón por la que Fiona estaba allí, fue un caso que resolvió para la hermana de Donna, la secretaria de su abuelo, pero eso no se lo podía contar a Luke.

Él arqueó las cejas.

—Eso es impresionante.

—Gracias. Sé que mi negocio puede parecer una tontería para algunos.

Le dio otro sorbo a su Martini y dejó que el líquido frío helara las burbujas de ofensa que le habían surgido en la boca del estómago. Era ridículo ofenderse por los comentarios de Luke. Daba lo mismo lo que él pensara de su negocio, ¿verdad? Había tenido que pasar por lo mismo con muchas otras personas a lo largo de los años. Y eso no había cambiado nada para Fiona.

Tenía una habilidad que había utilizado en el instituto para hacer amigos, y cuando creció utilizó su talento para montar un negocio que tuviera un sentido real, y Fiona estaba acostumbrada a lo que había conseguido. Tan orgullosa como seguro que lo estaba Luke de su negocio tecnológico.

—Pero cuando lo que has perdido es tu anillo de compromiso, es algo importante. Como cuando consigues sorprender a tu abuela con entradas para una obra que quería ver —Fiona sonrió ante el recuerdo—. Las únicas cosas importantes no son las grandes, ¿no crees? A veces las cosas más pequeñas son las más importantes.

—¿Cómo empezaste en este «negocio»?

—No tienes que decirlo así —le pidió Fiona—. Como si no fuera una empresa de verdad. No soy

49

tan grande como Juguetes Barrett, pero me mantengo a mí misma y ofrezco un servicio.

Luke asintió lentamente con la cabeza.

—Lo entiendo. Y dime, ¿cómo empezaste?

Fiona se encogió de hombros.

—Crecí en varios hogares de acogida —antes de que Luke pudiera ofrecerle una simpatía que no quería, se apresuró a continuar—. Así que eso significaba ir a colegios nuevos todo el rato y ser siempre la nueva.

—Eso es duro.

—Especialmente para una adolescente —reconoció ella, contenta de no haber visto en sus ojos aquel brillo de compasión que surgía cuando la gente se enteraba de su pasado. No, no había sido fácil, pero sobrevivió—. Así que para hacer amigos, empecé a ofrecerme a ayudar a los demás. A sacar al perro. Cuidar bebés. Encontrar unas gafas perdidas. Cualquier cosa.

Luke no dijo nada, solo siguió mirándola fijamente. Fiona se revolvió algo incómoda pero continuó.

—Fui a la universidad pública, hice cursos de negocios y convertí mi habilidad en una manera de ganarme la vida.

—¿Sigues paseando perros?

—Si alguien lo necesita, sin duda. También busco DJ para bodas, castillos hinchables para fiestas infantiles, visitas a estudios de cine…

—¿Y cómo te las arreglas? —Luke sentía curiosidad, podía vérselo en la mirada.

—Tengo muchos amigos con trabajos interesantes y nos ayudamos unos a otros —Fiona hizo una pausa antes de continuar–. Sé que la mayoría de las cosas que hago no te parecen importantes. Pero lo son para quienes me contratan, y creo que eso es lo importante.

Luke se lo pensó un instante con la mirada clavada en la suya.

–Sí –dijo finalmente–. Tienes razón. Es así.

El teléfono de Luke vibró encima de la mesa, y sonó como una serpiente entre los arbustos. Fiona dio un respingo y luego frunció el ceño cuando él lo agarró. Miró a la pantalla.

–Es trabajo. Discúlpame uno segundo.

Los tiempos habían cambiado, se recordó Fiona. Ahora nadie se lo pensaba dos veces antes de contestar una llamada durante una cena, en una obra de teatro o en el cine. Y al ver a Luke entendió a su abuelo. Sí, era estupendo contar con tecnología. Mantenía a la gente conectada… pero también tenía la capacidad de aislarla. Si alguien tenía más interés en una conversación telefónica que en hablar con la personas con la que estaba físicamente, ¿para qué estar con esa persona?

A pesar de que estaba molesta, la voz profunda y grave de Luke le provocó escalofríos en la espina dorsal. Su expresión cambiaba en función de lo que la persona que llamaba tenía que decir. No podía oírlo, así que no sabía de qué iba la conversación. Lo único que sabía era que estaba sentada frente a un hombre guapísimo que estaba más interesado en su teléfono que en ella. Fiona se dijo que seguramente sería mejor así. Después de todo, no estaba intentando establecer una conexión romántica. Miró a su alrededor en el elegante comedor y vio que la mayoría de la gente estaba mirando el móvil.

De pronto se dio cuenta de que era una plaga. Curiosamente, nunca había prestado mucha atención a la dependencia de la gente respecto a la tecnología hasta que aceptó aquel trabajo para Jamison Barrett.

Cuando Luke colgó, ella dijo:

–Propongo una prohibición de móviles. No más teléfono esta noche. Has contestado a dos llamadas antes y ahora esta –Fiona se encogió de hombros–. Sugiero que los dos pongamos los móviles sobre la mesa, y el primero que lo agarre, pierde.

–¿Y qué pierde?

–La apuesta.

A Luke le brillaron los ojos y Fiona distinguió una chispa que la incendió por dentro. Al parecer a Luke Barrett le gustaba competir.

–¿Y qué consigue el ganador?

–Mmm, buena pregunta… ¿la satisfacción de saber que ha ganado?

–No es un gran aliciente para hacerme ignorar las llamadas de trabajo –afirmó él.

¿Qué podría ofrecerle?, se preguntó. No podía ser un premio en metálico porque Luke era multimillonario. Entonces se le ocurrió una idea que avivó todavía más su fuego interno.

–De acuerdo –murmuró–. Un beso.

Al menos captó su atención. Besar a Luke Barrett era más tentador de lo que quería reconocer. Y tal vez por eso había sugerido ese premio.

–¿Un beso? –Luke alzó una ceja–. Eso no es un gran premio.

—Lo es si sabes lo que estás haciendo –afirmó ella.

Los ojos de Luke se oscurecieron con el color del mar durante una tormenta.

—Un desafío. Me gusta.

—Entonces, ¿estás de acuerdo? Sin teléfono. El ganador gana un beso.

—Pero el perdedor lo gana también –reflexionó Luke–. Así que el ganador decide dónde, cuándo, la duración y la profundidad.

Escucharle decir aquellas palabras provocó que a Fiona se le acelerara el corazón de forma salvaje.

Y solo estaban *hablando* de besarse. Tal vez no fuera la mejor idea del mundo.

—¿Trato hecho? –Luke dejó el móvil sobre la mesa.

Fiona tenía una última oportunidad para echarse atrás, pero dejó su teléfono al lado del suyo y comenzó el desafío.

La cena estaba buena, pero Luke apenas la probó. En lo único que podía pensar era en el beso que le esperaba. Había querido saborear a Fiona desde que se conocieron, y ahora estaba tan cerca de ello que tenía la mente completamente paralizada.

Volvió a sonar su móvil. Por tercera vez en la última media hora, y ni siquiera lo miró. Clavó los ojos en Fiona y vio la sonrisa dibujada en aquellas profundidades marrones. Fiona estaba convencida de que iba a fallar, que iba a contestar la llamada porque le había visto hacerlo muchas veces. Pero Fiona Jordan no tenía ni idea de lo obstinado que podía llegar a ser cuando estaba centrado en un objetivo.

Y aquella noche ella era el objetivo. ¿Una distracción temporal? Cuando volviera a casa podría centrarse en el trabajo. Pero aquí…

—Siento interrumpir…

Luke se giró para mirar a la mujer rubia y alta con un vestido negro ajustado al lado de un niño pequeño que llevaba un cocodrilo de peluche apretado contra el pecho.

Tras mirar un instante a Luke, la mujer miró a Fiona y sonrió.

—Lo siento de verdad, solo será un minuto.

—No pasa nada, Shelley –dijo Fiona. Luego miró al niño–. Hola, Jake.

—Gracias –dijo el pequeño escondiéndose entre las piernas de su madre–. Encontraste a Dragón.

—Vaya, de nada –respondió Fiona con una sonrisa–. Parece que está muy contento de haber vuelto contigo.

—Jake quería darte las gracias personalmente –explicó la madre–. Así que cuando te vimos en el comedor, pensamos en acercarnos. No sabes cuánto nos has ayudado –Shelly acarició la rubia cabeza de su hijo–. Estaba tremendamente triste por haber perdido a Dragón. Anoche no pudo siquiera dormir. Gracias, de verdad.

Shelley estrechó la mano de Fiona y se fue.

—¿Otro cliente satisfecho?

Fiona sonrió.

—Jake perdió a Dragón ayer en el hotel, y hoy he visto a su madre buscándolo. Así que me presenté voluntaria para ayudar.

Luke frunció el ceño al girar de nuevo la vista hacia el pequeño.

—Estuvimos juntos todo el día. ¿Cuándo pasó esto?

—Cuando subí a cambiarme para cenar. Me los encontré en el ascensor.

Luke hizo un esfuerzo de memoria.

—Solo estuviste ausente cuarenta y cinco minutos. ¿Lo encontraste tan rápido?

—Este era fácil —reconoció ella—. Habían estado la mayor parte del día en la piscina, así que me informé y supe que habían recogido las toallas para llevarlas a la lavandería justo después de que la familia se marchara de la piscina. Así que fui allí y me dejaron mirar en los cubos gigantes llenos de toallas húmedas de la piscina que todavía no habían echado a lavar, y allí lo encontré —Fiona se encogió de hombros—. Nada del otro mundo.

Luke volvió a mirar al niño, que seguía abrazando su peluche con fuerza, y luego dirigió la vista hacia Fiona.

—Para Jake sí.

Ella sonrió de oreja a oreja.

—Lo has pillado.

—Sí —dijo Luke. Ahora estaba más decidido que nunca a ganar la apuesta porque lo que más deseaba del mundo era besarla hasta perder el sentido. Perderse en ella—. Creo que sí.

Sonó el móvil de Fiona con un tono de reminiscencias medievales, y sin dejar de sonreír, ella lo agarró automáticamente.

—Has perdido —dijo Luke.

Ella se detuvo con la mano sobre el móvil. La

música había dejado de sonar, pero ya era demasiado tarde y los dos lo sabían.

–No es justo. Estaba distraída.

Luke sonrió, la miró profundamente a los ojos y susurró:

–No tanto como vas a estarlo.

La promesa del beso los envolvió durante el resto de la cena, y para cuando terminaron, Luke estaba más tirante que la cuerda de un arpa. Nunca había esperado con tanto anhelo un simple beso. Qué diablos, se había estado torturando desde el momento que Fiona cayó en su regazo.

–¿Sabes qué? Creo que deberíamos hablar de esto…

Luke tenía una mano puesta en la parte inferior de su espalda, y le daba la impresión de sentir cómo el calor del cuerpo de Fiona se vertía en el suyo.

–No vas a intentar escaquearte, ¿verdad? Esto ha sido idea tuya.

Salieron al patio de baldosas y siguieron caminando hacia el enorme jardín antes de dar la vuelta al hotel.

–Sí, pero…

–Pero creíste que ibas a ganar –terminó Luke por ella viendo cómo se mordía la lengua–. Reconócelo, pensaste que iba a agarrar mi móvil.

–Por supuesto que sí –afirmó ella mirándolo–. ¿Quién iba a pensar que serías tan…?

–¿Decidido? ¿Fuerte? ¿Concentrado?

–Todo lo anterior.

Luke sonrió y siguió caminando a su lado hasta que llegaron al jardín vacío. Soplaba una brisa marina, y San Francisco en febrero podía ser muy frío. No parecía que hubiera nadie lo bastante valiente para estar ahí fuera, y eso le convenía a Luke.

–Ha sido una apuesta estúpida –aseguró Fiona.

–Pero la hemos hecho.

Fiona se detuvo, le miró y entornó los ojos.

–Lo estás disfrutando, ¿verdad?

–Mucho –reconoció él.

La sonrió, pero la sonrisa se fue desvaneciendo mientras la miraba *realmente*. El largo y oscuro cabello se le agitaba al viento y sus ojos marrones parecían casi negros bajo la luz de la luna.

Si Luke hubiera buscado un encuadre romántico, no lo habría encontrado mejor. Los árboles se mecían, el aroma de las flores inundaba el aire, y la luz brillaba en cielo libre de nubes pintando sombras en la hierba. Había algunas lámparas antiguas que parecían de gas repartidas por el jardín, lo que añadía pinceladas de oro a la oscuridad.

Pero no era romanticismo lo que buscaba, se recordó. No quería una relación, solo apagar su fuego interno. El deseo se había apoderado de él, un deseo puro y abrumador como nunca antes había conocido.

–¿Estás intentando librarte del acuerdo? –le preguntó en voz baja con la mirada clavada en la suya para poder observar si había alguna traza de vacilación.

–Eso sería un poco raro, teniendo en cuenta que la idea fue mía.

–Eso no es una respuesta –murmuró Luke con voz aún más profunda por el deseo. Sin dejar de mirarla a los ojos, vio deseo e irritación consigo

57

misma por haber perdido la apuesta, pero gracias a Dios no vio un «no».

—No, no estoy intentando echarme atrás —aseguró Fiona aspirando con fuerza el aire, como si se estuviera preparando para el reto—. Has ganado, así que tú mandas. Como acordamos.

Luke le deslizó las manos por los brazos hasta que ella se estremeció bajo su contacto. Se humedeció el labio inferior con la lengua, y Luke sintió cómo todo su cuerpo se ponía tenso.

—Supongo que si yo fuera un caballero te dejaría librarte de esta…

—Pero no eres un caballero, ¿verdad? —preguntó Fiona apartándose el pelo de la cara.

—No —susurró él inclinando la cabeza hacia la suya.

—Me alegro —murmuró Fiona justo antes de que la boca de Luke tomara la suya.

En cuanto sus bocas se encontraron, Luke supo que no podría quedarse satisfecho con un solo beso. El sabor de Fiona lo atrapó y le llenó cada célula, nublándole la visión.

Fiona se balanceó hacia él y Luke la rodeó con los brazos, sosteniéndole la nuca con la palma de una mano. Le pasó los dedos por el pelo y la sostuvo firme para poder hundirse en la sensación de tenerla por fin así.

Habían sido los dos días más largos de su vida. Verse torturado por su presencia y no poder tocarla lo había vuelto loco. Y ahora estaba dispuesto a sacarle el máximo partido al beso que le había ganado.

Entrelazaron las lenguas y Luke se tragó el suspiro de Fiona. La devoró, alimentando el deseo que sentía y ascendiendo a unas alturas que no sabía que existían. Era más de lo que había esperado. Más de lo que nunca creyó posible. Y una parte de él se dio cuenta de que Fiona era peligrosa para un hombre que no quería nada que durara más de dos semanas.

¿Quién habría imaginado que Fiona sería tan adictiva? Su sabor, la sensación de su cuerpo pegado al suyo, el sonido de sus suspiros. Todo en ella pedía a gritos que se tomara su tiempo. Y todo en él le decía que se detuviera ahora que todavía podía.

Luke apartó la cabeza a regañadientes y la miró. Fiona tenía los ojos cerrados, la boca preparada para que la siguiera besando. Respiraba agitadamente, y se fijó en que el pulso le latía con fuerza en la elegante columna del cuello.

No parecía capaz de dejarla ir. Su calor le llamaba. El deseo que todavía le tenía preso se focalizó en su pene. En lo único que podía pensar era en deslizarle el vestido por los hombros para poder desnudarle los senos. Pero que lo asparan si se comportaba como un adolescente tórrido en un jardín público.

Fiona abrió los ojos muy despacio y lo miró. Se humedeció el labio superior con la lengua y ella le miró de un modo tan intencionado y sensual que Luke tuvo que hacer un esfuerzo por no volver a saborearla.

–Guau –Fiona aspiró con fuerza–. Vaya, ha sido un beso realmente bueno.

Luke sonrió. Nada de juegos. Nada de intentar

fingir que el beso no los había sacudido a los dos. No solo deseaba a Fiona Jordan, sino que además le caía bien.

—Gracias —dijo levantando una mano para acariciarle la mejilla con las puntas de los dedos—. Lo intento.

Ella le dio una palmadita en el pecho y luego se pasó las dos manos por el pelo. Volvió a aspirar con fuerza el aire como si quisiera tranquilizarse.

—Te lo agradezco. De verdad. Bueno. Pues apuesta cumplida. ¿Y ahora qué hacemos?

La cabeza de Luke se llenó de imágenes y el calor le recorrió el torrente sanguíneo. Lo apartó todo de sí con la esperanza de que ella estuviera pensando lo mismo.

—Lo que tú digas.

Fiona alzó la vista, sonrió y dijo:

—Helado.

—¿Qué? —aquello estaba tan lejos de sus pensamientos que durante un segundo o dos, Luke no fue capaz de procesar la información.

—He visto una heladería con un aspecto estupendo a una manzana de aquí.

Luke no sabía qué diablos pensar de Fiona. Le caía bien. La deseaba. Le preocupaba acercarse demasiado a ella. Pero no le resultaba sencillo seguir el tren de sus pensamientos.

Pero tal vez el helado le ayudaría a congelar el fuego interior. Valía la pena intentarlo.

Capítulo Cinco

Un par de horas más tarde, Fiona escuchó a su mejor amiga contestar el teléfono y le espetó:

—Ayúdame.

—¿Quién llama?

Fiona se rio por lo bajo.

—No estoy de broma, Laura. Creo que estoy metida en un buen lío.

Laura cambió de tono al instante, de bromista a preocupado.

—¿Qué ocurre?

Fiona suspiró ligeramente y sonrió para sus adentros. Sabía que podía contar con Laura Baker. Laura y su marido, Mike, eran los dueños del dúplex de Long Beach en el que ella vivía. Los Baker tenían una casa de tres habitaciones, una de las cuales la ocupaba Fiona. Desde el momento en que se mudó allí hacia unos años, las dos mujeres habían creado un vínculo muy especial, como si se conocieran de toda la vida.

Y para Fiona aquel era un regalo incomparable. Sí, tenía un gran círculo de amigos que había ido creando con el paso del tiempo para llenar de alguna manera el vacío que sentía por no haber tenido nunca familia. Pero encontrar a Laura había sido como si hubiera vivido sola toda su vida y de pronto descubriera que tenía una hermana.

—Se trata de Luke Barrett. Es demasiado sexy.

Laura se rio.

—¿Eso es posible? ¿No es como ser demasiado delgado o demasiado rico? Nunca he oído que alguien fuera demasiado sexy… ¿Qué está pasando?

Fiona agarró el teléfono y empezó a caminar sin rumbo. De pronto pensó que no estaba sola en aquella preciosa habitación de hotel, sino que imaginó que estaba sentada al lado de Laura en su enorme sofá de cuero, y al instante se sintió mejor. Se detuvo al lado de la ventana y se quedó mirando hacia San Francisco, que estaba envuelta en unas luces que hacían que la ciudad pareciera mágica de noche.

—Este trabajo no está resultando como pensaba.

—Vaya. Estoy intrigada. Adelante, soy todo oídos. Habla.

Y eso fue lo que hizo. Mientras caminaba por la habitación como un tigre enjaulado, Fiona le contó a Laura todo lo que había pasado desde que se dejó caer sobre el regazo de Luke. Por último, le contó lo del beso.

—¿Qué hago ahora?

—¿Tener sexo? —sugirió Laura.

—No puedo. Creo que no sería ético.

—¿Está casado? —preguntó su amiga.

—¡No!

—Y tú tampoco. Entonces, ¿cuál es el problema?

Fiona agitó la mano en el aire.

—Por ejemplo, que le estoy mintiendo. Estoy trabajando para su abuelo. Jamison Barrett me ha pagado todo el viaje para que pueda convencer a Luke de que vuelva al negocio familiar.

–¿Y has hecho un voto de celibato cuando yo no miraba?

–No, pero…

–¿Y esperas que sea el elegido y que seréis felices para siempre juntos?

De acuerdo, podía admitir que no le había costado mucho imaginar un futuro perfecto con Luke como marido maravilloso y padre estupendo de varios niños preciosos. Pero esa no era la cuestión. Porque había pocas posibilidades de que algo así ocurriera.

–No, por supuesto que no, pero…

–¿Le deseas?

Aquella era una pregunta fácil de responder, teniendo en cuenta que todavía le ardía la sangre y podía sentir el sabor de su boca en la suya.

–Oh, sí.

–Entonces deja de torturarte. Vete a la cama con él. Disfruta –Laura aspiró con fuerza el aire antes de seguir–. Vamos a ser claras. De todas maneras se va a poner furioso cuando se entere de lo que está pasando. Me acabas de decir que no ves ningún futuro con él. Entonces, ¿por qué no quedarnos con el recuerdo de un sexo maravilloso?

–A lo mejor no llega a enterarse nunca –arguyó Fiona.

Y en realidad no debería si el trabajo salía bien. Volvería al negocio familiar y retomaría su vida sin saber que la mujer con la que había pasado el fin de semana era la razón por la que había cambiado de parecer.

–Se enterará, cariño –aseguró Laura–. Si quieres que algo permanezca secreto, es una garantía para que no sea así.

—Eso ayuda mucho —Fiona frunció el ceño al ver su reflejo en la ventana. Odiaba la idea de que Luke la considerara una mentirosa. Que no sentía nada por él. Porque a pesar de sus esfuerzos por ser profesional, no podía evitar sentirse atraída por él.

Laura suspiró.

—Fiona, ¿te gusta este hombre?

—Mucho —reconoció ella pensando en los dos últimos días. Luke era divertido, inteligente y guapo, y los hombres así no crecían en los árboles—. Ese es el problema, ¿sabes? Que me gusta de verdad.

—Entonces disfruta de él. Deja de darle tantas vueltas a todo. Acepta la situación tal y como es y agradécela mientras dure.

¿Sería capaz de hacer algo así?

—Deja de pensar —le ordenó Laura, como si hubiera visto la indecisión dibujada en su cara—. Relájate por una vez y déjate llevar.

Fiona no era la persona más impulsiva del mundo. Y desde luego, tampoco era mujer de aventuras de una noche. Qué diablos, había pasado casi un año desde su última cita. Le gustaba tomarse tu tiempo. Conocer al hombre antes de tener relaciones sexuales con él. Pero al parecer sus normas personales saltaban por la ventana en lo que a Luke Barrett se refería. Estaba tan fuera de su zona de confort que ni lo veía.

Luke Barrett era la clase de persona que solo aparecía una vez en la vida. Fiona pensó en él y recordó el beso. La sensación de su cuerpo pegado al suyo. El fuego de sus ojos cuando la miraba.

Y supo que, aunque fuera a meterse en un problema, se arriesgaría.

Jamison Barrett estaba a la mañana siguiente en su despacho de casa. Había ido al servicio religioso con Loretta y tenía el resto de la mañana libre. No sabía muy bien qué hacer. A pesar de lo que decía su mujer, Jamison estaba preocupado. Si estaba perdiendo la cabeza, entonces iba a necesitar a Luke más que nunca. Y si Fiona Jordan fracasaba en su misión, Jamison no sabía qué iba a hacer.

–Hola, abuelo.

Jamison alzó la vista del escritorio y vio a su nieto mayor entrar en el despacho.

–¿Cole? ¿Qué haces aquí?

–¿Qué quieres decir? –Cole se rio con cierta aprensión y se metió las manos en los bolsillos de los pantalones–. Hace una semana que planeamos esto.

–Hola, abuelo –Susan asomó la cabeza detrás de Cole con Oliver, un niño rubio de grandes ojos azules como su madre y una sonrisa como la de Cole–. Vamos primero a la cocina a saludar a la abuela.

Cuando Susan y el niño se marcharon, Jamison se giró hacia Cole.

–Estoy encantado de veros a los tres… pero, ¿qué hacéis aquí?

Cole se lo quedó mirando un largo instante.

–Hemos quedado para comer y para hablar de la nueva línea navideña, abuela.

Jamison frunció el ceño y sacudió la cabeza.

—Eso es mañana.

—No —insistió Cole con cariño—. Es hoy. Dijiste que querías quitártelo de encima el domingo para poder hablar mañana con los de marketing.

Jamison se rascó la nuca. No recordaba haber dicho nada semejante. Ni siquiera haberlo pensado.

—Y como dijiste que ibas a trabajar desde casa, hablamos de que viniera con Susan y Oliver y comiéramos juntos en el club.

Jamison aspiró con fuerza el aire y lo retuvo. Era como si Cole le estuviera hablando en chino. No recordaba nada al respecto. Aquello no tenía sentido. Un hombre se despertaba una mañana y se encontraba con un agujero mental gigante. Se suponía que aquello iba lentamente, que había señales pequeñas antes de las grandes… como olvidar conversaciones enteras.

—¿Estás bien, abuelo? —Cole clavó en él una mirada cargada de preocupación.

—Perfectamente. Se me había olvidado, eso es todo —no iba a admitir delante de Cole lo que le estaba pasando.

—Lo escribiste en tu calendario la semana pasada.

¿Lo había hecho? Jamison rebuscó en su memoria. No recordaba haber cambiado la reunión al domingo. Irritado, abrió el calendario en el ordenador. Lo tenía vinculado al del trabajo, así que podía hacer cambios desde cualquiera de las dos ubicaciones.

Era Cole quien le había instalado aquel programa, asegurándole que le haría la vida más fácil. Jamison no entendía que un programa pudiera ser más fácil que un lápiz y un papel, pero como había sido un regalo, se sentía obligado a utilizarlo.

–Sé que lo anoté, hijo. Para mañana.

Bajó por la pantalla hasta que encontró lo que buscaba, y entonces se sintió peor que nunca. Allí estaba: *Domingo, Cole: línea de Navidad. Comida con la familia.*

Jamison tragó saliva para disimular la punzada de miedo que sentía. ¿Qué diablos le estaba pasando? Nunca olvidaba una reunión. Qué demonios, hasta el año pasado tenía en la cabeza todas sus citas y nunca se le había pasado una.

Ahora se quedó mirando a la pantalla con gesto acusador, como si ella hubiera cambiado lo que había escrito.

–¿Abuelo?

La voz de Cole sonaba vacilante y algo angustiada, y Jamison lo odió. No necesitaba la simpatía ni la preocupación de nadie.

–Estoy bien –insistió, a pesar de que estaba lleno de dudas. Si había algún problema él mismo se ocuparía. Lo último que necesitaba era que la gente empezara a tratarlo como a un maldito inválido. Apartó de sí aquellos pensamientos y forzó una sonrisa que estaba muy lejos de sentir.

Cole tenía su propia vida de la que ocuparse, y un hijo. No le hacía falta preocuparse por un abuelo chocho.

–He debido estar demasiado ocupado y no me he dado cuenta –afirmó con brusquedad–. Ahora que no está Luke, tengo mucho que hacer en la empresa.

—No tienes por qué hacerlo solo, abuelo –afirmó Cole tenso–. Yo también soy tu nieto. Si necesitas ayuda en el negocio, dímelo. Puedo ocuparme de las cuentas de Luke. Él no es el único que ha crecido trabajando en Juguetes Barrett.

Bueno, pensó Jamison, al parecer había tocado hueso. Para Cole era duro no poder calzarse con los zapatos de Luke.

—Lo sé –afirmó asintiendo.

Cole era el mayor, pero en realidad Luke era más maduro. El que tenía una visión de hacia dónde podía ir la empresa, El hecho de que ahora no estuvieran de acuerdo con aquella visión no importaba. Cole era más de estar en el momento que de ver la imagen completa, y ese rasgo no era bueno para convertirse en presidente de una empresa.

Pero no hacía falta entrar en ello ahora. Jamison miró a su nieto y se preguntó si no estaría siendo demasiado duro con el chico. Pero había visto crecer a Cole y a Luke. Había visto cómo se desarrollaban sus personalidades, y aunque los quería a los dos, no era ciego a sus defectos. Luke siempre estaba en el futuro e ignoraba el presente... y a Cole le interesaba el dinero, pero no el trabajo.

—Tal vez tengamos que hablar de eso pronto –dijo Jamison. Aunque si Fiona Jordan cumplía con el trabajo que le había encargado, no tendría por qué hacerlo. Pero Cole no sabía nada al respecto–. Sin embargo, por ahora seguiremos en la dirección que llevábamos –asintió, y le guiñó un ojo a Cole–. Nunca se sabe. Tal vez Luke regrese.

—Claro, abuelo –la frustración y la decepción se dibujaron en las facciones de Cole, pero un instante después escondió sus sentimientos bajo su habitual sonrisa–. Lo haremos a tu manera por ahora.

–Eso está bien –dijo Jamison sentándose en su escritorio de nuevo–. Si estás listo, podemos tener ahora mismo esa reunión.

–De acuerdo –Cole tomó asiento, abrió la tablet y empezó a hablar.

Jamison escuchó. Lo hizo de verdad. Incluso tomó notas cuando le pareció apropiado. Pero en el fondo de su mente había unas voces susurrantes, y ninguna de ellas le resultaba consoladora.

Una hora más tarde, Fiona se encontró sin saber cómo en el jet privado de Luke, sintiéndose como una campesina en palacio.

Estaba acostumbrada a tener que pasar los controles de seguridad, esperar en puertas de embarque abarrotadas de gente en sillas incómodas y luego apretujarse en asientos hechos para traseros más pequeños que el suyo.

Cuando miró a su alrededor, se dijo que aquel tipo de lujo iba a convertir sus próximos vuelos en un horror. Había dos sillones de cuero negros y un conjunto de seis butacas unas frente a otras. Había mesas, lámparas de lectura y moqueta blanca en el suelo. De uno de los costados colgaba una pantalla de televisión plana e incluso había flores frescas en un jarrón de cobre encima de una de las mesas. Fiona se sentó lentamente en uno de los sofás y deslizó con indolencia una mano por la suave superficie, como si quisiera convencerse a sí misma de que no se trataba de un sueño.

Tenía la vista clavada en Luke, que estaba hablando con el auxiliar de vuelo, el piloto y el copiloto. Aunque estaba muy distraída por el lujo del avión, Fiona no podía apartar la vista de Luke.

Llevaba un traje de chaqueta azul oscuro, camisa azul clara y corbata roja escarlata. Y tenía los ojos tan azules que daban ganas de hundirse en ellos. Y cuando giró la cabeza para mirarla, Fiona sintió una descarga eléctrica que le recorrió todo el cuerpo.

Aquella mirada era lo que la había mantenido despierta la noche anterior. Aquel brillo pícaro de sus ojos. Bueno, eso y el recuerdo del beso que habían compartido en el jardín. Tenía la sensación de que recordaría aquel beso aunque viviera cien años.

Con la mirada clavada en la suya, Fiona se dio cuenta de que le daba pena que el fin de semana fuera a terminar. Había empezado como un trabajo, pero se había convertido en algo más. Ahora estaba atrapada en algo completamente distinto y no sabía cómo iba a terminar.

Cuando regresaran a Orange County tendría que seguir viéndole… después de todo, ese era el plan original. Todavía tenía que convencerle de que regresara al negocio familiar. Pero después de aquel beso, se había dado cuenta de que quería seguir viéndole simplemente porque sí. Aunque acostarse con él era algo completamente diferente. Si lo hacía y luego Luke se iba al terminar el fin de semana, entonces habría fracasado en su trabajo. Y todavía había una gran mentira colgando entre ellos en la que Fiona no quería pensar. ¿Y si

Luke esperaba que su tiempo juntos terminara ahí, con el fin de semana?

Demasiados pensamientos cruzándole por la mente, y de pronto recordó lo que decía Laura: «le das demasiadas vueltas a todo». Bueno, tal vez su amiga tuviera razón. Tal vez había llegado el momento de dejar de pensar y solo ver qué pasaba.

Un instante más tarde, Luke se acercó a ella y Fiona contuvo el aliento. No cabía duda de que aquel hombre era peligroso. El corazón empezó a latirle con fuerza, y eso no podía ser sano.

—Vamos a despegar en unos minutos —Luke la ayudó a levantarse y la guio hacia una de las butacas—. Nos sentaremos aquí para el despegue.

—Mucho mejor que los asientos habituales de los aviones —dijo Fiona poniéndose el cinturón y girándose al ver que Luke se sentaba a su lado.

Luke le dirigió una de aquellas sonrisas que siempre le provocaba un vuelco al corazón.

—Puedes volar conmigo siempre que quieras.

—Vaya, es una oferta muy tentadora —murmuró ella preguntándose si lo decía en serio o si solo trataba de ser encantador. En cualquiera de los dos casos, funcionó.

—Eso espero —respondió Luke. Luego se giró hacia la mujer que se acercaba.

Era alta y vestía pantalones negros, camisa blanca de manga larga y un pañuelo rojo anudado al cuello. Llevaba dos copas de champán y sonrió cuando se las entregó.

—Disfruten del vuelo. Si me necesitan estaré en la cabina del piloto, señor Barrett.

—Gracias, Janice.

Así que Luke lo había planeado para que estuvieran solos. Para su extrañeza, aquello no la puso nerviosa. Fiona dio un sorbo a su copa de champán y dejó que las burbujas descansaran un instante en su lengua antes de tragar. No, no estaba nerviosa en absoluto. Si acaso, un poco emocionada.

Los últimos días habían sido mucho más intensos de lo que esperaba. Había ido a hacer su trabajo, pero nunca esperó sentirse tan atraída por Luke. Tan tentada. Nunca había conocido a un hombre que la afectara tanto tan fácilmente. ¿Y por qué tenía que ser justamente a él? No solo estaban separados por una mentira que colgaba entre ellos, sino por el hecho de que Fiona no formaba parte de su mundo. Un mundo de jets privados, por el amor de Dios. No, acostarse con él sería un gran error.

Se preguntó si hacía calor dentro de la cabina o si se trataba de ella.

Le dio otro sorbo al champán frío.

—Le he dicho a Janice que no la vamos a necesitar después del despegue. Después de todo, solo es un vuelo de noventa minutos.

—Muy bien —la mente de Fiona iba de un pensamiento a otro. Noventa minutos podría ser mucho tiempo si se utilizaba sabiamente. ¿Volar con Luke en cualquier momento? Dudaba que eso volviera a ocurrir en el futuro. Así que, ¿por qué no seguir el consejo de Laura y disfrutar del momento?

No era propio de ella dejarse llevar simplemente por sus propios deseos y necesidades. Era más del tipo de ver las cosas desde diferentes ángulos. Ser impulsiva iba contra su naturaleza, así que no entendía por qué estaba considerando siquiera serlo.

Tenía los nervios a flor de piel, pero trató de tranquilizarse. Si había consecuencias que pagar, las pagaría. Más tarde. Pero si lo único que podría tener con Luke Barrett era aquel fin de semana, no quería desperdiciarlo. Por una vez en su vida iba a saltar sin preocuparse de la caída.

Escuchó el sonido de los motores del jet y el avión empezó a recorrer la pista de despegue. Fiona sintió que estaba haciendo lo mismo. Moverse inexorablemente hacia delante.

—Cuando estemos en el aire te enseñaré el avión —dijo Luke inclinándose hacia ella.

Fiona parpadeó.

—¿Todavía hay más que ver?

Luke se limitó a sonreír y en aquel momento el avión empezó a avanzar por la pista. El latido de su corazón le seguía el ritmo en el pecho. Mirar los ojos azules de Luke le resultaba casi hipnótico. Podía atraparla con una sola mirada. La sangre le latió en las venas y le dio otro sorbo a su copa de champán para calmar el fuego. Pero nada podría lograr aquello.

El jet adquirió velocidad y luego se elevó por los aires. Como siempre, a Fiona le dio un vuelco al estómago, pero esta vez tuvo la sensación de que tenía más que ver con Luke que con su miedo a volar.

Unos instantes más tarde estaban por encima de los bancos de nubes que podían verse al otro lado de las ventanilla. Los motores del jet establecieron un zumbido ronco que sonaba al fondo. Luke se desabrochó el cinturón y le tendió la mano. Fiona dejó la copa de champán y deslizó la mano en la suya. Luke entrelazó los dedos de ambos y a ella no le importó lo más mínimo.

Su piel en la suya le provocó una oleada de calor, y Fiona inició un mantra silencioso para pedir a sus hormonas que se echaran una siesta. No le hicieron caso, pero ella siguió intentándolo. No podía evitar pensar que la conexión que sentía con Luke no era algo bueno.

Todavía tenía que terminar el trabajo para el que había sido contratada. ¿En qué estaba pensando al considerar siquiera en irse a la cama con él?

Por el amor de Dios, hacía tres días que lo conocía. Fiona no recordaba otro momento en el que hubiera estado tan dispuesta a seguir su instinto en lugar de tener algo planeado. Pero en cualquier caso, Luke no era un completo desconocido, ¿verdad?

Una voz interior le dijo que en los últimos tres días habían estado juntos casi todo el rato Habían hablado más que otras personas a lo largo de varias semanas. Luke le caía bien. Muy bien. Y eso la preocupaba un poco, porque no debía fantasear con él. El hecho de estar allí, en su jet privado, era la prueba. Vivían en mundos separados. Ella no tenía cabido en el espacio que Luke habitaba.

No estaba preparada para aquel hombre ni creía que lo estaría nunca. Luke le apretó suavemente la mano y el interior de Fiona volvió a cobrar vida.

«Echaos una siesta, hormonas», se dijo para sus adentros.

—Y este es el dormitorio —dijo Luke abriendo la puerta de una habitación situada el fondo del avión.

—Muy práctico —respondió ella mirando a su alrededor.

Era una estancia pequeña pero lujosa. Tenía una cama de matrimonio cubierta con una colcha rojo oscuro, mesillas de noche y una televisión en la pared.

Fiona le miró y supo que no cabía la menor posibilidad de que sus hormonas se echaran una siesta.

Capítulo Seis

Luke tenía la mirada clavada en ella, y Fiona sintió cómo su calor la envolvía. El poder de su mirada era como una caricia. Podía sentirla en la piel.

—El baño está ahí mismo —continuó Luke—. Aunque hay otro al lado de la cabina de pilotos.

—Bien —Fiona se rio un poco y sacudió la cabeza. Aquello estaba tan alejado de su vida cotidiana que era como si hubiera aterrizado en otro planeta.

Luke alzó una ceja.

—¿Estás bien?

—¿Sinceramente? No lo sé —Fiona miró a su alrededor antes de girar la vista hacia él de nuevo. ¿De verdad estaba tan acostumbrado a vivir así que no se daba siquiera cuenta de lo raro que resultaba aquello?

—Estoy bien. Es solo que… normalmente, cuando vuelo, para mí ya es un lujo que el asiento de al lado esté vacío.

Luke se encogió de hombros y se metió las manos en los bolsillos.

—Sí, lo entiendo.

—Pero tú siempre has vivido así.

Él se limitó a asentir.

—Sí. Mi padre era piloto y tenía su propio avión.

—¿Todavía lo tiene?

A Luke se le endurecieron las facciones.

–No. Mi madre y él murieron en un accidente aéreo.

–Oh, Dios. Lo siento mucho –Fiona no sabía qué era peor, si el dolor que reflejaban sus ojos o la manera tan fría en que lo dijo. Ella había crecido sin familia, y sabía lo horrible que era. Pero no podía ni imaginar el horror de tener una familia y perderla de aquel modo.

–Yo era un niño –murmuró Luke–. Los padres de mi primo Cole también iban en el avión. Se dirigían a Florida de vacaciones y sufrieron un accidente. Nadie sobrevivió.

Fiona se dejó llevar. Le rodeó la cintura con los brazos, apoyó la cabeza en su pecho y lo abrazó. No había nada que pudiera decir. No había modo de ayudarle. Pero había visto el dolor en su mirada y lo había sentido en su voz, y estaba en su naturaleza el intentar ofrecer el consuelo que pudiera.

Cuando Luke la rodeó con sus brazos también, a Fiona se le aceleró el corazón y supo que la decisión que había tomado iba a llevar a algo más que al consuelo.

Luke le pasó los dedos por el pelo y le echó la cabeza hacia atrás. La miró a los ojos y sacudió la cabeza como si estuviera maravillado.

–Eres… perturbadora.

Ella le miró fijamente, sonrió y dijo:

–Gracias.

Luke soltó una breve carcajada.

–Típico tuyo verlo como un cumplido.

A Fiona le empezó a latir el corazón más deprisa.

–Qué cosas tan bonitas dices.

Luke sonrió, inclinó la cabeza y la besó. A Fiona

le funcionaba tan deprisa la cabeza que le resultaba milagroso recordar cómo respirar. Estaban de pie al lado de una cama. En un jet. Solos.

Parecía claro que el sexo iba a tener lugar, ¿no? Fiona ya había decidido ir a por todas, rendirse a lo que estaba sucediendo entre ellos. Y prometió no lamentarse más tarde.

Luke la besó con más pasión y ella le siguió. La respiración se le entrecortaba cada vez más. Sentía la sangre en las venas como lava. Parecía como si tuviera toda la piel en llamas.

Cuando Luke alzó la cabeza y la miró, vio en su rostro la misma reacción que sin duda ella tenía también reflejada en la cara.

—¿Vamos a hacer esto? —preguntó Luke con voz pausada.

—Creo que sí —Fiona apartó de sí todas las dudas.

Porque nada de eso importaba en aquel momento. En lo único que podía pensar era en que necesitaba tocarlo y que él la tocara. Quería sentirlo dentro de su cuerpo. Necesitaba a Luke Barret como nunca antes.

Y hoy iba a rendirse a sus deseos, no se trataba de nada más que de la corriente eléctrica que discurría entre Luke y ella, y lo que más deseaba Fiona era dejarse llevar. Lo que viniera después… ya se preocuparía de ello cuando tuviera que hacerlo.

Luke esbozó una media sonrisa.

—Me alegra mucho oír eso.

Entonces la besó otra vez, y Fiona dejó de pensar. Con la boca de Luke en la suya, su lengua acariciándole, lo único que podía hacer era sentir.

Luke apartó la boca de la suya, le sacó la camisa por la cabeza y la tiró al suelo. El aire fresco le acarició la piel a Fiona, y eso la excitó todavía más. Luke se quedó mirando el sujetador de encaje negro y suspiró antes de abrirlo por la parte de delante. Luego le cubrió los senos con las manos y Fiona gimió. Luke le tiró suavemente de los pezones con los dedos pulgar e índice. Estaba excitada, ansiosa y llena de un montón de deseos a los que no habría podido poner nombre ni aunque hubiera podido hablar. Y no podía.

–Te deseo desde el primer día –murmuró Luke inclinándose para besarla otra vez.

Fue un beso duro, rápido y desesperado que Fiona echó de menos cuando se terminó.

–Sí –dijo finalmente cuando se sintió capaz de formular un pensamiento coherente–. Recuerdo lo «contento» que estabas cuando nos conocimos.

Luke sonrió.

–Estás a punto de descubrir que estoy mucho más «contento» ahora mismo.

–Promesas, promesas –murmuró Fiona cuando las manos de Luke se dirigieron al bajo de su minifalda negra.

Siempre le había gustado aquella falda, pero ahora pensó que se iba a convertir en su prenda favorita, porque le daba a Luke acceso rápido a la parte de su cuerpo que reclamaba urgentemente su atención.

Los expertos dedos de Luke encontraron enseguida la banda elástica de las braguitas negras y se las deslizó por las piernas para que pudiera sacárselas ella. Luego la cubrió con una mano y Fiona empezó a apretarse al instante contra su contacto. No podía parar. No quería parar. Lo que quería era lo que Luke le estaba dando. Un viaje al olvido. Alivio. Y aquel pensamiento hizo que siguiera allí de pie, moviéndose contra él.

Luke le deslizó entonces un dedo y luego otro, acariciándola. El pulgar encontró el centro de su cuerpo y le acarició aquel brote tan sensible hasta que a Fiona se le pusieron los ojos en blanco y le costó trabajo respirar. Sentía que estaba preparada para el orgasmo desde el momento que aterrizó en su regazo, así que no le sorprendía que su cuerpo se encontrara de pronto al borde del abismo.

Hasta que Luke se detuvo.

Fiona parpadeó, le miró fijamente.

−¿Qué? ¿Por qué?

−No −afirmó él−. No vas a ir ahí sin mí.

Fiona vio cómo se quitaba la ropa y dejaba el elegante traje a un lado hasta que se quedó desnudo, y lo que vio le resultó… impresionante.

Luke le bajó la cremallera de la falda y la dejó caer, luego la colocó sobre la cama que estaba detrás y la siguió. Sus manos reclamaban su cuerpo mientras hacía lo mismo con la boca. Sus lenguas se unieron y la respiración de ambos viajaba de una boca a otra. Fiona se le agarró a los hombros y deslizó las yemas de los dedos por los musculosos brazos, disfrutando de la sensación de su piel. El calor del cuerpo de Luke irradió hacia el suyo.

Lo besó con todas sus ganas y le rodeó la cadera con una pierna, acercando más y más su erección. Cuando la rozó con la punta, Fiona gimió y dejó de besarle el tiempo suficiente para murmurar:

–Por el amor de Dios, hazlo. Hazlo ahora.

Luke estiró la mano hacia la mesilla más cercana, abrió el cajón y sacó un preservativo.

–Muy práctico –murmuró ella.

–Eso intento –respondió Luke.

Se lo colocó en un abrir y cerrar de ojos y luego se arrodilló entre sus muslos, sosteniendo su cuerpo abierto. Fiona se revolvió impaciente.

–Siento como si lleváramos varios días de preliminares –susurró mirándose en sus ojos azules como el mar–. ¿Podemos ir ya al grano?

Luke sonrió.

–De acuerdo –entró en su cuerpo con un embate largo y fuerte.

Fiona gimió, echó la cabeza hacia atrás y se quedó mirando sin ver el techo del jet mientras se ajustaba a su tamaño. Luke la llenaba completamente, y no entendía cómo había podido vivir hasta ahora sin tenerlo dentro.

Entonces Luke movió las caderas contra ella y todo mejoró todavía más. Una fricción deliciosa se fue creando entre ellos mientras Luke se movía en su interior. Ajustó un ritmo que ella se esforzó en seguir. El cuerpo le echaba humo, hizo un esfuerzo por recuperar la respiración con la esperanza de que el corazón no le estallara.

–Más –gimió–. Más.

–Sí –gruñó él–. Siempre más.

Fiona estaba muy cerca. Tan cerca del precipicio que casi podía saborearlo. Entonces Luke cambió las tornas. Se sentó sobre los talones y la atrajo hacia sí hasta colocarla a horcajadas. Se miraron a los ojos mientras Fiona se hacía cargo del ritmo.

Se movió en él llevándolo cada vez más y más profundamente a su interior, y aun así seguía sin ser suficiente. Fiona alzó las caderas contra él, creando una nueva fricción que los llevó a ambos hasta el extremo.

–Eres increíble –murmuró Luke tomándole la boca con la suya.

Le puso las manos en las caderas y la guio presionándola, ayudándola a mantener aquel ritmo frenético y salvaje porque ahora estaban los dos atrapados en una red de desesperación. Cuando la primera sensación astillada se apoderó de ella, Fiona se le agarró y siguió moviéndose, siguió empujando más fuerte y más deprisa, cabalgando aquella increíble pulsación de placer que le alcanzaba hasta el hueso.

Cuando se deshizo entre sus brazos, sintió el alivio de Luke atravesándola. La agarró con más fuerza; apretó las mandíbulas y mantuvo la mirada clavada en ella como si quisiera que fuera testigo de lo que sentía.

Y cuando el encuentro terminó, cayeron sobre la cama abrazados.

Una hora más tarde Luke dijo:

–Vamos a aterrizar pronto.

–De vuelta al mundo real.

–¿Esto no es real? –preguntó girando la cabeza para mirarla.

Fiona era preciosa. Solo sus ojos eran suficientes para hechizar a un hombre. Y en cuanto le surgió aquel pensamiento, Luke torció el gesto. No iba a permitirlo. En su mundo todo estaba regido por un plan. Y Fiona no formaba parte de aquel plan. No estaba hechizado ni lo iba a estar, pero podía apreciar la belleza de la mujer con la que acababa de tener la relación sexual más increíble de su vida.

Fiona sonrió y él volvió a preocuparse.

–Esta no es mi realidad –dijo–. Es un sitio estupendo para ir de visita, pero cuando vuelva a casa tengo que pagar las facturas, responder correos y hacer la colada. Esa es la realidad.

–Yo también pago facturas y contesto correos –afirmó.

–¿Y la colada?

Luke se encogió de hombros.

–Eso lo hace la señora que limpia en mi casa.

Fiona se rio, y le gustó el sonido de su risa a pesar de que se estaba riendo de él.

–Claro.

Luke decidió cambiar de tema, porque de pronto se sentía avergonzado de tener una señora de la limpieza. Si Fiona descubría que también tenía una cocinera, se pondría mala de la risa.

–¿Me dejas invitarte a cenar mañana por la noche?

–¿En serio? –Fiona parecía sorprendida, y sinceramente, él también lo estaba.

Cuando subieron a bordo del avión, Luke no tenía pensado volver a verla cuando regresaran a casa. No estaba interesado en tener una relación, pero tampoco le apetecía dejarla ir. Y ahora, después del sexo tan increíble, estaba todavía más interesado en que se quedara un rato más en su vida. No quería pensar en la razón. Se negaba a pensar lo que eso podría significar. No quería distraerse con líos emocionales. Además, aquello no se trataba de emociones. Era simple y puro deseo, y permanecería al lado de Fiona hasta que saciara aquel deseo.

–¿Por qué no?

–Bueno, para empezar porque mañana tengo que trabajar.

–¿Haciendo qué?

Fiona lo observó un largo instante y luego dijo:

–¿Por qué no vienes conmigo a mi cita de trabajo? Luego podemos cenar

¿Ir con ella? ¿Adónde? ¿A la caza del tesoro como hizo Fiona el día anterior cuando rebuscó entre las toallas mojadas para encontrar un peluche? Pero se dio cuenta de que aunque fuera así no le importaría.

–De acuerdo. Tenemos una cita.

–Genial –Fiona se inclinó hacia delante para besarle y sonrió–. Voy a vestirme. Seguro que la azafata se ha imaginado lo que estábamos haciendo, pero prefiero que no me vea desnuda.

Luke vio cómo agarraba la ropa y se dirigía al baño en suite. No tenía muy claro por qué había accedido a ir con ella al trabajo. Su idea era una cena agradable y luego otra sesión de sexo. ¿En qué se estaba metiendo? ¿Y por qué no le importaba?

Aquella misma tarde, Fiona y Laura estaban sentadas en unas hamacas viendo a Travis perseguir una pelota roja por el jardín. La risa del niño inundaba el aire como burbujas de jabón.

–Así que va a venir –dijo Laura.

–Sí.

–Para ir a una cita de trabajo contigo.

–Sí.

–Mi pregunta es ¿por qué?

Fiona también se lo preguntaba. Había pensado que le resultaría difícil estar cerca de Luke para completar el trabajo de su abuelo. Pero fue el mismo Luke quien propuso que se volvieran a ver. ¿Sería por el sexo? Sí, el sexo había sido estupendo, pero no lo era todo.

–¿Por qué soy irresistible?

Laura se rio.

–Debe ser por eso.

Fiona sonrió. Miró a Travis, un niño de dos años cuyo único problema en aquel momento era atrapar su pelota. Tal vez Laura tuviera razón. Tal vez pensaba demasiado. Quizá debería seguir el ejemplo de Travis y centrarse únicamente en lo que tenía delante en aquel momento.

–No sé por qué quiere volver a verme, pero no pude decir que no. No solo es guapo, divertido, inteligente e increíble en la cama, también es mi trabajo –Fiona se estremeció–. No puedo creer que haya tenido relaciones sexuales con él.

–En un avión –Laura suspiró–. Qué envidia.

–Lo que estoy haciendo es una locura –murmuró Fiona–. Estoy loca.

–Sí, probablemente –murmuró Laura–. Pero tú nunca haces nada salvaje ni arriesgado, Fiona. Así que tal vez ya te tocaba.

Por mucho que le costara reconocerlo, Laura tenía razón. Pero eso no quitaba que lo que estaba haciendo no era justo para Luke. ¿Y qué pasaría cuando inevitablemente descubriera la verdad sobre su primer encuentro? Estaba mintiendo a Luke sobre quién era y cómo le había conocido. Él pensaba que había sido un accidente del destino. ¿Qué diría cuando descubriera que su abuelo la había pagado por estar allí para convencerlo de que regresara a la empresa?

Fiona se estremeció y supo lo que diría. Le diría adiós. Así que tenía que recordar que lo que estuviera pasando entre ellos era algo temporal. Una anomalía en su vida cotidiana. No más permanente que una puesta de sol… bella pero efímera.

—Oh, Dios… ya sabes que amo a mi marido —susurró Laura a su lado—. Pero Dios, Fiona…

No tuvo que mirar para saber que Luke había llegado. Los ojos llenos de estrellas de Laura bastaron para alertarla de su presencia. Fiona estaba segura de que ella tenía la misma expresión en la cara el día que lo conoció.

Luke iba otra vez vestido de traje. Por supuesto. Se preguntó si tendría siquiera unos vaqueros. El traje era negro con rayas finas grises. Llevaba una camisa blanca y corbata gris oscuro, y la brisa marina agitaba su cabello algo largo.

Era por la tarde, así que los niños del vecindario ya habían regresado del colegio. Calle abajo se escuchaba el sonido de una canasta de baloncesto como el latido del corazón del barrio. Las ruedas de los monopatines chirriaban en las aceras, y aquellos sonidos hicieron sonreír a Fiona Al menos algunos niños estaban en la calle y no pegados a una pantalla.

–Hola –Fiona se levantó y se acercó a él, sintiéndose de pronto poco vestida.

Llevaba puestos unos pantalones beis por el tobillo, camisa amarilla de manga larga y zapatillas deportivas que no estaban a la altura del traje.

Luke le pasó una mano por la nuca y se inclinó para darle un beso rápido. Algo parecido a un relámpago atravesó a Fiona. Un trabajo, se dijo frenéticamente. Luke era un trabajo. Pero recordarse aquel hecho no cambiaba que estuviera dispuesta a arriesgarse con tal de estar con él.

–Llevo todo el día esperando hacer esto –reconoció.

Un trabajo y mucho más.

–Bueno, pues no seas tímido –le retó ella–. Hazlo otra vez.

Luke sonrió y se aprovechó de la invitación.

A Fiona le daba vueltas la cabeza. ¿No acababa de decidir que tenía que ser profesional? ¿Por qué sus intenciones salían volando por la ventana cada vez que lo tenía cerca?

Cuando se apartó para tomar aire, Laura estaba a su lado, sonriendo amistosamente. Sus ojos azules echaban chispas de interés y curiosidad.

–Hola, soy Laura. La mejor amiga. Vecina. Casera –le tendió la mano y Luke se la estrechó.

–Encantado de conocerte. Luke Barrett. ¿Lista para irnos? –le preguntó a Fiona.

–Sí. Voy a por mi bolso. Nos vemos mañana, Laura.

–Que os divirtáis –dijo su amiga antes de ir a buscar a su hijo.

Luke siguió a Fiona al interior de la casa y se

quedó mirando el pequeño salón. A Fiona le hubiera encantado saber qué estaba pensando. No sabía dónde vivía él, pero estaba segura de que no se parecía en nada a su casa. El apartamento entero tendría el tamaño de su vestidor, pero a ella le gustaban la sencillez y la armonía de su hogar. Cada habitación tenía un color distinto, y había llenado el apartamento con los muebles que le gustaban. Así que cada vez que entraba en su casa experimentaba una sensación de satisfacción que no había conocido de niña.

Encendió una de las lámparas de bronce que había encontrado a buen precio en una subasta y una luz suave inundó la estancia.

–Solo tengo que agarrar el bolso –se detuvo y lo miró–. No hace falta que lleves corbata, ¿sabes? Puedes… soltarte un poco.

Luke pasó la mano por la corbata gris y dijo:

–He venido directamente del trabajo. Y la gris es mi corbata más informal.

Fiona sonrió al ver la chispa de humor de sus ojos. Realmente Luke lo tenía todo. Inteligente, divertido, y tan sexy que te dejaba sin habla.

–¿De veras?

–Oh, sí –asintió con solemnidad–. Corbata roja, poder. Azul marino, profesionalidad. Gris, desenfadado –consultó el reloj–. ¿A qué hora es tu cita?

–Dentro de veinte minutos. Pero él está en Seal Beach. No tardaremos mucho en llegar.

–¿Él? –Luke alzó una ceja–. ¿Quién es «él» y cuál es el encargo?

–Es un secreto –Fiona sonrió, agarró el bolso y se dirigió hacia la puerta–. Vamos.

Capítulo Siete

Luke no sabía qué esperaba, pero sin duda no era esto. El «hombre» en cuestión tenía diecisiete años, era extremadamente alto y desgarbado, con un mechón de pelo que le caía continuamente sobre los ojos, y tenía su primer baile de instituto en unas semanas. Necesitaba aprender a bailar.

—¡Au! —Fiona dio un respingo cuando el chico la pisó por tercera vez.

Luke se estremeció. Le resultaba doloroso mirar aquello. ¿Cómo diablos podía ganarse la vida Fiona con trabajos tan temporales? Enseñar a un chico a bailar. Encontrar un peluche. Ahora seguramente cojearía durante una semana.

—No lo voy a conseguir nunca.

—Vas bien, Kenny —le dijo ella al chico—. Solo tienes que relajarte.

—¿Cómo voy a relajarme si estoy preocupado por pisarte? No puedo hacer esto. Le voy a romper el pie a Amber —sacudió la cabeza y alzó ambas manos—. Me limitaré a los bailes rápidos.

Luke suspiró. Llevaba media hora observando aquel desastre y no pudo evitar preguntarse cómo era posible que aquel chico fuera la estrella del equipo de baloncesto. Carecía de sentido del ritmo. Y también estaba demasiado tenso. Sujetaba a Fiona como si fuera una granada a punto de explotar. Seguramente estaría más relajado en la cancha, pensó Luke. Más le valía que fuera así.

—De acuerdo —se levantó y se acercó a Fiona—. Vamos a probar otra cosa. Tú siéntate y mira —le dijo a Kenny—. Le vamos a demostrar cómo se hace —concluyó mirando a Fiona.

No sabía cómo se había metido en esto. Había pensado en Fiona todo el día. Lo que deseaba era tumbarla sobre cualquier superficie plana, y sin embargo, allí estaba, bailando para un adolescente en el cuarto de estar de sus padres.

—Ah, buena idea —dijo ella enviándole a Kenny una sonrisa de ánimo—. Míranos un momento y luego volvemos a intentarlo.

—Es inútil —el chico se apartó el cabello oscuro de los ojos y torció el gesto.

—Solo si abandonas —dijo Luke. Tomó a Fiona entre sus brazos y la miró a los ojos, pero sus palabras eran para Kenny—. Acércate más a ella.

—No puedo acercarme tanto a Fiona. Es demasiado raro.

—Estás practicando —le recordó Luke—. Querrás tener cerca a Amber, ¿verdad?

—Bueno, sí...

—De acuerdo. Entonces acércate más a ella —estrechó a Fiona contra sí—. Coloca los pies en posición antes de que empiece la música, uno a cada lado de los pies de ella.

Kenny lo observó.

—Bien...

—No tienes que hacer nada especial. Será suficiente con dar vueltas en círculo —Luke empezó a moverse sin prestar atención a la brillantes sonrisa de Fiona, que estaba disfrutando del momento. Bueno, pues para su sorpresa, él también.

La música sonaba y Luke se movió al compás.

–Escucha el ritmo e intenta seguirlo. Lento o rápido, si sigues el ritmo no parecerá que te falta coordinación.

–¡Eh! –Kenny, la estrella de baloncesto, estaba ofendido.

–Y te darás cuenta de que no la piso porque apenas levanto los pies del suelo.

–Sí. Eso funciona –Kenny asintió. Parecía un poco menos derrotado.

–Sus pasos seguirán los tuyos durante el baile. Es el instinto. Tú actúa como si supieras lo que estás haciendo y todo estará bien –por supuesto, las hormonas adolescentes estarían a flor de piel. Y Luke lo sabía porque sostener a Fiona así con aquella música suave que salía de los altavoces provocaba en él el deseo de tomarla en brazos y meterla en el coche.

Así que se dijo que lo mejor que podía hacer era dar por terminada la lección. Luke dio un paso atrás y le hizo un gesto a Kenny.

–Inténtalo ahora.

Fiona le dirigió al chico una sonrisa de ánimo.

–Puedes hacerlo. Y te alegrarás de haberlo intentado.

Kenny se encogió de hombros.

–Son tus pies.

–Me arriesgaré.

Luke se echó a un lado y vio cómo Kenny hacía lo que acababan de decirle. Cuando empezaron a bailar al son de la música, Kenny se relajó visiblemente. No era exactamente Gene Kelly, pero bastaría para el baile de fin de curso, y ahora el chico sabía que podía bailar con su novia sin lesionarla.

Terminó la canción y Kenny soltó a Fiona como si quemara.

—Ha sido increíble —sonrió y miró a Luke—. Muchas gracias. Ha funcionado.

—Lo has hecho muy bien,

—¿Quieres probar otra vez? —preguntó Fiona—. Para asegurarte de que lo tienes.

—No hace falta. Lo que ha dicho él tenía sentido y ahora sé que puedo hacerlo.

—Genial —Fiona alzó los brazos para abrazar al chico—. Lección terminada. Pásalo de maravilla en el baile, Kenny.

—Ahora sí. Gracias —se apartó el pelo de los ojos y volvió a mirar a Luke—. Gracias, de verdad.

—De nada —Luke alzó la mano y Kenny la chocó con la suya—. Que te diviertas.

Fiona recogió el cheque de la agradecida madre del chico y salieron a la calle. Las farolas estaban encendidas y proyectaban una suave luz en la oscuridad. Se levantó una ligera brisa marina y Fiona se estremeció. Luke le pasó automáticamente un brazo por los hombros y la atrajo hacia sí.

—Lo que has hecho por Kenny ha estado muy bien —dijo ella.

—Ha sido más bien por Amber. Y por ti —Luke resopló—. No podía seguir soportándolo. Si yo no hubiera intervenido habrías terminado escayolada.

Ella se rio con ganas, y a Luke le encandiló el sonido de su risa.

–Bueno, ¿qué te parece si cenamos? ¿Te apetece una hamburguesa?

Luke esperaba una sugerencia que implicara que los dos estuvieran desnudos y solos. Los ojos de Fiona echaron chispas y sus labios se curvaron en una sonrisa que le volvió loco. No era la idea que tenía en mente, pero serviría. Por el momento.

Fiona llamó a la mañana siguiente a Jamison Barrett. Tenía que informarle sobre su fin de semana con Luke. Por supuesto, no entraba en sus planes contarle al anciano lo que había pasado con Luke en el avión. O la noche anterior en su apartamento. Se estremeció un poco cuando surgieron las imágenes en su mente, y supo que no podría volver a dormir en aquella cama sin que el recuerdo de Luke se uniera a ella.

–¿Sí? –Jamison parecía distraído cuando respondió, y tal vez eso fuera algo bueno.

–Señor Barrett, soy Fiona Jordan –dijo ella levantándose para caminar por su salón.

–¿Eh? Ah, sí. Fiona. Hola.

Ella frunció el ceño y miró hacia la calle bañada por el sol.

–Solo quería que supiera que el fin de semana con Luke ha ido muy bien, y creo que estamos haciendo progresos.

–Eso está bien.

Su voz le resultó extraña. Menos segura de sí misma. La última vez que habló con él, Jamison se había mostrado impaciente y enérgico. Ahora parecía que ni siquiera le interesaba lo que estaba pasando con Luke. ¿Se estaría echando atrás? ¿Se arrepentiría de haberla contratado?

Porque Fiona entendía perfectamente lo que era arrepentirse. Ella lamentaba haberle mentido a Luke. Pero no podía arrepentirse de haber aceptado aquel trabajo, porque en caso contrario nunca lo habría conocido.

—Voy a verle otra vez hoy y…

—Muy bien. Consigue lo que acordamos y después hablamos, ¿te parece bien? Gracias.

Colgó, y Fiona se apartó el teléfono de la oreja y se lo quedó mirando. ¿Qué estaba pasando ahí?

Cuando Jamison colgó, borró al instante a Fiona de su cabeza. En aquel momento tenía preocupaciones más graves. Se quedó mirando el contrato que tenía delante y sintió una punzada de pánico.

Su firma estaba en la parte inferior, y que lo asparan si recordaba haberlo firmado.

—¿Por qué diablos encargaría los monopatines a esta nueva empresa si ya tengo las tablas de Salem?

No tenía sentido, pero últimamente nada lo tenía, y Jamison sintió una punzada de miedo. Había pasado mucho en la vida. Perdió a su padre en la Segunda Guerra Mundial y también había perdido a sus hijos. También se enfrentaría a esto .

Tal vez había llegado el momento de hablar con el médico. Bill Tucker sería directo con él y no se andaría por las ramas.

—¿Abuelo? —Cole asomó la cabeza por la puerta—. Quería preguntarte por el pedido de pelotas de baloncesto que has anulado.

–¿Qué? Yo no lo he anulado.

Cole entró en el despacho con el rostro descompuesto por la preocupación.

–Acabo de recibir una llamada de Adam Carey, y dice que recibió la orden de cancelación anoche –Cole le tendió la copia de un correo electrónico–. Anoche a las diez.

Jamison lo observó con un nudo en el estómago. Era de su dirección de correo, pero él no lo había enviado. Hizo una bola de papel con el correo y miró a Cole.

–Yo no he enviado esto. Y maldita sea, deja de mirarme como si me estuviera muriendo.

–No me gusta esto, abuelo… ¿no crees que deberíamos hablar con el médico?

–¿*Deberíamos*? –Jamison le lanzó una mirada glacial a su nieto. No iba a permitir que lo trataran como a un viejo idiota–. ¿Tienes algún problema del que no me has hablado?

Cole aspiró con fuerza el aire.

–Solo quiero que sepas que estoy aquí y que puedo ocuparme de todo mientras te tomas un descanso. A lo mejor solo necesitas desconectar un tiempo.

–Gracias, pero no –afirmó el anciano con determinación–. Y ahora, si me disculpas, tengo trabajo. Y seguro que tú también.

Cole sacudió la cabeza y resopló.

–Muy bien, como quieras. Voy a comer con Susan y Oliver en el club, y seguramente después me vaya a casa.

Jamison asintió. Aquello no era ninguna sorpresa, y también era exactamente la razón por la que

Cole no era la persona adecuada para hacerse con las riendas de la empresa. Se marchaba del trabajo antes de comer casi todos los días. Jamison estaba a favor de pasar tiempo con la familia, pero también había responsabilidades de las que ocuparse. Cole se dejaba la piel intentando hacer feliz a Susan y prestaba poca atención al negocio que los permitía a ambos vivir en su mansión de Dana Point.

A Fiona le encantaba la playa en invierno. Casi no había gente en la arena, y en febrero el mar tenía un tono gris pizarra. Alzó la cara hacia la brisa fresca y sonrió.

–No puedo creer que tengas esta vista todos los días –aspiró con fuerza el aire y lo miró–. Si yo viviera aquí bajaría a la playa siempre que pudiera.

–No tengo muchas oportunidades –Luke le apartó un mechón de la cara y le deslizó los dedos por la mejilla–. El trabajo me tiene muy ocupado.

–Por lo menos ahora te has dejado el móvil en tu casa –dijo ella–. ¿No te estás volviendo loco?

–No. Eres tú quien me vuelve loco.

Fiona sonrió.

–No sé qué tienes, Fiona –Luke la miró a los ojos–, pero cuando estoy contigo tengo que tocarte, y cuando no estoy contigo solo pienso en ti.

–A mí me pasa lo mismo –murmuró ella.

Luke la estrechó entre sus brazos y Fiona se dejó llevar. Estaba metida en un lío y no le importaba. Lo que sentía por Luke era un regalo tan inesperado que no podía rechazarlo.

–¿Y si volvemos a mi casa?

Habían pasado por casa de Luke para tomar algo después de ver una película que Fiona ni siquiera recordaba.

–Eso suena bien –dijo Fiona dándose la vuelta para recorrer el camino de vuelta por la arena.

La casa de Luke brillaba como una joya por la noche. Estaba justo en la playa, y parecía un cortijo español. Las ventas con arco, la entrada de baldosas rojas y las enredaderas con flores que trepaban hasta la segunda planta hablaban de días de sol y largas y cálidas noches.

–Me encanta tu casa.

–A mí también me gustaba, pero me voy a mudar –le contó Luke–. A una casa en lo alto de un arrecife donde no haya cientos de bañistas frente a mi jardín todo el verano. Y además estaré más cerca de mis abuelos. Se están haciendo mayores, y…

Fiona se detuvo en seco, obligándole a pararse a él también.

–¿No trabajas para tu abuelo pero te vas a vivir cerca de él?

Luke dio un paso atrás y se metió las manos en los bolsillos de los vaqueros.

–Que haya dejado la empresa no significa que abandone a la familia.

–¿Y por qué insistes en mantenerte alejado de la empresa, que también es familiar? ¿Por qué no resuelves tus problemas con tu abuelo? –Fiona vio aquella conversación como una oportunidad.

Luke pareció pensárselo durante un largo instante antes de responder. El viento le agitaba el cabello y la luz de la luna le brillaba en los ojos cuando la miró.

—Porque necesito demostrarle esto al abuelo. Y tal vez también a mí mismo —añadió—. Tengo razón respecto al futuro tecnológico. Los niños de hoy están hambrientos de tecnología. ¿Por qué no dársela?

—Ay, Luke. Que un niño quiera algo no significa que deba tenerlo.

Él giró la cabeza y la miró a los ojos.

—¿Estás de su parte? —le preguntó con gesto sorprendido.

—No estoy de parte de nadie —le aseguró Fiona alzando ambas manos en gesto de paz—. Solo digo que porque algo sea nuevo y reluciente no significa que sea mejor. ¿Sabías que ya empieza a haber casos de problemas de retraso en el lenguaje en niños pequeños debido al uso excesivo de pantallas? Y los adolescentes pasan entre ocho y doce horas al día conectados en línea. Tal vez haya un punto medio entre lo que tú dices y lo que dice tu abuelo.

Luke apartó la mirada de la suya y se quedó observando unos instante el mar.

—Si lo hay, yo no lo he encontrado —murmuró pasándole la mano por la cintura.

Fiona echó la cabeza a un lado y le volvió a mirar a los ojos.

—¿Has buscado bien?

Luke no apartó la mirada de la suya. Fiona no podía leerle el pensamiento, pero la expresión de su cara decía claramente que no estaba contento. Finalmente dijo:

—No, supongo que no. Estaba demasiado ocupado intentando demostrar que yo tenía razón.

Nunca pensé realmente en encontrarme con él a medio camino. Ni que hubiera un medio camino.

Fiona sonrió y se dijo a sí misma que no debía echar las campanas al vuelo. Aquello no significaba que fuera a regresar a la empresa familiar. Pero al parecer estaba dispuesto a considerar sus opciones, y tal vez aquello fuera suficiente.

—Podrías hablar con tu abuelo…

Luke asintió con la cabeza.

—Echo de menos a ese viejo cabezota —reconoció.

Fiona sonrió todavía más.

—Envidio a tu familia, Luke. Yo nunca he tenido una. Y como tú has dicho, tu abuelo se está haciendo mayor. ¿De verdad quieres que esto os mantenga separados hasta que sea demasiado tarde para arreglarlo?

Luke apretó las mandíbulas, y Fiona se dio cuenta de que le había dado más material para pensar. Estaba contenta. Todo lo que había dicho no era solo porque tuviera un cometido que cumplir. Cuando Jamison la contrató, empezó a investigar sobre los niños y la electrónica, y algunas estadísticas la habían dejado preocupada.

Y tal vez algún día Luke mirara atrás y al recordad aquel tiempo con ella sonriera. Tal vez no la odiara cuando descubriera que le había mentido. Tal vez…

—¿Por qué te escucho? —preguntó él sacudiendo la cabeza.

—¿Porque eres un hombre brillante y sabio?

—Seguro —Luke inclinó la cabeza para besarla—. Debe ser por eso.

Capítulo Ocho

El sabor de Fiona apartó todo lo demás de la mente de Luke.

Le gustaba hablar con ella. Incluso discutir, porque a Fiona no le daba miedo defender sus opiniones. Le hacía reír. Le hacía pensar. Incluso sobre cosas que no quería ni considerar.

Pero no había nada como tocarla. La oleada de calor que se apoderaba de él cada vez hacía que siguiera volviendo a ella. No quería una relación ni la necesitaba. Pero por el momento, necesitaba a Fiona.

Luke se perdió en ella como hacía cada vez que la besaba. Su aroma, su sabor, el calor de su cuerpo apretado contra el suyo. Lo quería todo. La deseaba más cada vez que la tenía.

Aquel beso nocturno no iba a ser suficiente. Apartó la boca de la suya y clavó la mirada en sus ojos color chocolate, que ardían de pasión.

–Entra conmigo en casa –dijo con voz baja y tirante.

–Sí –Fiona se apoyó todavía más en él–. Oh, sí.

Luke esbozó una sonrisa, luego la tomó de la mano y la atrajo hacia sí. Cruzaron el patio y entraron en su casa. Subieron las escaleras y entraron en la habitación. Luke cerró tras ellos mientras Fiona se reía. Maldición, aquella risa le volvía loco.

–¿Tienes prisa? –le preguntó ella moviéndose entre sus brazos.

–Claro que la tengo –aseguró Luke abrazándola más fuerte. La apretó contra su entrepierna para que pudiera sentir exactamente por qué corría tanto.

–Yo también –dijo ella deslizándole los dedos por el pecho hasta que él le agarró las manos.

–Basta de palabras –susurró él tomándola en brazos.

La colocó sobre la cama, y de los labios de Fiona volvió a brotar aquella risa. Nunca antes había estado con una mujer que se riera antes, durante y después del sexo. Le gustaba eso.

Encendió la luz de la mesilla porque quería verla. Estaba tumbada sobre la cama como un precioso regalo envuelto. Los pantalones negros y la camisa verde de manga larga eran como envoltorios, y estaba deseando quitárselo todo.

Observó cómo Fiona se desabrochaba los botones de la camisa y luego se incorporaba para quitársela, quedándose únicamente en un sujetador de encaje rosa que apenas le cubría los senos, en los que él quería perderse.

–Eres increíble –murmuró Luke.

–Me alegra que pienses eso –susurró ella.

Luke se quitó la ropa y la dejó sobre una silla que había en la esquina. Fiona abrió los ojos de par en par al mirarle, y la expresión de su rostro alimentó todavía más el fuego de su interior. Le desabrochó los pantalones y se los deslizó por las preciosas piernas. Lo siguiente fueron las braguitas rosa pálido, y Fiona alzó las caderas para facilitar el trabajo. Y allí estaba ella, dispuesta para él como un festín.

Luke no perdió ni un momento. La atrajo hacia sí y luego la tomó con la boca. Fiona jadeó, alzó de nuevo las caderas y gritó su nombre.

Fue el sonido más dulce que había escuchado jamás. Luke se tomó su tiempo saboreándola, lamiéndola, mordisqueándole suavemente el centro de su cuerpo. Su calor lo atrapaba, sus gritos y gemidos alimentaban su deseo de darle más. De tomar más. La llevó hasta el borde del abismo mientras Fiona le pasaba los dedos entre las manos y le sostenía la cabeza. Luke la tenía agarrada por las nalgas mientras deslizaba la lengua por sus profundidades más internas, y cuando sintió que Fiona estaba a punto de explotar, se detuvo.

–No. No te pares. No te atrevas a dejarme así –Fiona alzó la cabeza y lanzó una mirada dura.

Luke sonrió y luego la puso bocabajo con un rápido movimiento.

–Esto acaba de empezar, Fiona.

Ella se apartó el pelo de la cara y le miró girando la cabeza hacia atrás.

–Me estás volviendo loca.

–Bueno, ya era hora. Tú me llevas volviendo loco a mí desde que nos conocimos.

Fiona volvió a reírse, y Luke se dijo a sí mismo que no había otra como ella.

–Ponte de rodillas, Fiona…

Ella se lo quedó mirando durante un largo instante, luego se lamió los labios en gesto de anticipación e hizo lo que le pedía.

Entonces Luke atrajo la espalda de Fiona hacia

él. Cuando tuvo el trasero lo bastante cerca, se lo acarició con las palmas de las manos, apretándolo y masajeándolo hasta que ella gimió pronunciando su nombre y agitando las caderas en una inútil búsqueda del alivio que él seguía negándole.

Luke agarró un preservativo del cajón de la mesilla de noche, se lo puso y luego entró profundamente en ella. Gimió al instante y Fiona soltó un suave gemido de placer. No era suficiente. Nunca sería suficiente. Estar dentro de su calor, de una parte de ella, estaba muy bien. Pero sentía la necesidad de hacerse añicos dentro de su cuerpo.

La tomó una y otra vez. Le sujetó las caderas con fuerza y movió las suyas reclamando su cuerpo, dándole el suyo. Impuso un ritmo que Fiona se apresuró a seguir. Los únicos sonidos que se escuchaban en la habitación eran sus gemidos combinados y el contacto de sus pieles.

Luke se dejó llevar por las sensaciones que lo atravesaban. Miró a Fiona, la escuchó, y dejó que sus reacciones multiplicaran las suyas. Cuando sus gemidos y el temblor de su cuerpo le indicaron que estaba a punto de alcanzar el clímax, la embistió con más y más fuerza hasta que ella gritó su nombre con tono agudo y se estremeció entre sus manos.

Unos instantes más tarde, Luke se dejó sentir el mismo alivio tembloroso y supo que nada podría compararse nunca a lo que compartía con Fiona.

Y mientras la acurrucaba entre sus brazos en la cama, Luke se dio cuenta de que aquella certeza debería darle un miedo atroz.

Fiona se pasó un poco más tarde por casa de Laura porque necesitaba hablar con alguien. Hacer el amor con él en aquella preciosa casa de la playa, envuelta en su abrazo, sintiendo cómo su mundo se hacía añicos una y otra vez... aquello despertaba en ella una ansiedad con la que no sabía lidiar. Quería que aquello durara para siempre Y sabía que no podía ser así, porque si se quedaba a su lado tendría que confesar. Y si lo hacía, lo perdería de todas formas.

Fue Mike, el marido de Laura, el que le abrió la puerta.

–Hola, Fiona.

Llevaba puestos una vaqueros desgastados y camiseta negra. Tenía el pelo revuelto.

–Hola, Mike. Siento aparecer tan tarde –eran las once de la noche, y se sentía culpable por presentarse así.

–No pasa nada –Mike se echó a un lado–. Laura está en la cocina horneando galletas. Yo ya no pregunto –dijo encogiéndose de hombros cuando Fiona le miró con gesto confundido–. Entra y tómate una galleta.

–Vale. Gracias –Fiona cruzó el salón y se encontró a Laura sacando una bandeja de galletas del horno.

–Eh, has vuelto a casa pronto –dijo Laura alzando la vista–. Normalmente cuando estás con Luke llegas mucho más tarde... o incluso a la mañana siguiente –dijo con una sonrisa.

–Tengo un encargo en Lakewood mañana temprano –dijo sentándose en un taburete al lado de la encimera y cubriéndose la cara con las manos–. Esto es un desastre, Laura. No sé ni por dónde empezar.

Laura dejó la bandeja de galletas en la parte superior del horno y fue a sacar una botella de vino de la nevera. Sirvió dos copas, le pasó una a Fiona, le dio un sorbo a la suya y esperó.

–Se trata de Luke –murmuró Fiona deslizando con gesto ausente los dedos por el tallo de su copa de vino–. Creo que estoy a punto de convencerlo para que arregle las cosas con su abuelo.

–Eso es una buena noticia –dijo Laura. Pero entonces Fiona la miró a los ojos–. O tal vez no –añadió.

Fiona sonrió sin ganas.

–Sí, es una buena noticia. Es la razón por la que su abuelo me contrató, así que eso está bien. Pero tengo un problema, Laura.

–Te has enamorado de él.

Fiona se quedó mirando a su mejor amiga con la boca abierta y solo pudo asentir.

–No sé cómo lo sabes, si yo acabo de darme cuenta de camino a casa.

Laura le dio una palmadita en la mano.

–No es tan difícil, Fiona. Te iluminas cuando le ves. Hablas de él todo el rato. Y le miras con adoración.

–Oh, Dios –Fiona se pasó una mano por el pelo, todavía alborotado por el viento, y le dio otro sorbo a la copa de vino–. Esto no tenía que haber pasado. Era un trabajo, se suponía que no debía sentir nada por él, y mucho menos enamorarme. Además, le he estado mintiendo, Laura. Desde el principio.

Laura se encogió de hombros.

–Pues dile la verdad.

–No puedo hacer eso.

–¿Por qué no? No me parece una idea descabellada.

Seguramente no lo era para la mayoría de la gente racional, pero Fiona no se sentía muy racional en aquel momento.

–Si se lo digo le perderé. Por no mencionar que se pondrá furioso con su abuelo, ¿cómo voy a hacer eso? Para Luke las cosas son blancas o negras, están bien o mal, y una mentira me va a colocar en el lado de las cosas que están mal sin ninguna duda.

Laura dejó a un lado su copa.

–Cariño, si no le dices la verdad lo vas a perder de todas maneras. Y en realidad nunca lo tendrás, porque estará esa mentira entre vosotros que te volverá loca. O peor todavía, ¿y si su familia le cuenta lo que está pasando? ¿Y si arregla las cosas con su abuelo y el anciano le cuenta que te contrató?

Aquella era una posibilidad horrible. Fiona no pensaba que Jamison hiciera nunca algo así porque también lo dejaría mal a él. Pero podía suceder; su secreto no estaba a salvo.

–Decirle la verdad es la única opción.

–Pero yo no quiero que lo sea –reconoció Fiona.

Dios, todavía podía sentir los brazos de Luke en su cuerpo. El sabor de su boca en la suya. La idea de perderle ahora le resultaba casi insoportable.

–Lo sé, cariño –Laura se giró, agarró dos galletas todavía calientes y le pasó una a Fiona–. Pero al menos cuando esté hecho sabrás en qué situación estás.

Fiona no tenía que averiguar en qué situación estaría cuando le contara a Luke la verdad. Lo sabía perfectamente.

Estaría fuera.

A la tarde siguiente, Luke estaba más indeciso que nunca. Se había marchado pronto del trabajo porque no podía concentrarse. Fiona estaba ahora todo el tiempo en su mente. No solo imágenes de ella o recuerdos del increíble sexo. Sus palabras también lo perseguían. Lo que le había dicho la noche anterior le resonaba en las paredes del cerebro, obligándole a repasar sus pensamientos e intentar ordenarlos para encontrar el camino que debía seguir.

Y tampoco era solo Fiona. Desde que la conoció se había vuelto más consciente. Se había fijado en cómo la gente estaba enganchada el móvil. Veía a niños pequeños en los restaurantes con los ojos clavados en pantallas llenas de personajes de dibujos animados y colores brillantes. Se había dado cuenta de que la tecnología también tenía un lado oscuro.

Podía evitar que las familias conectaran.

Luke miró desde el patio de su casa hacia el mar. No pudo evitar preguntarse si su brillante idea de enganchar a los niños pequeños a la tecnología era el camino adecuado. Todavía creía que la tecnología era el futuro y quería formar parte de ella, pero Fiona tenía razón. Los niños cada vez estaban más aislados, y la ansiedad y la depresión de los adolescentes iba en aumento.

Torció el gesto, dio otro sorbo a su taza de café. Las palabras de Fiona sobre su abuelo llevaban horas dando vueltas en su cabeza.

«¿De verdad quieres que esto os mantenga separados hasta que sea demasiado tarde para arreglarlo?».

Por supuesto que no quería que Jamison muriera con aquella estúpida disputa entre ellos. Qué diablos, no quería que Jamison muriera. Punto. Y Luke estaba medio convencido de que el anciano era inmortal. Siempre se mostraba fuerte, seguro de sí mismo. Con todo bajo control.

Y Luke había salido a él. No era de extrañar que chocaran. Ninguno de los dos estaba dispuesto a ceder ni un ápice.

Luke sacó el móvil del bolsillo y marcó el número del despacho de su abuelo.

—Barrett.

—¿Cole? —Luke reconoció la voz de su primo al instante—. ¿Qué haces contestando el teléfono del abuelo?

—El abuelo no está aquí. Se ha tomado el día libre —dijo Cole.

—¿Ha habido un apocalipsis y nadie me lo ha dicho? —Luke frunció el ceño—. El abuelo nunca se toma un día libre.

Cole suspiró con fuerza.

—Tiene ochenta años, Luke. ¿Qué esperas, que viva eternamente? —le espetó—. Tú te fuiste y eso lo cambió todo para él. Pero yo sí estoy aquí, así que le estoy ayudando.

Aquello le dolió, porque era verdad.

—Muy bien. ¿Está en casa?

—Sí, pero no le llames. Necesita descansar, no tener una discusión contigo —Cole aspiró con fuerza el aire antes de seguir—. Mira, no quería decir nada, pero el abuelo está furioso contigo. Siente que lo has abandonado.

Luke sintió una punzada de culpa y de dolor, pero no quería discutir con Cole. ¿Qué sentido tendría?

—Déjale en paz.

Luke sintió más emociones despertándose en su interior, y estuvieron a punto de ahogarlo. ¿Desde cuándo decidía Cole las cuestiones relacionadas con la empresa y con la familia?

—Sí, gracias. Creo que voy a hablar con él de todas maneras.

—Claro, siempre pensando en ti y no en los demás —le espetó Cole—. Muy bien.

Había más resentimiento del habitual en su voz, y Luke se preguntó qué más estaba pasando.

—¿Qué problema tienes, Cole?

—El mismo de siempre —respondió su primo—. Tú —y colgó antes de que Luke pudiera decir nada.

Parecía que las cosas estaban yendo cuesta abajo y sin frenos. Había hablado con su abuelo justo antes del viaje a San Francisco y le había parecido que estaba bien. Molesto, pero bien. Y poco más de una semana después escuchaba a Cole decirle que Jamison estaba a las puertas de la muerte y él era el nuevo sheriff.

Luke giró la cara hacia el viento con la esperanza de que el aire frío apartara de sí sus conflictivos pensamientos. Naturalmente, no funcionó. Tenía algunas cosas que hacer, pero en cuanto terminara iría a casa de sus abuelos y arreglaría las cosas.

Jamison había tenido suficiente. Que lo asparan si se quedaba allí sentado esperando que la espada de Damocles cayera sobre él. Siempre había pensado que era mejor saber las cosas que preocuparse por ellas o hacer suposiciones.

Y la última gota había sido el contrato que al parecer había firmado. Sabía muy bien que no lo había hecho. Así que, ¿qué estaba ocurriendo?

—Odio las consultas de los médicos —murmuró.

Eran lugares impersonales, casi aterradores, en los que las paredes verde pálido parecían haber absorbido años de preocupación. Miró de reojo la camilla de exploración y se quedó donde estaba, en la silla más incómoda del mundo.

—Odio estar aquí —añadió como para sus adentros.

—Eh, yo también —el doctor Bill Tucker entró, cerró la puerta y se sentó frente a Jamison—. ¿Qué te parece si quemamos este sitio?

Jamison sonrió a pesar de la situación. Bill Tucker era su médico desde hacía veinte años.

—¿Qué pasa, Jamie? No esperaba verte hasta tu revisión dentro de un par de meses.

—Esto no podía esperar.

Dios, cómo odiaba lo que estaba pasando. Odiaba pensar que estaba perdiendo la cabeza. Y odiaba todavía más pensar que alguien pudiera estar intentando convencerle de que se estaba volviendo loco.

Jamison creía haber creado una atmósfera familiar en Barrett. ¿Se habría vuelto contra él alguna de las personas con las que había trabajado durante años? ¿Por qué? Aquello era lo único que podía explicar lo que le estaba pasando, aunque odiaba considerarlo siquiera.

–De acuerdo, cuéntame –le pidió Bill frunciendo el ceño.

Jamison así lo hizo, y a medida que le contaba la historia empezó a sentirse mejor. Con más control. Ya no era un observador pasivo de su propia destrucción. Por fin estaba haciendo algo al respecto.

Cuando terminó Bill no sonreía, pero tampoco parecía preocupado.

–Es una historia muy rara, Jamie –se reclinó con expresión reflexiva–. No creo que tengas nada de lo que preocuparte, pero vamos a hacerte algunas pruebas rápidas que nos darán una idea de si hace falta seguir explorando o no.

Jamison sintió una punzada de preocupación en el vientre, pero la apartó de sí. Si había algo que arreglar, lo arreglaría o buscaría ayuda.

–De acuerdo. ¿Podemos hacerlas ahora mismo?

Fiona había pasado la mañana siguiendo la pista a un grupo de música que había actuado en el baile del instituto de su clienta, porque la clienta quería que esa misma banda tocara en su boda. Durante los últimos años el grupo había conseguido algo de fama y pasaba mucho tiempo en la carretera de gira. La clienta de Fiona sabía que tenía pocas posibilidades de conseguirlo, pero quería intentarlo porque su prometida y ella se habían conoció en ese baile de instituto.

Podría haberle llevado mucho tiempo, pero Fiona tenía una amiga en la industria de la música que le dio el número del manager del grupo.

Cuando le explicó la situación, puso a Fiona en contacto con el cantante de la banda. Se sintió tan halagado con la propuesta que no solo accedió a tocar en la boda, sino que además lo haría gratis. Sobre todo después de que Fiona le dejara caerá que una historia así sería una mina de oro publicitaria.

La novia estaba emocionada con la noticia, pero después de colgar con ella, Fiona se quedó otra vez a solas con sus pensamientos. Tenía que contarle a Luke la verdad. Pero antes de hacerlo era justo que le dijera a Jamison Barrett lo que estaba planeando. Confiaba en que lo entendiera, aunque entendía que podría ser así, porque Luke no solo estaría furioso con ella, sino también con su abuelo.

Pero no había otra opción. Si buscaba la oportunidad de tener una relación a largo plazo con Luke, entonces tenía que eliminar la mentira que se alzaba entre ellos como un muro sólido.

Tenía todavía una hora antes de la reunión con el siguiente cliente, así que aquel era un momento perfecto para hablar con Jamison.

Marcó su número, aspiró con fuerza el aire y lo soltó al escuchar la voz de su cliente.

–Hola, Fiona –la saludó Jamison con tono tenso–. Ahora no es un buen momento. Pero te llamará mañana para hablar de un nuevo encargo.

–¿Qué? –no esperaba para nada aquello. Jamison sonaba mejor que la última vez que habló con él, y se alegraba por ello. Pero de lo que tenía que hablar con él era del encargo actual.

–Señor Barrett…

–Lo siento, Fiona, ahora no tengo tiempo –se disculpó antes de colgar.

Fiona estaba asombrada. ¿No tenía tiempo para hablar del encargo para el que la había contratado? Eso no tenía sentido. ¿Y quería contratarla para otra cosa? ¿Qué le estaba pasando al abuelo de Luke? Ojalá pudiera hablar con él de todo aquello, pero no podía. Debido a las mentiras.

Lo que la devolvió a la idea inicial: tenía que contarle todo a Luke e intentar explicarse. Solo pensar en ello le provocaba un nudo en el estómago. Si no hablaba con Luke pronto, podría descubrirlo él. Y eso sería peor. Pero si se lo contaba sin hablar antes con su abuelo, no sería justo para el anciano.

Estaba atrapada en su propia mentira.

Capítulo Nueve

—Señor Barret. No esperaba verle hoy aquí.

Luke miró al otro hombre. Era uno de sus chicos de marketing. David Fontenot era alto, rubio y bronceado. Como responsable de investigación de mercado de la nueva empresa de Luke, Dave llevaba los grupos que probaban los nuevos productos. Sabía cómo leer las reacciones de los niños ante la tecnología que les presentaban, y cómo colocar esos productos en los mejores mercados.

—Quería venir y ver los grupos por mí mismo esta vez —tras la conversación que mantuvo con Fiona la noche anterior, Luke había decidido que había llegado el momento de conseguir información de primera mano.

—Claro —Dave señaló con la mano hacia el pasillo y empezó a caminar—. Le mostraré dónde puede sentarse y observar. Hoy tenemos un grupo de niños de dos años —abrió la puerta de una pequeña salita al final del pasillo con cuatro sillas vacías—. Esta es una de las tres salas de observación. Los niños entrarán enseguida y no estarán más de media hora.

Los niños que participaban en aquellos grupos recibían un juguete y sus padres invitaciones para el restaurante que quisieran. Y Luke y su equipo obtenían la información que necesitaban para perfeccionar sus juguetes y tablets.

Luke vio a los seis niños entrar en la saña. La sala estaba llena de asientos de saco, mesitas con papeles y lápices, y por supuesto, los juguetes y las tablets de su empresa. Eran tablets prácticamente irrompibles para los niños de esa edad, y estaban hechas en colores brillantes.

El voluntario que estaba en la sala hizo lo posible por guiar a los niños hacia las tablets, y cuatro de los seis lo siguieron. Se giraron hacia las tablets, en las que aparecieron dibujos de colores brillantes. Esos cuatro niños se sentaron al instante a ver en la pantalla el programa. Los otros dos, sin embargo, se persiguieron el uno al otro en la pequeña salita riéndose a carcajadas.

Le pareció escuchar la voz de Fiona al oído hablándole de niños jugando y utilizando la imaginación. Podía ver sus ojos clavados en los suyos, y la escuchó diciéndole que aprovechara la oportunidad de llegar a un acuerdo con su abuelo.

Tenía razón, pensó, y sintió una punzada en el corazón que no esperaba.

Y mientras seguía observando a los niños se dio cuenta de que había una gran diferencia entre los cuatro niños hipnotizados por los colores brillantes y los osos bailarines y los dos espíritus libres que corrían salvajes de un lado a otro.

Se quedó la media hora entera, se despidió de Dave y luego salió al sol de la tarde. La cabeza le funcionaba a toda prisa, rebotando de un pensamiento a otro mientras volvía a plantearse sus opiniones respecto a los niños y la tecnología.

Tal vez hubiera llegado el momento de ir a ver a su abuelo.

Hacía semanas que Jamison no se sentía tan bien.

A excepción de la furia.

—Loretta —le espetó a su mujer—. Alguien ha estado intentando hacerme luz de gas en la empresa, y le ha salido bastante bien.

Le enfurecía haberse creído todo. Debería haber tenido más confianza en su propia mente. Pero quien estuviera detrás de aquello había contado con que reaccionaría exactamente como hizo. A medida que alguien envejece, el mayor miedo es perder la cabeza. Olvidarse de todo. Y la palabra Alzheimer navega por tu cerebro junto al terror que el término despierta.

—Tiene que haber otra explicación —le dijo su esposa desde la silla del despacho.

—¿Por ejemplo? —Jamison alzó ambas manos y sacudió con fuerza la cabeza—. ¿Alguna broma estúpida de la que nadie se va a reír? ¿Qué otra explicación posible puede haber, excepto que alguien quería que pensara que estaba perdiendo la cabeza?

Desde que hizo las pruebas en la consulta del médico, Jamison sabía que su mente estaba tan lúcida como siempre. Bill no se había molestado siquiera en hacer otras pruebas cuando vio los resultados. El médico lo mandó a casa asegurándole que estaba perfectamente, gracias a Dios. Pero ahora se veía obligado a llegar al fondo de aquel misterio.

Empezó a agitar con indolencia las monedas que tenía en los bolsillos del pantalón hasta que el sonido empezó a molestarle. Se detuvo, miró al infinito y trató de controlar la rabia que lo atravesaba. Ni siquiera la naturaleza tranquila de Loretta podía calmarlo. Esta vez no.

–Jamie, ¿quién haría una cosa así? –preguntó ella.

–No lo sé –reconoció Jamison mirando a su mujer. El no saber le estaba creando un agujero en el estómago. Como siguiera así conservaría la cabeza, pero le saldría pronto una úlcera.

Fuera, el cielo de invierno era tan oscuro como sus pensamientos. Lo habían traicionado. Alguien en quien confiaba. Y eso resultaba duro de aceptar.

–Por Dios, la mayoría de nuestros empleados llevan con nosotros más de veinte años –murmuró–. ¿Por qué de pronto uno de ellos se vuelve así contra mí?

Loretta se cruzó de brazos y sacudió la cabeza.

–No puede ser alguien que conozcamos –afirmó.

–Tiene que serlo –respondió él. Sabía lo que Loretta sentía porque a él le pasaba lo mismo. Ninguno de los dos quería creer que alguien en quien confiaban pudiera hacer algo así. Pero era la única respuesta–. ¿Quién sino sabría falsificar mi firma o hacer las otras cosas que me han hecho? Es alguien cercano a mí.

Hizo una pausa.

–¿Donna?

–Oh, por favor –Loretta se sintió insultada en nombre de la mujer que había sido amiga de ambos durante décadas–. Y también puedes sugerir a Cole, si te parece. Nunca creeré que Donna sea capaz de algo así.

–Pero eso mismo podemos decirlo de todos los trabajadores de la empresa –Jamison se frotó la nuca–. ¿Tim, el de marketing? ¿Sharon, la de contabilidad? ¿Philip, el de compras? Esto es una pesadilla.

Loretta se levantó, se acercó a su marido y lo abrazó con fuerza.

–Averiguaremos lo que está pasando.

Él le dio una palmadita en la espalda.

–Eso te lo aseguro. Alguien en mi propia empresa está intentando sabotearme. Hacerme creer que estoy senil o algo así. Necesito saber quién es. Hay una persona que puede ayudarnos a llegar al fondo del asunto, y esa es Fiona Jordan.

–¿Quién es esa? –preguntó Loretta.

–¿De qué conoces a Fiona? –inquirió Luke.

Luke se quedó mirando a su abuelo, y en su favor tenía que decir que el anciano no apartó la vista. Pero lo conocía lo suficiente para saber que estaba avergonzado. Y que se sentía culpable de algo.

–¡Luke, cariño, qué alegría verte! –Loretta sonrió y le dio un abrazo.

–Hola, abuela –la abrazó a su vez y luego la soltó y le dirigió una mirada dura al hombre que le había criado–. ¿De qué conoces a Fiona Jordan, abuelo?

Luke mantuvo la mirada fija en la suya. Vio un destello de incomodidad en los ojos de Jamison y supo que no le iba a gustar lo que iba a escuchar. Estaba empezando a ordenar los pensamientos en su cabeza a toda prisa, y no le gustó lo que encontró.

¿Conocer a una mujer guapísima en una conferencia sobre tecnología en San Francisco cuando no tenía ninguna razón auténtica para estar en aquel hotel? Fiona le había dicho que estaba allí por trabajo, pero, ¿qué probabilidades había de que alguien de California del Norte contratara a una mujer de Long Beach para algo?

Aquello olía a gato encerrado.

Sintió una punzada de traición. ¿Estaban Fiona y su abuelo conspirando contra él? Dios, era un idiota. Fiona le había mentido durante todo aquel tiempo. ¿Sobre qué más no le habría dicho la verdad?

—Bueno... —empezó a decir Jamison agitando las monedas del bolsillo.

Luke frunció el ceño. Aquel era un hábito nervioso de su abuelo cuando estaba intentando pensar o cuando se sentía incómodo.

—Fiona trabajó para Donna no hace mucho. Encontró a la hija que su hermana había dado en adopción.

—Es verdad —intervino Loretta llevándose la mano al corazón—. Fue maravilloso ver a Linda, la hermana de Donna, tan feliz después de tantos años buscando a su hija.

Fiona le había hablado de aquel trabajo. Pero no le mencionó que lo había hecho para la hermana de la secretaria de su abuelo.

—Vale. Entonces, ¿la contrataste? —preguntó Luke.

El sonido de las monedas se hizo más fuerte. Jamison hizo todo lo posible para evitar el contacto visual con su nieto.

–Lo hiciste, ¿verdad? –Luke se pasó la mano por el pelo con gesto de frustración–. La contrataste. La enviaste a San Francisco para que me tendiera una emboscada. Por Dios, abuelo, ¿de qué no serías capaz con tal de salirte con la tuya?

–¿Es cierto lo que dice, Jamie? –preguntó Loretta con recelo–. ¿Has hecho algo de lo que deberías avergonzarte?

Jamison miró primero a uno y luego a otro y Luke se dio cuenta de que estaba pensando cómo salir de aquella. Pues bien, no se lo iba a permitir.

–Maldita sea, abuelo, admítelo. Contrataste a Fiona para que me sedujera y me convenciera para volver a la empresa.

–¿Qué? –parecía genuinamente sorprendido por la acusación–. No. La contraté para que te convenciera para volver, eso sí. Lo de la seducción ya no es cosa mía.

–Jamie, ¿cómo has podido? –Loretta le dio a su marido una palmada en el brazo.

–¿Qué otra cosa podía hacer? –se defendió el anciano mirando a Luke–. El chico no me escuchaba. Tenía miedo de que nunca volviera, y necesitaba que lo hiciera.

–Eres increíble –Luke apenas podía hablar. Estaba furioso. Su familia le había utilizado, su amante le había mentido. Tenía el estómago hecho nudos y el corazón le latía con fuerza en el pecho.

Tendría que haberlo visto venir. Su abuelo siempre hacía todo lo que estaba en su mano para conseguir lo que quería. Lo había hecho toda su vida. Y los había educado a Cole y a él para ir tras sus objetivos y no aceptar nunca un «no» por respuesta.

Pero a Luke nunca se le había pasado por la cabeza que conocer a Fiona fuera algo más que un accidente feliz. ¿Había planeado caer sobre su regazo? ¿El sexo estaba incluido en el trabajo? ¿Se acostaba con otros clientes?

Maldición, se había creído toda la farsa. Su risa. Sus ojos. Sus besos. Había escuchado con respeto sus opiniones, y todo era mentira. Seguro que incluso le encantaba la tecnología para los niños, y todo lo que había dicho al respecto había sido dictado por su abuelo. Se había sentido incluso tentado a construir algo con Fiona. A pesar de no querer una relación, empezaba a inclinarse por romper aquella norma personal. Y esto era lo que había conseguido.

—Esto es muy bajo, abuelo —murmuró mirándole fijamente—. Incluso para ti.

A Jamison no le gustó cómo sonó aquello y torció el gesto.

—Si me hubieras escuchado…

—No tendrías que haber hecho esto, Jamie —le espetó Loretta mirando al hombre que amaba—. Discúlpate ahora mismo.

—Que me aspen si lo hago. Hice lo que era necesario —Jamison miró a su nieto con dureza—. Tengo ochenta años, muchacho. ¿Crees que voy a vivir para siempre? Si tú no vuelves, la empresa familiar se irá al garete.

—Ah, no —le espetó Luke—. No me cargues a mí con eso. Cole está más que dispuesto a hacerse cargo.

–Los dos sabemos que Cole no puede hacer ese trabajo. A quien necesitaba era a ti, y lo sabías muy bien cuando te marchaste –Jamison estaba tan enfadado como Luke.

–Me marché para demostrarme algo a mí mismo. Y a ti –reconoció su nieto–. No lo hice para destrozar tus planes…

–Pues lo hiciste.

–¡Jamie!

–Eran tus planes, no los míos –aseguró Luke.

–¿Y de eso se trata? ¿De una rabieta? ¿Como no te gusta recibir órdenes sales corriendo?

–Basta, Jamie –le ordenó Loretta.

–No he salido corriendo. ¿Sabes cuál es la ironía de esto? –Luke apretó los dientes y miró con ojos entornados al hombre que admiraba más que a nadie en el mundo–. Hoy había venido para decirte que a lo mejor tenías razón. Que tal vez deberíamos trabajar juntos en la empresa familiar. Encontrar un punto medio.

A Jamison se le iluminaron los ojos.

–Y ahora descubro que me habías tendido una trampa.

–Oh, demonios, eso no cambia lo que ahora crees, ¿no? La verdad es la verdad, independientemente de cómo la encuentres.

Loretta suspiró.

–Jamie, estoy muy decepcionada contigo. No puedes gobernar la vida de nuestros chicos por mucho que lo desees. ¿En qué demonios estabas pensando?

Entonces se giró hacia su amada esposa.

–Estaba pensando en que escuché a mi esposa

llorar en la ducha cuando pensó que no podía escucharla con el agua corriendo.

Luke resopló.

—La abuela no llora —entonces la miró y vio la verdad en su rostro—. ¿Lloraste?

Loretta frunció el ceño y señaló a su marido con el dedo índice.

—No deberías haber dicho nada. Eso era algo privado. Y deja de escuchar a través de la puerta del baño, eso es de mala educación.

Luke se pasó las manos por el pelo. Estaba enfadado y se sentía arrepentido y culpable. Tal vez él fuera responsable en gran medida de lo que estaba pasando. Odiaba pensar que su abuela hubiera llorado por algo que él había hecho. Y su abuelo solo había hecho lo que siempre hacía: precipitarse a manejar la situación lo mejor que podía.

Aquello podía excusar a su abuelo, pero desde luego no servía para excusar a Fiona. Le había mentido. Se sentía como un idiota. Cada minuto que había pasado con ella había sido pagado por su abuelo.

Había llegado a sentir algo por ella. Ahora tenía que enfrentarse al hecho de que todo aquello también había sido una mentira. Y no sabía en qué posición le dejaba a él.

Luke sacudió la cabeza y se prometió que se enfrentaría a ella más tarde. Se enteraría de la verdad. Por fin. Por parte de todo el mundo. Pero por ahora era con su abuelo con quien debía lidiar.

Aspiró con fuerza el aire, se metió las manos en los bolsillos del pantalón y se quedó mirando al anciano con recelo.

–Dejando de lado todo lo demás, ¿para qué vas a contratar a Fiona ahora?

Jamison le miró también fijamente.

–¿Eso significa que vuelves?

–Dios, qué cabezota eres –Luke alzó ambas manos hacia el cielo–. Me entero de todo lo que has hecho, ¿y lo único que te interesa es saber si voy a volver?

–Bueno, de ahí es de donde ha salido todo. Entonces, ¿vas a volver?

Luke resopló y se limitó a decir:

–Significa que estoy aquí ahora, y estoy tan enfadado contigo que no puedo pensar con claridad.

–De acuerdo, lo dejaremos estar por ahora –murmuró Jamison torciendo el gesto–. Y en cuanto a tu pregunta, necesito a Fiona para averiguar quién están intentando volverme loco –volvió a agitar las monedas.

–¿De qué estás hablando?

Jamison se lo contó entonces, y con cada palabra que su abuelo decía, la rabia de Luke se iba haciendo más fuerte. ¿Quién podía torturar a un anciano de aquel modo, hacerle dudar de sí mismo?

Demasiadas mentiras, se dijo. Demasiada gente en la que no se podía confiar. Averiguaría quién había intentado destruir a su abuelo. Utilizaría incluso a Fiona para conseguirlo.

Pero primero iba a tener una conversación con la mujer que le había estado mintiendo desde que se conocieron.

**

Fiona terminó de redactar los tres informes para sus nuevos clientes, luego horneó unas galletas para la fiesta de cumpleaños de una vecina y terminó el día devolviendo un perro perdido a su feliz dueño. Le gustaba estar ocupada, porque en el aquel momento, tener la mente entretenida significaba que no tenía tiempo para preocuparse de lo que ocurriría cuando hablara con Luke.

Fiona había tratado de planear cómo le iba a contar exactamente la verdad. Pero daba igual lo que se le ocurriera, no le sonaba bien. ¿Tomando una copa? ¿Durante la cena? ¿Después del sexo?

La triste verdad era que no quería contarle la verdad a Luke. En su fantasía, las mentiras quedaban enterradas, Luke la amaba y vivían felices para siempre. Pero las fantasías pocas veces tenían algo que ver con la realidad. Así que solo le quedaba una opción: confesarle todo y verle alejarse.

Cuando llegó aquella tarde a su casa, le pareció casi cósmico encontrar a Luke sentado en el porche esperándola. El estómago le dio un vuelco y el corazón le latió con más fuerza dentro del pecho.

Llevaba uno de sus increíbles trajes, con los botones superiores de la camisa desabrochados y la corbata verde oscuro suelta. Tenía un brazo apoyado sobre la rodilla elevada, y cuando Fiona se acercó entornó la mirada hasta que Fiona sintió que estaba bajo un microscopio.

–¿Luke? No esperaba verte esta noche.

–Ya. Pensé que sería buena idea pasar por aquí y decirte que hoy he hablado con mi abuelo.

El ritmo del corazón de Fiona se hizo frenético. Tragó saliva y forzó una sonrisa.

–Eso es maravilloso. ¿Lo has arreglado todo?

–No, para nada –Luke se incorporó y se cernió sobre ella, obligando a Fiona a echar la cabeza hacia atrás para encontrarse con su mirada–. Pero te gustará saber que mi abuelo tiene pensado volver a contratarte, dado el buen trabajo que hiciste conmigo.

¿Se había abierto la tierra bajo sus pies? ¿Por eso tenía la sensación de que se estaba hundiendo? Le miró a los ojos, y aunque quería apartar la vista, no lo hizo. Vio en ellos acusación, furia, y supo que aquella conversación iba a ser tan horrible como se había temido.

–Oh, Dios. Luke… quería contártelo…

–¿Pero no encontraste el momento? –sarcasmo y expresión dura.

Fiona sacudió la cabeza, sacó la llaves del bolso y dijo:

–Déjame abrir la puerta. Entra, te lo explicaré todo.

Pasó por delante de él, que no se movió ni un milímetro.

–Estoy deseando escucharlo.

Fiona lo sentía detrás de ella. Sentía su rabia y cómo la juzgaba. Las manos le temblaban tanto que no era capaz de meter la llave en la cerradura. Sabía que en cuanto entraran empezaría la discusión y llegaría el final de su relación con Luke.

Cuando por fin abrió, Fiona dejó la llave en el bolso y lo puso sobre la silla más cercana al entrar. Luego se dio la vuelta para mirarlo.

–Sé que estás enfadado…

–Oh, estar enfadado no se aproxima siquiera a lo que siento ahora mismo –la corrigió él.

–Tienes todo el derecho a estar furioso. Te lo iba a contar yo misma mañana, Luke.

–Qué fácil decir eso ahora.

–Lo sé, pero es la verdad –sabía que no la creería, pero, ¿por qué iba a hacerlo?–. No quería mentirte. Pero sí, tu abuelo me contrató. No podía contártelo. Jamison era mi cliente y le debía confidencialidad.

–¿Y qué me debías a mí?

–Al principio esto solo era un trabajo, Luke, pero cuando te conocí…

–Déjame adivinar –dijo él con sarcasmo–. Todo cambió para ti.

Fiona alzó las manos en gesto de rendición.

–No vayas por ahí, Fiona –la detuvo él antes de que pudiera continuar–. No lo hagas. Mi abuelo te pagó para que me convencieras para volver al negocio familiar. Todo lo demás formaba parte del baile.

Su tono de voz era frío y seco, y Fiona no podía culparle de ello. Pero estar ahí con él, tan cerca y al mismo tiempo tan lejos uno del otro, era todavía pero de lo que había imaginado que sería.

–No todo.

–Vale. Entonces, ¿te acuestas con todos tus clientes o yo he tenido suerte?

Fiona aspiró con fuerza el aire ante el insulto. Luke estaba herido, estaba enfadado. Se sentía traicionado. Por supuesto que iba a devolvérsela.

–Voy a dejar pasar eso porque estás furioso.

–Dime, ¿cuánto le has cobrado al viejo por tener relaciones sexuales conmigo?

Fiona giró la cabeza como si la hubieran abofeteado. De acuerdo, estaba dispuesta a recibir lo que le tocara porque era ella quien lo había estropeado todo. Tendría que haberle contado todo en cuanto se dio cuenta de que empezaba a sentir algo por él. Tenía que haber sido sincera con él sin importarle el precio a pagar. Pero había un límite respecto a las ofensas que estaba dispuesta a tolerar. Su propia rabia empezó a surgirle en la boca del estómago y se desplegó rápidamente por todo su cuerpo.

–¿Sabes qué? –le espetó dando un paso hacia él–. Insultarme no es la respuesta aquí. Sí, mentí. Sí, soy un ser humano horrible. Pero no tuve relaciones sexuales contigo por dinero.

–Claro, y tengo que creerte porque eres muy sincera –afirmó Luke con sarcasmo. Sus ojos se volvieron todavía más gélidos, algo que parecía casi imposible.

–Créeme o no me creas, eso depende de ti –afirmó Fiona acalorada–. Pero no voy a seguir tolerando que me hables así. ¿Tú eres tan perfecto que nunca haces nada de lo que te arrepientas? ¿Tienes las líneas del bien y del mal tan profundamente trazadas que no puedes ver que a otras personas les cuesta trabajo tomar decisiones y no siempre aciertan?

–¿De verdad estás intentando volver esto contra mí? –le espetó él.

–No he dicho eso. Estoy dispuesta a asumir toda la culpa… aunque eres tú quien colocó a tu abuelo en una situación en la que sintió que la única manera de resolverlo era contratar a una extraña para hablar con su nieto.

A Fiona le gustó ver un destello rápido de culpabilidad en sus ojos, pero desapareció al instante.

Fiona se sentía mal con la situación, pero no estaba dispuesta a quedarse ahí sin defenderse.

–No decidí acostarme contigo a la ligera. Nunca había hecho una cosa así con anterioridad. De hecho nunca me había acostado con nadie tan deprisa como contigo –siempre había sabido que aquello iba a pasar. Había elegido satisfacer sus propios deseos y necesidades y ahora tenía que pagar la factura. Debía aceptar las consecuencias por difíciles que fueran–. Y supongo que quise creer que entre nosotros había algo más de lo que en realidad había. Me acosté contigo porque sentía algo por ti.

–Claro.

–¿Crees que podría fingir algo así, lo que sentía cuando estábamos juntos? –aquello dolió. Lo miró a los ojos. Si solo hubiera visto rabia en ellos le había resultado más fácil, pero también vio dolor. Y eso le hizo saber que Luke lo estaba pasando tan mal como ella.

–¿Y yo qué diablos sé? Mientes muy bien.

–¿Y quién está mintiendo ahora, Luke? –Fiona le miró fijamente a los ojos–. Yo estaba allí. Sentí tu respuesta, y sé que tú también sentías lo mismo que yo.

–No sabes nada de mí, Fiona –dijo inclinándose de modo que sus rostros quedaron a escasos centímetros–. En caso contrario no me habrías mentido.

–Sí. Mentí. Pero no respecto a todo.

–No te creo.

–¿Tan grave es que quisiera estar contigo, que me dejara sentir? Piensa lo que quieras, lo vas a hacer de todas formas –Fiona se acercó todavía más, echó la cabeza hacia atrás y clavó los ojos en aquella mirada fría como el hielo–. Pero acepté el trabajo que me propuso tu abuelo porque era un asunto de *familia* –pronunciar aquella palabra hizo que los ojos se le llenaran de lágrimas–. Yo nunca tuve aquello a lo que tú le has dado la espalda. Pero tú tienes una familia entera que te quiere. Tienes todo con lo que yo soñaba, y aun así te alejaste de ello. Destrozaste a tu abuelo.

Luke resopló, pero su expresión le hizo saber que le preocupaba que Fiona tuviera razón.

–Ese viejo es indestructible.

Ella sacudió la cabeza con tristeza.

–Nadie lo es, Luke. Jamison depende de ti. Te quiere. Está orgullo de ti.

–Aquí no se trata de mi abuelo –señaló Luke.

–En parte sí –arguyó ella–. No quería que supieras que me había contratado porque sabía que si te enterabas, nunca escucharías. Así que esto trata sobre todo de ti, Luke. Te alejaste de las personas que más te quieren. Tus abuelos quieren que vuelvas a casa. Y creo que deberías hacerlo.

–Y yo creo que nada de esto es asunto tuyo.

–Sí, eso me lo has dejado muy claro –sus palabras fueron como otra bofetada, solo que esta vez al corazón.

Fiona amaba a un hombre que siempre la consideraría una mentirosa. Nunca entendería lo que la había llevado a estar con él aun sabiendo que era imposible que durara. Así que todo había terminado. Una sensación de vacío se abrió paso en su interior como una oleada.

Pero Luke seguía allí de pie, mirándola fijamente, y Fiona no pudo evitar preguntarse por qué no se había marchado ya, por qué no había salido de allí llevándose toda su rabia con él.

—¿Hay algo más? —le preguntó Fiona—. ¿Algún otro insulto que me quieras lanzar?

—Varios, de hecho —afirmó él con tirantez—. Pero voy a pasar. Quiero hablarte de otro trabajo que tiene mi abuelo para ti.

—No, gracias. Márchate —no quería saber nada más de la familia Barrett.

—Creo que me debes una —murmuró Luke—. Las mentiras tienen un precio, y tú has soltado varias.

Ella dio un paso atrás porque no podía soportar tenerlo tan cerca y no poder tocarlo. Incluso ahora, su corazón latía por él y se moría por estrecharlo entre sus brazos.

—Muy bien. ¿Qué es lo que quiere?

—Alguien de la empresa ha estado intentado convencer a Jamison de que está loco —Luke torció el gesto—. Escondiéndole cosas, cancelando pedidos, haciendo otros… estaba convencido de que había iniciado el camino de la demencia. Quiere que investigues. Que hables con la gente y averigües quién está detrás.

Aquello era terrible, y ahora Fiona al menos sabía por qué Jamison le había sonado tan inseguro de sí mismo aquella vez por teléfono. ¿Quién sería capaz de hacer algo tan perverso y cruel?

—Lo haré —afirmó—. Pero solo porque tu abuelo me cae bien.

—De acuerdo. Cuando tengas algo, házmelo saber.

No podría haberse mostrado más distante. Sus preciosos ojos estaban cerrados, tenía la voz tensa y ruda. Y sin embargo, le amaba. Todo su ser ansiaba pronunciar aquellas palabras. Solo una vez, quería decirlas y no le importaba si la rechazaba, porque ya la había rechazado.

Luke abrió la puerta y Fiona supo que tenía que decírselo, porque quién sabía si tendría alguna vez la oportunidad de volver a pronunciar aquellas palabras con tanta sinceridad. Le dolía el corazón, porque su mayor posibilidad de ser feliz para siempre estaba a punto de salir por la puerta. ¿Cómo no iba a decirle lo que sentía?

–Luke.

Él la miró. Fiona aspiró con fuerza el aire y luego lo soltó.

–Me acosté contigo porque me enamoré de ti.

Los ojos de Luke echaron chispas y movió la boca como si se estuviera mordiendo la lengua para no decir las palabras que querían salir.

–Solo quería decírtelo porque nunca antes he dicho esas palabras –confesó Fiona–, y no sé si volveré a tener la oportunidad de pronunciarlas.

Luke siguió sin decir nada, pero tenía la mirada clavada en ella. Daba igual que respondiera o no. Fiona no había dicho las palabras mágicas por Luke, sino por ella misma.

–Pero cuando termine este trabajo –concluyó con voz pausada–, no quiero volver a verte nunca más.

Capítulo Diez

Luke no había visto a Fiona en una semana, y la echaba de menos. Maldición.

No debería. Fiona se había convertido en la distracción que había estado intentando evitar. Le había mentido desde el principio. En cada conversación, cada risa, cada beso, cada... todo estaba construido sobre mentiras.

Y seguía deseándola. Pensando en ella. Echándola de menos.

–¿Dónde tienes la cabeza, hijo? –la voz de Jamison le atravesó los pensamientos, y Luke se lo agradeció.

–Aquí mismo –aseguró mirando a su abuelo a través de la mesa del comedor.

La casa de sus abuelos no había cambiado en años. Y en cierto modo eso le resultaba reconfortante, porque todo lo demás a su alrededor parecía sumirse en el caos. Durante la última semana Luke y Jamison habían trabajado allí, en la casa, intentando llegar a un acuerdo. Luke creía que esta vez podrían encontrar una manera de recorrer la línea entre el pasado y el futuro mientras animaban a los niños a salir a jugar al exterior y vivir aventuras.

Habría sido más fácil hacer todo aquello en la oficina, pero hasta que descubrieran quién estaba detrás del sabotaje mental de Jamison no iban a anunciar el regreso de Luke. Ni siquiera a Cole, porque nunca había sido bueno guardando secretos.

–¿Seguro que quieres conservar a tu gente al frente de la división de tecnología? –Jamison sacudió la cabeza y miró los papeles que estaban extendidos por encima de la mesa–. Sería más fácil recolocarlos en la división que ya tenemos.

–No –afirmó Luke–. Mi gente tiene grandes ideas y quiero que sigan trabajando en ellas. Lo llamaremos la división de investigación. Y más adelante ya veremos.

Jamison lo miró durante un largo instante y luego asintió satisfecho.

–De acuerdo entonces. Ahora podemos centrarnos en la próxima línea de producto. ¿Has sabido algo de Fiona?

Luke contuvo un gruñido. Al parecer no podía evitar pensar en Fiona ni hablar de ella.

–No, ¿tú?

–Nada –murmuró Jamison dejando el bolígrafo sobre la mesa con gesto de disgusto–. Esperaba que tuviera algo ya. ¿Por qué no la llamas y averiguas si sabe algo?

Luke se quedó muy quieto.

–Llamará ella cuando tenga algo.

–¿Hay alguna razón por la que de pronto no tengas interés en hablar con esa mujer?

Su nieto se le quedó mirando durante un largo instante.

–Sí. Me mintió.

–No eran sus mentiras, eran las mías.

Luke resopló y sacudió la cabeza.

–No todas.

–Aquí el problema es que sientes algo por ella.

–No, no es eso –Luke agarró un gráfico que había sobre la mesa–. ¿Qué te parece esto? Creo que mi diseñador gráfico podría encontrar la manera de hacer que esto destacara todavía más.

–Lo que me parece es que estás evitando el tema.

–Bien visto –dijo Luke–. Así que déjalo estar.

–Lo haría, pero la chica me cae bien.

Luke se reclinó en la silla y lo miró fijamente.

–No te metas en esto, abuelo.

–Bueno, los dos sabemos que me voy a meter –afirmó Jamison guiñándole un ojo.

Luke se sirvió otra taza de café de la cafetera y trató de ignorar al hombre que tenía enfrente.

–Cuando conocí a tu abuela supe al instante que era la elegida –sonrió para sus adentros–. ¿Sabes por qué? Porque me hacía reír. Me hacía pensar. Me hacía mejor hombre por el mero hecho de estar cerca de mí.

Luke frunció el ceño. No quería escuchar aquello porque se acercaba demasiado a la verdad. ¿Acaso no era exactamente aquello lo que Fiona había hecho por él? ¿No le había hecho reconsiderar todas sus creencias?

Su risa le hacía sonreír, sus caricias le encendían. Sus suspiros alimentaban algo en su alma que estaba vacío antes de que ella llegara.

Luke recordó la expresión de su rostro cuando la confrontó. Recordó el impacto y el dolor de sus ojos cuando sugirió que había tenido relaciones sexuales con él porque era su trabajo.

Sí, había sido un imbécil, pero en su defensa tenía que decir… maldición, no había defensa.

Jamison le estaba mirando, y en opinión de Luke era demasiado cauteloso. Lo que hubiera habido entre Fiona y él ya había terminado.

–Déjalo estar, abuelo. Por favor.

–Muy bien –dijo el anciano asintiendo–. Por ahora.

Dos días más tarde, Fiona llamó a la puerta de entrada de la casa de Luke. El bramido del mar iba a la par que su acelerado corazón, y el viento helado tenía la misma temperatura que sus manos frías. Sentía el estómago del revés y cada célula del cuerpo en estado de alerta. Le daba la sensación de que en cualquier momento podría derrumbarse.

Había terminado su trabajo, y aunque tal vez no les gustaran las respuesta que tenía que ofrecerles, cuando terminara con aquel encargo la familia Barrett saldría de su vida para siempre.

La puerta se abrió y allí estaba él, a escasos centímetros. Fiona aspiró con fuerza el aire y trató de mantener la compostura. Pero, ¿cómo iba a hacerlo si cuando miraba a Luke Barrett le temblaban las rodillas y el corazón empezaba a latirle con fuerza?

Llevaba puesta una camiseta negra ajustada y vaqueros de cintura baja. Estaba descalzo y tenía el pelo revuelto. A Fiona le dieron ganas de pasarle los dedos por él, pero aquellos días ya habían pasado.

En cualquier caso, se alegraba de haberse tomado el tiempo de vestirse para la reunión. Llevaba una camisa verde oscuro de cuello redondo y la falda negra que tenía puesta el día que cayó en su regazo. Supo que había sido una buena elección cuando vio sus ojos brillar peligrosamente.

–Fiona.

Su voz le provocó un escalofrío que le recorrió la espina dorsal.

–Hola, Luke. He terminado de investigar el problema de tu abuelo, y me gustaría hablar contigo de ello.

Luke alzó una ceja y abrió la puerta del todo. Fiona entró con cuidado de no rozarse contra él. Qué extraño era aquello, pensó. Habían estado lo más cerca que podían estar dos personas, y sin embargo ahora parecían desconocidos.

Fiona se dirigió al salón. Había cajas de mudanza por todas partes, y sintió una punzada de pesar. Luke estaba a punto de dejar la casa, y aunque ella sabía que se mudaba, no sabía dónde. Así que nunca podría volver a encontrarle. Aquel pensamiento le resultaba aterrador, pero al mismo tiempo se suponía que era lo mejor.

Se giró hacia él y le entregó un sobre grande. Cuando Luke lo abrió, ella empezó a hablar.

–Tengo un amigo que es un genio de la informática. Con el permiso de Jamison, entró en el sistema de la empresa Barrett y siguió todos los rastros que pudo. Alguien había dejado atrás lo que él llama «huellas», y cuando las siguió encontró a la persona responsable de hacer daño a tu abuelo.

Luke miró los papeles y luego alzó la mirada y sacudió la cabeza.

–Esto no puede ser.

–Lo es –aseguró Fiona–. Lo he comprobado

todo dos veces para asegurarme. Lo siento mucho, Luke.

Su mirada se endureció al instante, y a ella le entristeció verlo.

—No quiero otra disculpa.

—Siento esto —Fiona estiró la espalda y alzó la barbilla—. En cuanto a lo otro, ya me he disculpado una vez y no lo voy a hacer más —se acercó lo bastante a él para ver cómo la emoción cambiaba en su mirada—. La gente normal mete la pata, y cuando lo hacen, piden disculpas, se les perdona y el mundo sigue adelante.

—Así que ahora es culpa mía —Luke resopló y volvió a guardar los papeles en el sobre.

—Yo no he dicho eso —Fiona suspiró y se echó el pelo por detrás de los hombros.

Luke no daría su brazo a torcer, no entendería que lo que había hecho le había resultado duro. Que la había destrozado. Que era más complicado que ver las cosas blancas o negras. No era que no pudiera perdonarla, es que había decidido no hacerlo.

—No creo que encuentres nunca nadie lo bastante perfecto para vivir en tu mundo ideal, y eso es un pena.

Luke se puso tenso y se le endurecieron las facciones.

—No me interesa tu comprensión.

—Lástima. La tienes de todas formas —Fiona hizo una pausa para calmarse y poder decir la dura verdad—. Esto ha terminado, Luke. Da igual de quién sea la culpa, ha terminado. Yo lo sé y tú también. Eso es lo único que cuenta ahora.

Fiona miró por última vez aquellos ojos azules como el mar y se marchó mientras todavía podía hacerlo.

–Siento todo esto, abuelo –una hora más tarde, Luke vio a su abuelo leer el informe que Fiona le había dado, y le dio la impresión de que estaba viendo al anciano envejecer delante de sus ojos.

Y solo por eso Luke podría haberle dado un puñetazo en la cara a su primo.

–No puedo creer que Cole haya hecho esto –murmuró Jamison–. Nunca hubiera imaginado que era él. Supongo que por eso pudo hacerlo.

–Tiene que haber un motivo –murmuró Loretta como si quisiera convencerse a sí misma.

La chimenea estaba encendida para mitigar el frío de febrero, pero no servía para calentar la corriente helada que atravesaba el salón de su abuelo.

–El motivo es su ambición –murmuró Jamison reclinándose y pasándose la mano por la barbilla–. Suya y de Susan. Esa mujer siempre está presionando a Cole para que consiga más. No le estoy excusando, pero sí pienso que seguramente sintió algo de presión.

Jamison miró a Luke.

–La manera en la que te he tratado a ti, favoreciéndote por encima de él… seguramente eso también tiene mucho que ver.

–No –dijo Luke. Había estado pensando en aquello desde el momento en que Fiona le mostró la prueba del engaño de Cole–. No vas a culparte por esto, abuelo. Lo que Cole ha hecho, lo ha hecho él solito. Si quería más responsabilidad en la empresa se la podía haber ganado. Sabes tan bien como yo que le encanta cobrar pero no quiere trabajar. No debería irse de rositas con esto. Deberías llamar a la policía.

–¿Y decirles qué? –preguntó Jamison con una sonrisa amarga–. ¿Que mi nieto me estaba haciendo luz de gas? No, esto es un asunto familiar y lo resolveremos en familia.

–Estoy de acuerdo, Jamie –dijo Loretta con tono suave pero firme.

Luke los miró a ambos sin entender. Cole había hecho daño al hombre que lo había criado y querido. Había hecho algo horrible, ¿cómo se le iba a perdonar algo así? Fiona estaba equivocada, se dijo. Una disculpa no implicaba el perdón, y desde luego no significaba que hubiera que olvidar lo sucedido.

Pero esto no dependía de él.

–De acuerdo –dijo finalmente–. Lo haremos a tu manera. ¿Cuál es el plan?

–Esta noche tendremos aquí una cena familiar –dijo Jamison mirando a su esposa para asegurarse de que la idea le parecía bien–. Entonces hablaremos y yo me ocuparé de Cole.

–Siento que todo se haya ido al diablo. Me caía bien Luke.

–A mí también –dijo Fiona con una sonrisa triste agarrando una galleta–. ¿Qué voy a hacer ahora, Laura?

Su mejor amiga le dio una palmadita en la mano y dijo:

–Lo que siempre has hecho. Vivir. Trabajar. Sonreír.

A Fiona se le llenaron los ojos de lágrimas. Todo aquello le parecía imposible en aquel momento.

–Me duele incluso respirar.

Laura lloró con ella.

–Lo sé. Va a tardar un poco. Para eso existen el vino y las galletas.

Los labios de Fiona se curvaron brevemente.

–Y las amigas –dijo dándole otro mordisco a la galleta antes de apurar la copa de vino.

Cuando Cole llegó con su familia, Jamison se preparó mentalmente. Todavía no quería creer que el niño que había querido y criado hubiera intentado convencerle de que había perdido la cabeza. Era una puñalada al corazón que iba a tardar un tiempo en superar.

Pero lo conseguiría. Se trataba de la familia, y a pesar de la circunstancia actual, Jamison sabía que Cole era un hombre decente. Bajo los celos que tenía de Luke, la ambición ciega y el deseo de apoderarse de la empresa para demostrar que era tan bueno como su primo si no mejor, Cole solo era un hombre que buscaba algo que no podía encontrar.

Jamison sentía lástima por él, pero la rabia y la decepción eran igual de poderosas que el dolor que sentía. Necesitaba que Cole entendiera que los actos tenían consecuencias.

Cole entró en la estancia con su hijo Oliver seguido de Susan. Cole llevaba pantalones de tela color caqui, camisa de polo roja y mocasines, y Susan tenía el mismo aspecto de siempre. Como si acababa de salir de una revista de moda, bella y fría. Oliver, por supuesto, era el niño alegre y sonriente que debía ser. Y Jamison tenía la intención de que siguiera así. Que lo asparan si destruía al padre del chico solo para dejar clara su postura.

Jamison se fijó en el momento que Cole vio a Luke al lado del mueble bar de la esquina, y frunció el ceño al notar el resentimiento en las facciones de Cole. Sí, se dijo. Aparte de todo, tenía que asumir la responsabilidad parcial de aquel lío. Había favorecido a Luke, y al hacerlo había hecho de menos a Cole. No había sido su intención, pero cometió un error. Tal vez si hubiera esperado más de Cole lo habría obtenido.

—No esperaba verte aquí, Luke —dijo Cole.

—Apuesto a que no —murmuró Luke.

Jamison le lanzó una mirada gélida y luego dijo:

—Susan, ¿por qué no llevas a Oliver con Marie? Le ha preparado sus galletas favoritas, y así podremos hablar.

—De acuerdo —Susan salió del salón y Cole se sentó en uno de los sofás.

—¿Quieres una copa? —le preguntó Luke desde la esquina.

—Sí, Whisky.

Loretta tomó la mano de Jamison y le dio un pequeño apretón antes de que él se pusiera de pie y cruzara la estancia para colocarse al lado de la chimenea.

Luke le dio la copa a Cole y luego se sentó en una butaca al lado de su primo. Jamison los miró a todos. Luke estaba tenso, Loretta triste, Cole incómodo y Susan, que acababa de volver al salón, parecía tranquila. Pero no por mucho tiempo.

Cole miró a Luke y luego se giró hacia Jamison.

–¿Qué pasa, abuelo?

–Sé lo que has estado haciendo, Cole –Jamison mantuvo la mirada clavada en Cole, por lo tanto vio cómo se estremeció, y aquello le rompió el corazón. Sí, sabía que era verdad, pero verlo en la cara de Cole hacía que fuera todavía más doloroso.

–No sé de qué me hablas.

–No le mientas –murmuró Luke–. No empeores las cosas.

–No te metas en esto –le espetó Cole–. ¿Por qué estás siquiera aquí? Te marchaste.

–He vuelto.

–¿Qué? –Susan habló finalmente, y el asombro de su tono de voz lo decía todo.

Jamison sabía que contaba con que su marido se hiciera cargo de la empresa. Susan no era una mala persona, pero una arribista y que su marido se convirtiera en el director ejecutivo de una empresa multimillonaria le venía al pelo.

Cole ignoró a su mujer y se giró hacia Jamison.

–¿Quieres decir que ha vuelto a la empresa? ¿Y todo está perdonado? ¿Así, sin más?

–Así sin más –afirmó Jamison–. Y deberías preocuparte más por ti que por tu primo, Cole. Sé lo que me has estado haciendo.

–Abuelo…

La estancia estaba tan silenciosa que parecía que todo el mundo estuviera conteniendo la respiración.

–Tengo pruebas; no te molestes en negarlo.

Capítulo Once

Cole apuró su whisky y luego dejó el vaso en la mesa delante de él.

—No lo haré. ¿Qué sentido tendría?

—Eres un malnacido —murmuró Luke.

—Ya basta, Luke —a Jamison le dolió el corazón al mirar a su nieto mayor—. ¿Por qué, Cole? ¿Para poder hacerte tú con las riendas?

—¿Por qué no? —preguntó Susan—. También es tu nieto.

—Lo es —asintió Jamison—. Pero a partir de este momento deja de ser el vicepresidente de la empresa.

—No puedes hacer eso —Susan se puso de pie de un salto.

—Sí que puede —Cole le dirigió una mirada firme a su mujer y luego se levantó. Miró directamente a su abuelo a los ojos—. Lo hice. Y te juro que una parte de mí lo hacía por tu bien también, abuelo. Para obligarte a bajar el ritmo. A jubilarte.

—¿Haciéndome creer que estoy perdiendo la cabeza?

Cole se sonrojó y retiró la mirada. Pero Jamison no había terminado todavía.

—Me hiciste pasar unos días horribles. Pero también hiciste que tu abuela se preocupara por mí, y eso no puedo permitirlo.

Cole miró a Loretta, y Jamison pudo sentir la vergüenza de su nieto.

–Lo siento, abuela.

Ella asintió con tristeza.

–Lo sé, Cole.

–Yo no lo tengo tan claro –dijo Jamison bruscamente, y esperó a que Cole volviera a mirarlo–. Pero voy a creerlo porque quiero hacerlo. Y más importante, porque lo necesito.

Cole asintió y estiró los hombros. No había vuelto a mirar a Luke, y para Jamison eso resultaba revelador. Estaba allí de pie asumiendo su responsabilidad tal vez por primera vez en su vida adulta, y Jamison se alegraba de verlo.

–Lo siento, abuelo.

A ojos de Jamison, Cole seguía siendo un niño pequeño destrozado por la pérdida de sus padres que se fue a vivir a casa de sus abuelos y que intentaba encontrar su camino. Nunca había estado tan seguro de sí mismo como Luke, acumulaba más fracasos que éxitos, y eso había empezado a corroerlo. Tal vez si Jamison hubiera intentado acercarse antes a lo que Cole estaba sintiendo, nada de aquello habría pasado.

No podía dejar de querer a Cole porque fuera un estúpido. Pero querer no significaba que no hubiera consecuencias.

–No vas a dirigir Barrett, Cole. No se te va a dar ningún puesto de responsabilidad hasta que me demuestres que eres capaz de asumirlo. Por ahora, trabajarás con Tony en conserjería.

–¿Qué? –exclamó Susan con expresión de absoluto asombro.

Pero Cole no se movió siquiera, y eso le gustó.

–Trabajarás allí hasta que Tony vea que estás preparado para subir a investigación. A partir de ahí avanzarás en la empresa ganándote el respeto de cada uno de nuestros empleados.

–Lo entiendo –Cole tenía los dientes apretados, pero no discutió.

–Espero que sí. En caso de que no cumplas con tus obligaciones, serás despedido. Esa es la oferta que te hago –aseguró Jamison–. Depende de ti. Puedes volver a ganarte mi confianza o dejar la empresa y empezar la tuya.

Cole miró a su mujer y luego a Luke de soslayo.

–Me quedo –afirmó Cole levantando la barbilla–. Haré lo que sea necesario, abuelo. Y recuperaré tu confianza.

–Estoy deseando que lo hagas –Jamison se acercó a su nieto y se detuvo justo delante de él–. Y para que lo sepas, ya no serás miembro del club náutico, y tu salario no será el de vicepresidente.

–Oh, por favor…

–Susan… –se limitó a gruñir Cole.

–Me encargaré de que puedas seguir en tu casa. Por el bien de Oliver –añadió Jamison para mortificar a Susan–. No quiero que mi biznieto tenga que cambiar de vida por la estupidez de su padre.

–Gracias –Cole tragó saliva con fuerza y asintió–. Es más de lo que merezco. Y lo sé.

Jamison miró a su nieto a los ojos un largo instante y sintió alivio al ver lo que esperaba. Auténtico arrepentimiento. Vergüenza real. Y una determinación que nunca antes había visto. Tal vez al final aquello fuera lo mejor que podría pasarle a Cole.

–Lo que hiciste estuvo mal, Cole. Pero te quiero. Nada puede cambiar eso.

–Gracias por eso también –los ojos de Cole brillaron esperanzados–. Te demostraré que ha valido la pena aunque me lleve una década, abuelo –se acercó a Loretta y le dio un beso en la mejilla.

Cuando pasó al lado de Luke, Cole asintió con la cabeza. Luego tomó a Susan del brazo y la sacó del salón. Jamison se dejó caer en el sofá.

–Voy a la cocina a decirle adiós a Oliver antes de que se marchen –Loretta salió y dejó a los dos hombres a solas.

–¿Y eso es todo? –preguntó Luke–. ¿Empezar desde abajo y trabajar para subir?

Todavía cansado, Jamison miró a su otro nieto.

–Esa es la lección para él, Luke. La última vez que trabajó en conserjería tenía dieciséis años. Igual que tú –Jamison se frotó los ojos–. Para un hombre como Cole, empezar de nuevo es lo más duro a lo que puede enfrentarse.

Luke sacudió la cabeza.

–Para mí, lo que ha hecho no tiene perdón.

–Oh, qué diablos –Jamison se levantó de la silla y se acercó al mueble bar. Se sirvió un whisky–. Todos necesitamos perdón de vez en cuando.

–¿Y entonces ya está todo bien? ¿Borrón y cuenta nueva?

–La cuenta nunca es nueva –le dijo Jamison–. Ni siquiera al principio. Y cuando borramos, siempre queda una sombra, el eco de lo que estuvo ahí antes. Pero solo es eso, una sombra. Y somos libres de volver a hacer la cuenta.

Luke se quedó mirando su vaso y la expresión

de su rostro le hizo saber que estaba pensando en su propia «cuenta». Jamison tuvo la sensación de que sabía lo que estaba pensando Luke, y al ser un hombre que nunca se callaba lo que pensaba, empezó a hablar otra vez.

—Fiona es una gran profesional, no cabe duda.

Luke le lanzó una mirada.

—Supongo que sí. Al menos está vez lo ha conseguido.

—Y contigo también —le recordó Jamison.

—¿Con mentiras? Desde luego —Luke le dio un sorbo a su whisky y luego se quedó inmóvil.

—Las mentiras son algo resbaladizo —murmuró Jamison como para sus adentros—. Yo las digo y le aseguro a tu abuela que se ve bien con ese vestido azul tan horrible que le encanta, y me da un beso. Las dice Cole y destruye lo que más desea. Las dice Fiona y tú vuelves a la empresa a la que perteneces.

Luke le miró fijamente.

—No estás siendo precisamente sutil. Lo sabes, ¿verdad?

Jamison se rio entre dientes.

—Ni lo pretendía. Lo que Fiona hizo lo hizo porque la contraté. No podía presentarse sin más y decir por qué estaba allí, ¿no?

—Podría habérmelo dicho después de…

—Tal vez tuviera miedo de que te lo tomaras mal —sugirió Jamison.

—Tal vez —reconoció Luke mirando su whisky como si buscara respuestas en el líquido ámbar. Tras unos minutos dijo entre dientes—: Y tal vez no haya perdón para lo que yo le dije cuando supe la verdad.

–Vaya par de nietos tontos tengo… solo hay una manera de saber si te perdonará. Ve a buscarla y convéncela de que te dé una oportunidad.

Una breve sonrisa curvó los labios de Luke.

–¿Borrón y cuenta nueva?

–Escribe una historia nueva.

Al día siguiente, Fiona se dio cuenta de que estaba haciendo exactamente lo que Laura le había aconsejado.

Vivía. Trabajaba. Todavía no sonreía, pero lo conseguiría. A la larga.

–Y tú me estás ayudando, ¿verdad, George? –Fiona se agachó para enmarcar entre sus manos la cara del perro, un montañés gigante.

Cuidar perros era uno de sus trabajos favoritos. Tener a George en casa durante toda la semana mientras su familia estaba de viaje le proporcionaría consuelo y compañía.

–Eres un buen chico –dijo acariciando la enorme cabeza del perro–. Vamos a salir a dar un paseo.

Fiona le puso la correa, agarró dos bolsitas para excrementos y abrió la puerta de entrada.

–Hola, Fiona.

El corazón se le detuvo. Literalmente. Cuando aspiró con fuerza el aire volvió a latirle y estuvo a punto de desmayarse. La última persona del mundo a la que esperaba encontrar en el porche estaba allí de pie, mirándola.

–¿Luke?

Como si hubiera percibido su angustia, George dio un paso hacia delante, miró a Luke y gruñó.

Luke dio un paso atrás.

—Vaya. ¿Ahora tienes un poni?

Fiona soltó una breve carcajada.

—Este es George. Se lo estoy cuidando a una vecina. Es muy protector. No pasa nada, George. Luke es… un *amigo*.

El perro se calmó, pero Luke dijo:

—¿Lo soy? ¿Soy un amigo?

Ella se encogió de hombros sin saber qué decir.

—Conoce la palabra, y con eso se calmará.

—No has contestado a la pregunta, Fiona.

—No sé la respuesta, Luke.

No había esperado volver a ver a Luke en su vida, y sin embargo allí estaba. Ahora tenía el pelo un poco más largo y sus ojos azules como el mar clavados en ella. Llevaba uno de sus impecables trajes y se las arreglaba para parecer un hombre de negocios y resultar al mismo tiempo peligrosamente atractivo.

—Necesita dar un paseo —dijo saliendo con George y obligando a Luke a dar otro paso más atrás.

—¿Puedo ir con vosotros?

Fiona quería gritar que sí, porque le había echado mucho de menos. Había echado de menos hablar con él mirarle, besarle, reírse con él, besarlo, acurrucarse a su lado con los cuerpos desnudos todavía calientes por el sexo.

—Necesito hablar contigo, Fiona.

Aquella hizo que se decidiera.

—¿Qué queda por decir, Luke?

La luz del sol se filtraba a través de las ramas de los árboles, y un viento frío y suave las atravesaba.

—Muchas cosas. ¿Querrás escucharme?

Fiona le miró a los ojos y trató de imaginar por qué estaba allí .¿Qué más podría querer decirle? Y finalmente se dio cuenta de que la única manera de superar aquello era poniéndole fin.

–Caminemos y hablemos –dijo poniéndose en marcha. George comenzó a andar disfrutando del viento.

–El abuelo ha arreglado la situación con Cole –dijo Luke.

–Me alegro.

–No le ha despedido –Luke frunció el ceño–. Yo pensaba que debía hacerlo, pero el abuelo no quiso ni oír hablar de ello.

Fiona se encogió de hombros.

–Es familia.

Y aunque ella no había tenido nunca una familia, entendía la importancia de la relación.

–Sí. Pero ha bajado completamente de categoría. Tiene que trabajar en todos los departamentos de la empresa y ganarse el respeto de los empleados.

–Lo hará –aseguró Fiona.

–¿Estás segura?

–Lo estoy. Ahora sabe lo que ha estado a punto de perder. Luchará para recuperarlo –eso sería lo que ella haría.

–¿Y podrá hacerlo? –preguntó Luke.

Fiona le miró cuando George se detuvo para marcar un árbol.

–Por supuesto. Tu abuelo le quiere. El amor no se detiene un día de pronto solo porque las cosas se vuelvan difíciles o feas.

–Me alegra oírte decir eso.

Luke la tomó del brazo y la giró para obligarla a mirarlo. Dios, cuánto la había echado de menos. El estar sencillamente a su lado mirándose en aquellos ojos color chocolate. Lo único que le faltaba ahora era la sonrisa, y él conocía muy bien la razón que había detrás de eso. Ahora le mataba recordar lo que le había dicho. Cómo la había tratado.

Y entendía cómo debió sentirse Cole ahí de pie frente a su abuelo. Sin saber si sería perdonado... ni si merecía perdón.

Los ojos de Fiona reflejaban recelo.

—¿Por qué?

—Porque necesito que me perdones, Fiona. Te dije algunas cosas horribles. Lo siento. Creo que estaba mirando la situación como tú dijiste, blanco o negro, correcto o equivocado y me olvidé de los grises. Solo miré tus mentiras y nada más. Tendría que haber mirado más allá. Tú fuiste quien me abrió, Fiona. Me enseñaste a ver más allá de lo obvio y yo tendría que haber hecho eso contigo. Quiero que sepas que nada de lo que dije era cierto. Solo estaba...

—¿Furioso? ¿Herido?

—Ambas cosas —reconoció Luke.

—Lo entiendo. Así que sí, te perdono.

—Gracias —Luke sonrió—. Y ahora puedo decirte que el motivo principal por el que he venido hoy aquí es para contratarte para otro trabajo. He perdido algo importante.

—Ah.

En sus ojos brilló la desilusión, y Luke se sintió como un imbécil. Pero un atisbo de esperanza le nació al mismo tiempo en el pecho.

–¿Qué has perdido? –le preguntó Fiona al cabo de unos segundos.

–El corazón –Luke observó su reacción y vio en su rostro confusión, lo que era mucho mejor que la desilusión–. Perdí el corazón en el momento en que te conocí.

Ella abrió los ojos de par en par y se le aceleró la respiración. Todo buenas señales. Entonces Fiona le preguntó:

–¿Estás seguro de que tenías uno?

Luke alzó brevemente las comisuras de los labios.

–Es una pregunta justa. Y sí, estoy seguro. Era una bola de hielo duro en mi pecho, y cuando lo perdí regresó el calor –Luke mantenía la vista clavada en ella, buscando lo que necesitaba ver–. Ni siquiera fui consciente del regalo que suponía. No aprecié ese calor hasta que desapareció y volvió el hielo.

–Luke…

–No estoy diciendo que vaya a ser fácil recuperar mi corazón –la interrumpió él–. Puede llevar años. Puede llevar para siempre. ¿Estás dispuesta a aceptar un trabajo tan a largo plazo?

George tiró suavemente de la correa, claramente impaciente. Fiona se rio y aquel sonido atravesó a Luke como una brisa cálida. La había echado de menos. Mucho.

–No sé, Luke –dijo ella sacudiendo la cabeza–. Quiero creerte, de verdad que sí.

–Entonces, hazlo –le pidió–. Sé que he sido un idiota, Fiona. Si no hubiera sido por las mentiras que dijiste en nombre de mi abuelo, nunca te habría conocido –Luke sacudió la cabeza–. Y no puedo imaginarme lo que tiene que ser no haberte conocido. No amarte.

Fiona aspiró con fuerza el aire.

–¿Amor?

–Sí –Luke le acarició la mejilla con el dorso de los dedos–. A mí también me ha sorprendido. Y tal vez por eso actué como un imbécil. Nunca había estado enamorado, así que no lo aprecié. No lo reconocí. Pero ahora sí. Te amo, Fiona. Te deseo. Te necesito. Pero sobre todo, no puedo imaginarme la vida sin ti.

Fiona suspiró, y Luke confiaba en que fuera de felicidad. Pero siguió hablando porque no podía soportar la idea de perderla ahora.

–Te estoy pidiendo que te cases conmigo, Fiona.

–Oh, Dios mío –ella dio un paso atrás y Luke la sostuvo con más fuerza–. No puedo creerlo.

–Créelo. Créeme –la urgió él–. Quiero casarme contigo. Quiero que seamos la familia con la que soñaste. Que tengamos hijos. Quiero que construyamos algo increíble juntos. Y espero de verdad que sea lo que tú también deseas.

Fiona le cubrió la mejilla con la mano y el calor de su contacto atravesó a Luke como una bendición.

–Yo también deseo todo eso, Luke. Te amo. Mucho.

Él dejó escapar un aire que no sabía que estaba reteniendo.

–Gracias a Dios.

El perro se acercó entonces a la pierna de Luke y se apoyó en él. Luke suspiró y le acarició la cabeza antes de meter la mano en el bolsillo de los pantalones y sacar una cajita de terciopelo.

Fiona la vio y contuvo el aliento.

—No entiendo la sorpresa —dijo él sonriendo—. Me he declarado, has aceptado. Lo del anillo es lo tradicional.

Fiona se rio.

—Lo sé, solo que… no es algo que esperara que pasara.

Luke abrió la cajita y le mostró el anillo que había elegido para ella. Una enorme esmeralda rodeada de diamantes que brillaban bajo el sol de la tarde.

Fiona le miró.

—Es precioso.

Luke sacó el anillo de la cajita y se lo deslizó en el dedo.

—Cuando lo vi me recordó a la camisa verde oscuro que llevabas puesta el día que nos conocimos. El día que caíste en mi regazo y cambiaste por completo mi mundo.

Una lágrima solitaria rodó por la mejilla de Fiona. Luke la atrapó con la yema del dedo.

—Esto es lo más romántico que me ha pasado en la vida —murmuró ella mirando el anillo—. Me estás ofreciendo lo que siempre he soñado. Alguien que me ame y a quien amar. Alguien con quien formar una familia. Alguien que siempre estará a mi lado.

—Todo eso y más, Fiona —juró Luke.

Ella se le acercó y le rodeó el cuello con los brazos, sosteniéndole con fuerza como su temiera que se le fuera a escapar. Pero no tenía de qué preocuparse, pensó Luke. Nunca volvería a perderla.

Luke echó la cabeza hacia atrás y sonrió.

–Ah, hay algo más. Jamison quiere verte.

–¿Por qué?

–Creo que quiere que le eches un ojo a Cole durante un tiempo para asegurarse de que todo vaya bien con él.

–¿Crees que será así? –le preguntó Fiona mirándole a los ojos.

–Estoy seguro de que sí –afirmó él–. Tiene una segunda oportunidad. El abuelo le quiere lo bastante como para perdonarle. Para empezar de cero. Cole no desaprovechará la oportunidad.

Sin dejar de mirarle, Fiona preguntó:

–Y nosotros nos hemos perdonado el uno al otro, así que podemos decir lo mismo, ¿verdad?

–Tenemos una cuenta nueva, Fiona –aseguró Luke–. Sin ecos, sin sombras. Solo una historia nueva por escribir. Juntos.

Ella sonrió.

–¿Qué quiere decir eso?

Quería decir, pensó Luke, que los tonos grises eran preciosos.

–Te lo contaré luego –prometió.

Entonces la besó y su mundo volvió a enderezarse por completo. Todo era bueno. Todo era... perfecto.

DESEO

MAUREEN CHILD

MAGIA EN EL MAR

Capítulo Uno

Sam Buchanan odiaba la Navidad.

Siempre la había odiado, pero este año tenía más motivos que nunca para desear hacer desaparecer del calendario la temporada navideña.

–Venga, vete a hacer un crucero navideño –murmuró furioso–. Muy buena idea.

Había sabido que sería duro, pero él no era de los que se desentendían de sus obligaciones. Tenía un negocio del que ocuparse y no permitiría que sus asuntos personales se interpusieran.

Pero eso no significaba que tuviera que agradarle.

Desde su *suite* privada del Noches de Fantasía, uno de los barcos de Cruceros Fantasía, miró hacia la curvada proa con su cubierta color azul cielo y el mar extendiéndose tras ella. Miró en esa dirección porque no quería mirar hacia el muelle.

El puerto de San Pedro, California, estaba abarrotado de pasajeros emocionados por partir hacia Hawái y lo que menos le apetecía era ver a gente feliz y de celebración. Una vez el crucero zarpara, podría encerrarse en su *suite* y salir únicamente para controlar a sus empleados.

Hacía cuatro viajes al año en distintos barcos de la línea Buchanan porque siempre había pensado que experimentar los cruceros en persona era el mejor modo de estar al corriente de lo que necesitaban tanto sus clientes como sus empleados y de asegurarse de que el trabajo de esos empleados satisfacía sus expectativas.

Con una taza de café entre las manos miraba fijamente el océano. Una vez estuvieran en mar abierto, iría a ver al capitán del barco y después daría una vuelta por los restaurantes.

Pero no le apetecía lo más mínimo.

Sus cruceros eran exclusivos para adultos, aunque en Navidad se permitían niños a bordo para que las familias pudieran disfrutar en sus barcos más pequeños e íntimos.

Así que durante ese crucero no solo tendría que enfrentarse a kilómetros de guirnaldas navideñas, árboles iluminados y villancicos, sino que también tendría que aguantar a docenas de niños. Y aun así, eso sería mejor que estar en su casa, donde la ausencia de Navidad lo atormentaría más todavía.

—¿Diga? —preguntó cuando le sonó el teléfono.

—Señor Buchanan, el capitán dice que zarpamos en una hora.

—Bien. Gracias —colgó y escuchó el silencio de su *suite*. Ahí habría mucho silencio durante las próximas dos semanas. Y era algo que deseaba y temía a la vez.

Un año atrás las cosas habían sido distintas. Había conocido a una mujer en otro crucero y dos meses después habían celebrado una boda navideña y habían hecho este mismo crucero en su luna de miel. Sí, por Mia había sido capaz incluso de darle una oportunidad a la Navidad.

4

Ahora ese matrimonio y ella habían quedado atrás, pero la Navidad había vuelto como para torturarlo.

Dejó la taza de café sobre la barra del minibar, se metió las manos en los bolsillos y contempló su precioso camarote. Eran ciento diez metros cuadrados de lujo con suelos de teca que resplandecían bajo la luz del sol y una pared de vidrio unidireccional que le ofrecía unas vistas incomparables del océano y de la amplia terraza privada que se extendía a lo largo de la *suite*.

Además tenía dos dormitorios y tres cuartos de baño. El dormitorio principal y el baño adjunto tenían también paredes de vidrio unidireccional. Él podía ver lo que había fuera, pero nadie podía ver lo que había dentro.

Y a pesar del entorno en el que se encontraba, Sam se sentía… al límite. Salió a la terraza y al mirar abajo, hacia la cubierta de proa casi vacía, se fijó en una mujer con el pelo largo, ondulado y pelirrojo y sintió un fuerte golpe en el pecho.

–No es ella. ¿Por qué iba a estar aquí?

Aun así, no era capaz de desviar la mirada. La mujer llevaba unos pantalones blancos y una camisa verde de manga larga. El cabello se le alzaba y sacudía con el viento. Entonces se puso de perfil y Sam vio que estaba embarazada. La decepción y el alivio se entremezclaron en su interior hasta que la pelirroja se detuvo y miró arriba.

¿Mia?

Le dio un vuelco el corazón y cerró los puños con fuerza sobre la fría y blanca baranda.

¿Estaba embarazada? ¿Por qué no le había dicho

nada? ¿Qué estaba haciendo ahí? ¿Y por qué no se quitaba las gafas de sol para dejarle ver esos ojos verdes que lo habían embrujado durante meses?

Sin embargo, no le concedió ese deseo. Al contrario; sacudió la cabeza claramente disgustada y echó a andar, desapareciendo de su vista en un instante.

Mia. Embarazada. Y ahí.

Sam necesitaba respuestas. Salió corriendo de la habitación y bajó a la cubierta principal, donde aún había pasajeros embarcando. El sobrecargo estaba ahí, junto con dos miembros del equipo de animación, para dar la bienvenida a los viajeros al Noches de Fantasía.

—Señor Wilson —dijo, y el sobrecargo se giró.

—Señor Buchanan. ¿Puedo ayudarle en algo?

—Sí. ¿Se ha registrado una mujer llamada Mia…? —estuvo a punto de decir «Buchanan», pero entonces recordó que su exmujer usaría su apellido de soltera—. ¿Mia Harper?

Rápidamente, el hombre comprobó la lista de pasajeros.

—Sí, señor. Así es. Hace media hora. Ha…

Así que sí era Mia. Y una Mia embarazadísima.

—¿En qué *suite* está?

Sabía que tenía una *suite* porque todos los camarotes del Noches de Fantasía eran *suites*. Algunas estaban decoradas y equipadas con más lujos que otras, pero todas eran espaciosas y acogedoras.

—En la Poseidón, señor. Dos cubiertas más abajo en la zona de babor y…

—Gracias. Es todo lo que necesito —Sam se abrió paso entre la multitud que ya abarrotaba el atrio, la zona de bienvenida principal de cualquier barco.

En el Noches de Fantasía el atrio eran dos pisos de escaleras de cristal y madera, ahora cubiertas por guirnaldas de pino. En el centro había un árbol de Navidad gigantesco con miles de lucecitas de colores y adornos que los pasajeros podían comprar en la tienda de regalos. En un extremo había un coro cantando villancicos y, rodeando todo el espacio, kilómetros de más guirnaldas de pino.

Del techo colgaban cientos de tiras de brillantes luces blancas que simulaban una nevada, y a lo largo de una pared había mesas abarrotadas de galletitas navideñas y chocolate caliente.

Sam apenas se fijó en todo eso y tampoco se entretuvo esperando el ascensor, sino que fue hacia la escalera más cercana y subió los escalones de dos en dos. Se conocía cada barco de la flota como la palma de su mano, así que no necesitó consultar los mapas que había en las paredes para saber adónde dirigirse.

La *suite* Poseidón era una de las más grandes. ¿Por qué Mia se habría molestado en reservar una de dos dormitorios? Y si estaba embarazada, ¿por qué no había ido a hablar con él directamente meses atrás? No tenía respuestas a todas las preguntas que se le pasaban por la cabeza, pero se prometió que resolvería ese misterio cuanto antes.

Las animadas conversaciones y las carcajadas de los niños y sus padres lo persiguieron por el primer vestíbulo de la zona de babor. Los pasillos de los Cruceros Fantasía eran más anchos de lo habitual y especialmente luminosos, con suelos de teca y placas en cada puerta representando el nombre del camarote en cuestión. Por ejemplo, la puerta de la *suite* de Mia tenía una imagen de Poseidón subido a una ballena y sujetando su tridente como preparado para atacar a un enemigo. Preguntándose si sería un presagio de lo que iba a suceder, llamó a la puerta y un instante después esta se abrió.

Cabello largo y pelirrojo. Ojos verdes. Camisa verde. Pantalones blancos. Tripa de embarazada.

Pero no era Mia.

Era Maya, su gemela.

¿Estaba sintiendo alivio, decepción o las dos cosas? Se la quedó mirando, pero no se le ocurrió nada qué decir.

Maya, en cambio, lo miró y dijo con brusquedad:

—Feliz aniversario, capullo.

Casi al instante Mia apareció detrás de su gemela.

—Maya. Para ya.

Su hermana la miró.

—¿En serio? ¿Vas a defenderlo?

—¿Defenderme de qué? —preguntó Sam.

—¿De qué? —repitió Maya fulminándolo con la mirada antes de dirigirse a su hermana—. ¿En serio? ¿Incluso ahora quieres que me haga la simpática?

Mia tiró del brazo de su hermana.

—Te quiero, pero lárgate.

—Muy bien —respondió Maya levantando las manos. Miró a Sam una última vez y añadió—: Pero no me iré lejos…

—¿Pero qué…? —murmuró Sam mirándola con recelo mientras la mujer se alejaba.

Ese no era el modo en que Mia había querido ma-

8

nejar la situación, aunque en realidad nada de lo re-
lacionado con ese viaje estaba saliendo como había
querido. Por ejemplo, no había tenido pensado llevarse a toda su familia con ella, pero ya no había nada
que pudiera hacer al respecto excepto, tal vez, mantener a Maya lejos de Sam.

–Ya, no puede decirse que sea tu mayor fan –admitió Mia antes de salir al pasillo. Cerró la puerta, se
apoyó en ella y miró al hombre de sus sueños.

O, mejor dicho, al exhombre de sus sueños.

Era alto. Siempre le había gustado eso de él. Es
más, había sido una de las primeras cosas en las que
se había fijado cuando se conocieron. Ella medía
un metro setenta y cinco, así que había sido genial
conocer a un hombre que midiera más de metro noventa. Aquella noche llevaba unos tacones de casi
ocho centímetros y aun así había tenido que levantar la mirada para poder mirarlo directamente a los
ojos.

Y eran unos ojos fantásticos, por cierto. Azules,
muy muy claros, que pasaban del hielo al fuego en un
instante. Tenía el cabello demasiado largo para tratar-
se del pelo del director de una empresa tan importante, pero era tupido y de un negro brillante y hubo un
tiempo en el que le había encantado enredar los dedos
en él. E incluso después de todo lo que había pasado,
sus dedos aún anhelaban hacerlo.

Llevaba traje, por supuesto. Sam no tenía un estilo
de vestir «relajado». Él lucía sus elegantes trajes sas-
tre como si hubiera nacido para ellos. Y debajo de ese
traje azul oscuro de raya diplomática sabía que habría
un cuerpo que parecía esculpido por los ángeles.

El corazón le daba brincos y no era de extrañar. Lo había conocido y se había casado con él en cuestión de dos meses, y aunque el matrimonio había durado técnicamente solo nueve, sabía que podría tardar años en olvidar a Sam Buchanan.

—¿Qué estás haciendo aquí? —preguntó él.

Mia frunció el ceño.

—Vaya, qué agradable bienvenida, Sam. Gracias. Yo también me alegro de verte.

—¿Qué pasa, Mia? ¿Por qué está mi exesposa en este crucero?

Era más «esposa» que «ex», pensó Mia, aunque de eso ya hablarían más adelante.

—Porque necesitaba verte a solas el tiempo suficiente para hablar.

Él se pasó una mano por su precioso pelo.

—¿En serio? ¿Es que no podías haber levantado el teléfono simplemente?

—¡Por favor! ¿Crees que no lo he intentado? Tu asistente no hacía más que darme largas diciéndome que estabas en una reunión o en el *jet* de la empresa volando hacia Katmandú…

—¿Katmandú?

—O algún sitio exótico muy lejano y, al parecer, fuera del alcance de mi teléfono.

Sam se metió las manos en los bolsillos.

—¿Así que vas a hacer un crucero de quince días?

Mia se encogió de hombros.

—En su momento me pareció una buena idea.

—Con Maya.

—Y con su familia.

Sam miró hacia el pasillo y después hacia la puerta cerrada, como esperándose que Joe y los niños salieran de su escondite.

—Es una broma.

—¿Por qué iba a bromear?

La puerta se abrió y ahí estaba Maya, mirándolo.

—¿Por qué no iba a traerse a su familia como apoyo para enfrentarse a ti? —preguntó Maya.

—¿Apoyo? —Sam se sacó las manos de los bolsillos, se cruzó de brazos y miró al reflejo exacto de Mia—. ¿Por qué narices iba a necesitar apoyo?

—¡Como si no lo supieras! —contestó Maya con brusquedad—. Y te voy a dar otra noticia: mamá y papá también están aquí y no están muy contentos.

Sam miró a Mia.

—¿Tus padres están aquí?

Ella levantó las manos con gesto de impotencia. No había invitado a su familia a acompañarla al viaje, simplemente había cometido el error de contarle a su gemela lo que tenía planeado y Maya había hecho el resto. Su familia estaba cerrando filas para protegerla y evitar que volvieran a hacerle daño.

—¿También están aquí Merry y su familia? ¿Primos? ¿Amigos?

—Merry no se fiaba de lo que pudiera hacer al verte —respondió Maya.

Gracias a Dios que Merry, su hermana mayor, hubiera decidido quedarse en casa con su familia porque de lo contrario las cosas se habrían puesto mucho más feas. Resultaba reconfortante ver que al menos un miembro de su familia era sensato.

—Maya —dijo Mia con un suspiro—, no estás ayudando. Cierra la puerta.

—Vale, pero estaré escuchando de todos modos —advirtió y cerró la puerta con tanta fuerza que el sonido resonó por el pasillo.

—Merry se ha quedado en casa para ocuparse de la panadería. La Navidad es nuestra época de más trabajo.

—Sí, lo recuerdo.

—Siempre estamos muy ocupados estos días —continuó como si él no hubiera dicho nada—. Mi madre y mi padre irán hasta Hawái, pero luego volarán a casa desde allí para ayudar a Merry.

—No lo entiendo.

—¿Qué parte?

—No entiendo nada —Sam la agarró del brazo y la apartó de la puerta porque sabía que Maya estaba escuchando todo lo que decían—. Sigo sin saber por qué estás aquí y por qué pensaste que necesitas un ejército para hablar conmigo.

—No es un ejército. Solo es gente que me quiere.

Se soltó el brazo porque el calor que le estaba produciendo su mano resultaba toda una distracción. ¿Cómo iba a centrarse en lo que había ido a hacer allí cuando él era capaz de disolverle el cerebro con tanta facilidad?

Y esa era precisamente la razón por la que su familia la había acompañado.

—Tenemos que hablar.

—Sí, eso ya me lo había imaginado —respondió él mirando hacia la puerta aún cerrada.

Estar tan cerca de Sam estaba despertando todo su interior y sabía que iba a necesitar a su familia como parapeto porque su impulso natural era acercarse a él, rodearlo por el cuello y acercarle la cara para que le diera uno de esos besos que había estado anhelando los últimos meses… e intentando olvidar.

Pero eso no solucionaría nada. Seguirían siendo dos personas vinculadas solo por un papel. Nunca habían estado casados del modo en que lo estaban sus padres. Los Harper eran una unidad, un equipo en el mejor sentido de la palabra.

Sam y ella, por el contrario, habían compartido una cama pero poco más. Él siempre estaba trabajando y cuando no estaba en el trabajo, estaba o encerrado en su despacho repasando documentos y haciendo llamadas o de viaje para reunirse con clientes y constructores de barcos y… con cualquiera menos con ella.

La pasión aún bullía entre los dos, pero Mia había aprendido por las malas que una vida no podía edificarse sobre el deseo. Necesitaba un marido con quien poder hablar y reír, y eso ellos apenas lo habían hecho. Quería un hombre que no estuviera oprimido por sus propias normas internas y Sam no sabía ser flexible. No sabía ceder.

Ella lo había intentado. Había luchado por su matrimonio, pero se había rendido al darse cuenta de que era la única que lo estaba haciendo.

Si Sam se hubiera mostrado dispuesto a trabajar en su matrimonio, aún seguirían juntos.

–Vale, pues hablemos –dijo él mirando aún hacia la puerta con recelo como si esperara que Maya fuera a aparecer en cualquier momento–. Pero no aquí donde Maya pueda oír todo lo que decimos… –se quedó pensativo y añadió–: Por cierto, ya de paso, tengo que reunirme con parte de la tripulación y comprobar unas cosas…

Ella suspiró.

—¡Cómo no!

—Sabes que hago estos cruceros para reunir la información que necesito sobre cómo están funcionando nuestros barcos.

—Sí, lo recuerdo —y recordaba los cruceros que habían hecho juntos después de casarse, uno a las Bahamas y otro a Panamá. Y en ambos solo había visto a su marido por la noche, en la cama. Viajar con Sam, un adicto al trabajo demasiado ocupado, había sido como viajar sola—. Por eso estamos aquí. Sabía que vendrías.

Él se rio.

—¿Aun sabiendo que odio los cruceros navideños?

—Sí, porque eso te ayuda a evitar tener que estar en casa pasando unas «no Navidades».

Sam odiaba la Navidad.

Durante la celebración de su boda se había visto rodeado de hojas de acebo, flores de Pascua y guirnaldas de pino, y después había accedido a que Mia pusiera en casa un árbol, luces y una guirnalda, pero de no haber sido por ella, en su casa no se habría celebrado la Navidad.

Por el contrario, la familia de Mia comenzaba la temporada navideña el día después de Acción de Gracias. Ponían las luces y villancicos, compraban y envolvían los regalos, y sus sobrinos escribían a Santa Claus.

Había intentado que le contara por qué odiaba tanto esas fiestas, pero como era de esperar, Sam no le había dicho nada. ¿Y cómo podía llegar hasta un hombre si cada vez que traspasaba sus muros él los construía más altos?

Por todo ello había sabido que Sam haría el crucero para evitar estar en una casa carente de alegría navideña. No le había visto mucho sentido hasta que se había dado cuenta de que, aunque para él la decoración navideña no significara nada, una casa desprovista de esos adornos le haría recordar que era distinto a la mayoría de la gente; que había elegido vivir en un mundo gris mientras los demás estaban de celebración.

—Estos cruceros se reservan con meses de antelación. ¿Cómo has conseguido *suites* para toda la familia?

—Mike se ha ocupado.

—¿Mike? ¿Mi propio hermano?

—Me estaba ayudando, no traicionándote. Espero que ahora no la pagues con él.

—¿Qué crees que le haría? —le preguntó indignado.

—¿Quién sabe? ¿Volar hasta Florida y arrojarlo al océano? ¿Pasarlo por la quilla? ¿Encerrarlo en una mazmorra? ¿Encadenarlo a un muro?

Él abrió los ojos de par en par y soltó una carcajada.

—Vivo en un ático, ¿lo recuerdas? Y por desgracia no viene equipado con una mazmorra.

Sí, claro que recordaba el ático: espectacular y con unas vistas increíbles del océano al otro lado de una pared de cristal. Aunque también recordaba haber pasado demasiado tiempo sola en ese lujoso y espacioso lugar porque su marido había preferido sumergirse en el trabajo.

Ese recuerdo la ayudó a no flaquear.

—Bueno, entonces arreglado. No le des la lata a Mike por esto.

—Ni tampoco le daré la paga de Navidad —murmuró Sam.

—Es tu socio, no tu empleado. Se lo vas a hacer pasar mal de todos modos, ¿verdad?

—Estaba de broma.

—¿Sí?

—Prácticamente. ¿Sabes? Olvídate de Mike —la miró fijamente a los ojos y le preguntó—: ¿Por qué estás aquí, Mia? ¿Y por qué te has traído a tu familia?

Necesitaba el apoyo de su familia porque, sinceramente, no se fiaba de lo que pudiera hacer estando a solas con Sam. Solo con mirar su cara y su cuerpo se le nublaba la mente. Tenía que ser fuerte y no estaba segura de poder serlo sin ayuda. Pero eso a él no se lo diría.

—Querían hacer un crucero y yo tenía que venir a hablar contigo, así que hemos decidido venir todos juntos.

—Sí, claro, qué feliz coincidencia. ¿Y para qué tenías que verme?

—Esa va a ser una conversación más larga.

—¿Incluye el motivo por el que has elegido nuestro aniversario para tenderme una emboscada en mi propio barco?

Si en ese momento hubiera tenido delante a su gemela, le habría dado un puntapié.

Que Maya le hubiera deseado a Sam un feliz aniversario no había sido muy apropiado. Le encantaba que su familia fuera tan protectora con ella y que estuvieran tan furiosos con Sam, pero era su vida y tenía que manejarla a su modo.

Por cierto, ¿Sam había mencionado lo de su aniversario únicamente porque Maya acababa de recordárselo? De pronto la enfureció pensar que hubiera podido olvidarlo. ¿Tan fácil de olvidar era su breve matrimonio? Desde luego, ella no había olvidado nada del tiempo que habían pasado juntos.

Solo recordar aquellas noches en sus brazos hacía que se le acelerara el corazón y le ardiera la sangre. ¡Qué duro era estar tan cerca de él y no acercarse para besarlo! O para acariciarle la mejilla o apartarle el pelo de la frente.

Contuvo un suspiro.

Todo habría sido mucho más sencillo de sobrellevar si no fuera tan guapo.

Desde el momento en que se conocieron en uno de sus cruceros, se había sentido atraída por él. Había sido como una atracción eléctrica y, al parecer, eso no había cambiado. Esos ojos azules claros aún la miraban como si fuera la única mujer del mundo, su boca aún le provocaba ganas de mordisquearle el labio inferior y el recuerdo de esos brazos fuertes y musculosos rodeándola… ¡Ay! ¡Le encantaría volver a sentir todo eso aun sabiendo que sería un error enorme!

–¿Estás bien?

La pregunta de Sam despertó a su cerebro de una maravillosa fantasía.

–Sí, estoy bien. No elegí a propósito la fecha de nuestro aniversario, surgió así, sin más. Y, como te he dicho, tenemos que hablar y no creo que este pasillo sea el lugar más apropiado para hacerlo.

—Tienes razón —Sam miró hacia la puerta cerrada tras la que, sin duda, estaría acechando Maya—. Pero tampoco pienso hacerlo con tu hermana delante.

Mia se rio.

—No. No es un buen plan. Iré a buscarte cuando me asegure de que mis padres están instalados y ayude a Maya con los niños…

—De acuerdo. Una vez estemos en mar abierto, dame una hora y después ve a mi *suite*.

Lo vio irse y se le secó la boca. Odiaba que su instinto le pidiera seguirlo y abalanzarse sobre él. Lo había estado haciendo muy bien hasta ahora y ya solo soñaba con él unas tres o cuatro veces a la semana, pero volver a verlo y pasar las dos próximas semanas juntos en el mismo barco iba a reavivar las fantasías y el deseo.

Y no había ningún modo de evitarlo.

Capítulo Dos

Que Mia estuviera a bordo de ese barco había afectado a su concentración. Durante una hora habló con el capitán, estudió las condiciones meteorológicas con la oficial de la navegación y tuvo una reunión con el jefe de seguridad.

Durante ese tiempo oyó a sus empleados aunque no los escuchó con la atención habitual. ¿Cómo iba a hacerlo cuando su cabeza no dejaba de pensar en su exmujer?

¿Por qué tenía que estar tan guapa y oler tan bien? Ese delicioso y sutil aroma a verano que había intentado olvidar seguía pegado a ella. ¿Sería su crema hidratante? ¿El champú? En realidad nunca se había parado a investigarlo porque no le había importado su origen, simplemente lo había disfrutado.

Y ahora volvía a invadirlo.

Volvía a perseguirlo.

—Y todo es culpa de Michael —murmuró.

De pie en la cubierta privada de su *suite*, sacó el móvil, dijo: «Llamar a Michael» y esperó impaciente a que su hermano contestara.

—¡Hola, Sam! ¿Cómo va todo?

—Sabes perfectamente cómo va todo —contestó con brusquedad.

Michael se rio.

–Ah… Así que ya has visto a Mia.

–Sí, la he visto. Y a su gemela. Y, al parecer, el resto de la familia también está a bordo. ¿En qué narices estabas pensando? –agarró con fuerza la barandilla. Quería sentir el viento contra su rostro esperando que eso lo calmara–. No me puedo creer que hayas hecho esto. Soy tu hermano. ¿Qué pasa con la lealtad?

–¿Por qué no iba a haberlo hecho? Me gusta Mia. Y me gustaba quién eras cuando estabas con ella.

–¿Qué significa eso?

Su hermano suspiró.

–Significa que era buena para ti. Por entonces te reías más.

–Sí, y todo fue genial hasta que dejó de serlo.

Tal como había sospechado, lo suyo con Mia no había durado. Pero aun sabiendo que probablemente la relación terminaría mal, se había casado porque no había logrado imaginarse la vida sin ella. Se había arriesgado a fracasar y había fracasado. Y ahora además de no tener a Mía, los recuerdos lo asfixiaban durante las largas y vacías noches.

–Estamos divorciados, Michael. Ha terminado. Que hayas organizado esto no ayuda en nada.

–Ayuda a Mia. Además, si ha terminado, ¿por qué te está agobiando tanto?

«Buena pregunta».

–Mira, no sé para qué tiene que verte, pero cuando me pidió el favor, por supuesto que hice lo que pude.

Por supuesto que Michael se había ofrecido a ayudar. Así era él.

Parte de la furia que lo invadía se esfumó mientras pensaba en lo distintos que eran su hermano pequeño y él. Cuando sus padres se divorciaron, Michael se marchó a Florida con su madre y Sam se quedó en California con su padre.

Aunque los habían separado, se habían esforzado por mantenerse unidos incluso a pesar de que solo se veían cuando les correspondían las visitas establecidas por el juez. Su padre había sido un hombre severo con normas estrictas que habían marcado el modo en que Sam vivía su vida y su madre había sido una mujer bondadosa incapaz de vivir con ese hombre tan duro.

Por eso Sam había crecido pensando que el matrimonio era una trampa y que nunca duraba; después de todo, su padre se había casado cuatro veces. Como padre no había mostrado mucho interés por él y apenas se había percatado de su existencia. Michael, por el contrario, había visto el otro lado de las cosas, con una madre que con el paso del tiempo se había vuelto a casar y lo había hecho con un hombre que lo quería como si fuera su propio hijo.

Ahora Sam estaba divorciado y Michael comprometido, y sinceramente esperaba que su hermano pequeño tuviera mejor suerte que él en el terreno matrimonial.

—¿Por qué no disfrutas de la situación?

Sam se quedó mudo un breve momento.

—¿Que disfrute de tener a mi ex y a su familia, que por cierto me odia, viajando conmigo durante las dos próximas semanas? Eso es imposible.

Michael se rio.

—¿Es que te dan miedo los Harper?

—No.

Sí.

En su momento no había sabido cómo tratar con una familia en la que se defendían los unos a los otros, en la que se escuchaban y se preocupaban por los demás. Y aún seguía sin saber cómo hacerlo.

Su hermano lo conocía demasiado bien. Una vez se habían hecho mayores, se habían preocupado de sacar tiempo para estar juntos, de construir la relación que podrían haber perdido por el modo en que los habían criado. Y cuando su padre murió y heredaron el negocio, habían diseñado una solución práctica y factible para los dos.

Michael se encargaba de los cruceros de la Costa Este y Sam, de la Costa Oeste. Juntos tomaban las decisiones importantes y confiaban el uno en el otro y en que ambos siempre harían lo mejor para el negocio.

—De acuerdo, admito que tener a su familia ahí puede resultar algo problemático.

—Sí, podría decirse que sí.

—Bueno, pues ignora a la familia y disfruta de Mia.

¡Cómo le encantaría disfrutar de Mia! Su instinto le pedía a gritos que fuera a buscarla, la metiera en su cama y no la dejara salir jamás, pero ir por ese camino no era beneficioso para ninguno de los dos. Durante su breve matrimonio había quedado claro que Mia quería más de lo que él podía darle. En definitiva, no estaban destinados a estar juntos y los dos se habían dado cuenta de ello en menos de un año. ¿Por qué remover las ascuas solo para volver a quemarse?

—Por Dios, Sam —continuó Michael—. Hace meses que no la ves.

Era bien consciente de ello.

–Sí, bueno, pronto vendrá a decirme por qué está en el crucero.

Y estaba deseando oírlo. ¿Había planeado que coincidiera con su aniversario o había sido solo una casualidad, tal como había dicho? De cualquier modo, su aniversario no era una celebración, sino más bien un recordatorio de los errores cometidos.

Jamás debería haberse casado con Mia y lo sabía. Pero lo había hecho de todos modos y al hacerlo le había causado mucho dolor. No había sido su intención, pero al parecer había sido inevitable. Tal vez por eso estaba ahí. Para dejarle claro que estaba preparada para seguir adelante con su vida.

¿Pero por qué iba a querer decirle eso?

Y aun en el supuesto de que Mia quisiera que lo supiera, ¿por qué iba a reservar un crucero simplemente para decírselo?

Mirando hacia un océano al que no le importaba qué estaba sintiendo o pensando, oyó la voz de Michael como en la distancia.

–Es genial. Habla con ella de lo que sea que quiera hablar y después sigue hablando.

–¿Y qué digo?

–¿Eres mi hermano mayor y no sabes cómo hablar con una mujer con la que has estado casado? –Michael respiró hondo y suspiró–. A lo mejor podrías decirle que la echas de menos.

–¿Y de qué me iba a servir eso? Me dejó ella, ¿lo recuerdas?

Él sí lo recordaba muy bien y no quería reavivar ese recuerdo.

—Sí, lo recuerdo. ¿Y alguna vez le preguntaste por qué?

—La razón no importa. Se marchó y yo seguí con mi vida. Punto.

—Pero habla con ella de todos modos. A lo mejor os sorprendéis el uno al otro.

—No me gustan las sorpresas.

—¿En serio somos hermanos?

Sam sonrió ante el comentario de su hermano.

—Es algo que me sobrepasa. No le encuentro explicación.

—Yo tampoco –respondió Mike riéndose–. Buena suerte en el crucero. Espero que Mia te vuelva loco.

—Gracias.

—No hay de qué. Ah, y ¡feliz Navidad, Sam!

—No tiene gracia.

—Sí que la tiene, sí –respondió Mike aún riéndose mientras colgaba.

Y Sam se quedó a solas con el viento, el mar... y el sonido de los villancicos que subía desde la cubierta inferior. Perfecto.

Los cruceros Buchanan eran mucho más pequeños que los megabarcos fletados por la mayoría de las compañías.

En lugar de miles de personas abarrotando un barco que en ocasiones ofrecía camarotes muy pequeños, en un crucero Buchanan solo había doscientos pasajeros en total y cada camarote era una *suite* que impedía que te sintieras como si las paredes se te echaran encima.

Para Mia también significaba sentir el movimiento del océano más que en los barcos más grandes. A algunos eso les daría igual, pero a ella le encantaba y lo había descubierto durante el primer crucero que había hecho. Cuando había conocido a Sam y toda su vida había cambiado.

Un año atrás se había enamorado y había sentido que el crucero era algo casi mágico. Ahora la magia había desaparecido, pero ella volvía a navegar en un barco con el hombre que había creído que sería su futuro. Había sido una tonta al pensar que el amor a primera vista era real y que los dos juntos podrían hacer cualquier cosa.

No había tardado mucho en darse cuenta de que ella era la única implicada en esa relación. Estaba en una casa preciosa con un hombre reacio a hacer lo que fuera por salvar su matrimonio.

—Señora Buchanan.

Mia levantó la mirada y sonrió al ver pasar a un miembro de la tripulación que conocía de otros cruceros.

—Es un placer tenerla a bordo.

—Gracias, Brandon —respondió sin molestarse en corregir el «señora Buchanan» porque hasta que Sam firmara esos papeles, seguía siendo la señora Buchanan.

El hombre prosiguió con su tarea y ella lo vio alejarse mientras se preguntaba a cuántos empleados conocería de su época con Sam. Por otro lado, sabía que incluso aunque Brandon fuera el único rostro familiar, cuando la travesía de catorce días a Hawái terminara, el Noches de Fantasía sería como una pequeña aldea insular donde todo el mundo se conocía.

—Eso tiene su lado bueno y su lado malo —murmuró mientras avanzaba por la cubierta hacia la escalera más cercana.

Sin duda, la gente hablaría de Sam y de ella, al igual que habían hablado un año antes en aquel primer crucero.

Sacudiendo la cabeza se obligó a dejar de pensar en él e intentar disfrutar del barco y del infinito océano; del viento en su rostro y su cabello, y de las risas y voces de los niños.

La Navidad envolvía cada rincón del elegante barco y sabía que eso tenía que estar enfureciendo a Sam. No le gustaba nada esa época del año y a regañadientes había accedido no solo a que celebraran una boda con temática navideña, sino también a que ella pusiera un árbol de Navidad en su piso.

Desde que era niño, la Navidad había sido para él un ejercicio de soledad.

Ahora que lo pensaba, Mia se preguntaba si el hecho de que no le gustara la Navidad era en parte la razón por la que su matrimonio no había funcionado. Y aunque tal vez no hubiera sido la razón, sin duda sí debía de haber sido una señal de lo que pasaría. A ella le encantaban la Navidad y la esperanza, la alegría y el amor que simbolizaba, mientras que Sam tendía más al lado oscuro.

Bueno, en realidad tampoco podía decirse que fuera una especie de ser maléfico, aunque sí que era un hombre cínico y predispuesto a ver siempre lo malo antes que lo bueno, lo cual resultaba extraño, ya que era un empresario magistral, y ¿no hacía falta ser optimista para dirigir una empresa de éxito?

De todos modos, era inútil intentar descubrir qué sentía o pensaba ese hombre, porque no permitía a nadie acercarse lo suficiente como para poder llegar a conocerlo bien.

–Ya has pasado meses intentando comprenderlo, Mia –se dijo–. Ahora es demasiado tarde, así que ríndete.

Respiró hondo y decidió desprenderse de esos pensamientos enrevesados. Aunque la razón por la que estaba haciendo el crucero no era muy agradable, no había motivos para no disfrutar de lo que la rodeaba.

Había maceteros con flores de Pascua anclados a la cubierta, guirnaldas de pino recorriendo las barandillas y los cojines de las sillas y tumbonas eran blancos y rojos. Sonrió para sí al pensar que todo el barco parecía una esfera de nieve, con los adornos navideños y la gente feliz atrapados dentro del cristal esperando a que una mano gigantesca la agitara.

Habría sido perfecto del todo si no tuviera que decirle a su exmarido que no eran tan ex como creían. Pero ya que estaba en ese barco para dejar el tema solucionado, lo mejor que podía hacer era ponerse manos a la obra.

Tenía planes para enero y debía ocuparse de este problema para poder llevarlos a cabo. Quería un futuro y solo lo conseguiría si ella misma se lo construía.

Se detuvo para contemplar el mar. Mientras oía las olas golpeando la quilla, inhaló el frío y salado aire y sonrió a pesar de la inquietud que la invadía.

Su familia estaba arriba en el atrio, y seguro que bien arrimados a la mesa de galletas y chocolate caliente. Sabía que Charlie y Chris, los hijos de Maya, ya tenían planeado explorar la sala de la nieve. Esa actividad con nieve artificial sería muy popular, sobre todo habiendo niños californianos que no tenían muchas oportunidades de jugar a lanzar bolas de nieve.

Siguió avanzando y subió por las escaleras porque desde el ascensor no se podía ver el océano.

Aunque, por mucho que se dijera que quería contemplar las vistas, la realidad era que estaba buscando modos de entretenerse para prolongar el momento todo lo posible. La idea de volver a ver a Sam la inquietaba. La desequilibraba. Siempre la había hecho sentirse así y, al parecer, nada había cambiado.

Una vez ya en la cubierta superior, fue hacia la *suite* del propietario. Sabía perfectamente dónde se encontraba porque se ubicaba exactamente en el mismo lugar en cada barco Buchanan. Cuanto más se acercaba a esa amplia puerta cerrada, más vueltas le daba el estómago y más se le aceleraba el corazón.

—Mierda.

Había sacado a Sam de su vida hacía meses. Su matrimonio había acabado. Así que, ¿por qué narices solo pensar en él la afectaba tanto?

—Porque, al parecer, tengo una vena masoquista —murmuró, y llamó a la puerta.

Cuando Sam abrió, se miraron directamente a los ojos. Suspiró. Sam era el único hombre que la había mirado así; que la había mirado como si nada más importara en ese momento. El único hombre que podía hacer que le temblaran las rodillas solo con una mirada. El único hombre que le hacía querer meterse en su cama y no salir de ella jamás.

«Y esa es precisamente la razón por la que estás metida en este lío», le susurró su mente.

Un año atrás había seguido a su corazón… y a sus hormonas, y se había casado con el hombre de sus sueños, pero al final había acabado viendo esos sueños desmoronarse y convertirse en polvo.

Con ese pensamiento en la cabeza, dijo:

—Hola, Sam.

Entró en la *suite* y miró alrededor. Era imposible no admirar aquello. Las vistas y el muro de cristal eran impresionantes y le recordaban a las del piso de la playa.

Eran sobrecogedoras, al igual que el resto del camarote.

Se giró para mirarlo y, manteniendo unos metros de distancia, añadió:

—Sam, tenemos un problema.

—No creo que tú y yo tengamos nada ya.

Se cruzó de brazos sobre su musculoso torso y agachó la cabeza para mirarla. Era una técnica que solía usar, esa mirada de profesor a alumno estúpido. Pero por mucho que hubiera podido emplearla con todos los demás, con ella jamás había funcionado.

—Te equivocas —contestó Mia con brusquedad.

Sam enarcó una ceja.

—Bueno, ahí va. ¿Sabes cómo firmamos los papeles del divorcio?

—Lo recuerdo.

—¿Recuerdas que los enviamos mediante un mensajero por envío rápido?

—¿Qué tal si vamos directos al grano? —bajó los brazos—. ¿A qué viene todo esto, Mia?

—Bueno, al parecer no estamos tan divorciados como creíamos.

A Sam se le cortocircuitó el cerebro.

Lo que Mia estaba diciendo era absurdo. Ridículo. Por supuesto que estaban divorciados.

Aunque ¿y si no lo estaban...? De pronto algo parecido a la esperanza se iluminó en su interior, pero lo aplacó en un instante. ¡No! Estaban divorciados. Lo suyo estaba acabado.

—¿Cómo es posible? —sacudió la cabeza y levantó una mano—. No. Da igual. No es posible.

—Al parecer sí —Mia se metió las manos en los bolsillos de sus pantalones blancos y volvió a sacarlas.

Cuando movió la mano izquierda, él se fijó en que no llevaba los anillos de boda y compromiso y eso le provocó una punzada de... no sabía qué. Se preguntó qué habría hecho con la alianza de oro y diamantes y el anillo de compromiso a juego que le había regalado, pero se dijo que eso no era asunto suyo.

Además, lo que tenía que hacer era escucharla y dejar de fijarse en cómo se movían sus manos y en cómo esa camisa de seda verde esmeralda hacía que sus ojos parecieran más verdes de lo habitual. Llevaba su melena pelirroja y ondulada suelta cayéndole sobre los hombros y rozándole el cuello. Tuvo que controlarse para no alargar la mano y acariciarla.

—Pues resulta que el mensajero que tenía que haber entregado nuestros papeles del divorcio en el juzgado...

—¿Qué?

–No lo hizo –Mia se encogió de hombros–. Sufrió un infarto al corazón en el trabajo y cuando fueron a vaciar su apartamento, encontraron montañas de documentos que no habían sido enviados. Supongo que el pobre tendría síndrome de Diógenes o algo así y acumulaba la mayoría de los paquetes que tenía que enviar.

Sam no se lo podía creer.

–Al parecer encontraron incluso ¡muñecas Repollo de hace cuarenta años! –sacudió la cabeza y suspiró–. Pobres niñas que nunca llegaron a recibir las muñecas que querían.

–¿En serio te preocupan esas niñas que ahora tendrán cincuenta años?

–Pues sí. Están contactando con los afectados y yo me enteré la semana pasada.

–¿La semana pasada? ¿Y por qué no me han informado a mí?

–Probablemente porque era mi nombre el que aparecía en el remitente del sobre que enviamos por correo urgente.

Sam dio unas largas zancadas que lo alejaron más aún de ella y después se giró para mirarla. Para mirar a su esposa. No ex.

–Así que seguimos casados.

–Sé cómo te sientes. Yo tampoco me lo podía creer. Bueno, entonces ya entiendes que hay un problema.

–Sí, lo entiendo, sí –dijo avanzando hacia ella lentamente–. Lo que no entiendo es a qué viene tanta urgencia y por qué Michael tuvo que anular varias reservas para haceros hueco a tu familia y a ti. ¿Por qué era tan importante subir a este barco para decirme algo que podrías haber solucionado desde casa con una maldita llamada de teléfono?

—No era algo que quería tratar por teléfono y la semana pasada estabas en Alemania. Este crucero era la primera oportunidad que tenía de hablar contigo en persona.

—Vale, entendido.

Admitía que últimamente no había estado muy accesible. Desde que Mia y él se habían separado, se había mantenido más ocupado que antes, lo cual ya era complicado. Había intentado viajar, trabajar y alejarse de casa todo lo posible porque por su piso aún resonaban recuerdos en los que prefería no pensar.

Mia lo miró fijamente mientras metía una mano en su bolso y sacaba un sobre.

—Mi abogado ha redactado la documentación otra vez. Es igual que la anterior. Lo único que tienes que hacer es firmar los papeles y, cuando lleguemos a casa, yo misma los entregaré en el juzgado.

Él miró el sobre, pero no hizo intención de agarrarlo. Seguían casados. No sabía qué pensar o sentir al respecto. Michael había tenido razón al decir que la había echado de menos. La había echado de menos más de lo que se había esperado, más de lo que había querido admitir. Y ahora ella había vuelto y lo sucedido no haría más que prolongar el dolor del fracaso.

—¿Por qué no sirven los primeros documentos? ¿Por qué redactar unos nuevos?

—No lo sé. Mi abogado pensó que era mejor así y la verdad es que después de lo que ha pasado tampoco me apetecía hacer muchas preguntas. Lo único que quiero es que esto termine ya.

Al mirar esos ojos color verde bosque, Sam sintió un golpe de calor y de pesar. Siempre la desearía. Durante los últimos meses había intentado olvidarla, pero incluso recorriendo el mundo, el recuerdo de Mia lo había perseguido. Y ahora ahí estaba, frente a él, y debía contenerse para no abrazarla. ¡Seguían casados! Y tenían por delante un crucero de catorce días. ¿Por qué no pasaban juntos ese tiempo a modo de despedida por todo lo alto? Mia quería los papeles del divorcio firmados, así que tal vez podían llegar a un acuerdo, pensó de pronto. Todo dependía de lo importante que ese divorcio fuera para ella.

–Pareces muy ansiosa por tenerlos firmados.

–Sam, terminamos hace meses. Este es el último paso, uno que creíamos que ya habíamos dado. ¿Por qué razón no iba a querer que termine todo de una vez?

–Por ninguna –murmuró preguntándose si era mala idea plantearle el trato. Por supuesto que lo era, pero eso no significaba que no fuera a proponerlo. Tenía que admitir que le molestaba verla tan impaciente por apartarse de él. Aún recordaba aquella época en la que lo único que habían querido era estar juntos. ¡Él aún quería eso! Y por el calor que veía en los ojos de Mia, sabía que ella sentía lo mismo.

Seguían casados.

Estaba ahí, con su esposa, y de pronto el divorcio le parecía algo muy lejano. Al acercarse y verla contener el aliento, supo que ella estaba sintiendo lo mismo. Tenía los ojos brillantes y los labios separados mientras respiraba entrecortadamente.

–¿Qué estás haciendo?

—Saludando a mi esposa —respondió Sam con media sonrisa.

Ella le plantó una mano en el pecho con brusquedad.

—Que sigamos casados es solo un tecnicismo.

—Siempre me han gustado los tecnicismos.

Sobre todo ese.

Ni aun sabiendo que su matrimonio estaba acabado, había logrado librarse del deseo que palpitaba en su interior, pero el dolor que había estado arrastrando todo ese tiempo ahora estaba cesando porque la tenía a su lado. Porque su aroma lo estaba envolviendo. Y solo con mirarla a los ojos veía que ella sentía lo mismo.

—Sam, ¿por qué hacer esto más complicado de lo que ya es?

Él posó las manos sobre sus hombros y el calor del cuerpo de Mia se filtró en el suyo. Agachó la cabeza y se detuvo cuando sus bocas estaban a escasos centímetros. Estaba esperando a que ella lo aceptara, a que le avisara de que estaba sintiendo y pensando lo mismo.

—Podría ser un gran error —añadió Mia sacudiendo la cabeza.

—Probablemente.

Pasaron unos segundos y él siguió esperando. Al final, ella dejó caer el bolso al suelo, le rodeó la cara con las manos y dijo:

—¿Qué importa un error más?

—¡Esa es la actitud!

La besó, la llevó contra sí, la envolvió en sus brazos y la abrazó con fuerza.

Capítulo Tres

Sam le cubrió la boca con la suya y le separó los labios con la lengua, y ella lo recibió encantada, ansiosa. Su calor, su sabor y su aroma lo llenaron y se preguntó cómo había logrado respirar sin ella esos últimos meses.

Sus lenguas se encontraron en una maraña de deseo que palpitaba entre los dos como si compartieran un mismo corazón. El aliento de Mia le rozaba la mejilla, sus suspiros se oían en el silencio del momento y él decidió que iba a disfrutar de volver a tenerla en sus brazos.

Aunque fue por poco tiempo porque cuando bajó la mano hasta esas dulces nalgas, ella se echó atrás y, con la respiración entrecortada, levantó una mano y sacudió la cabeza.

—Ni se te ocurra. Un beso a modo de saludo es una cosa, pero no vamos a hacer lo que crees que vamos a hacer.

—¿Y qué creo? —le preguntó sonriéndole.

—Lo mismo que estoy pensando —le respondió, y cuando él dio un paso hacia ella, retrocedió más—. En serio, Sam. No voy a meterme en la cama contigo.

—¿Por qué no? Estamos casados.

—Por ahora.

–Y yo estoy hablando de ahora –dio otro paso adelante.

–Ese es el problema. Nunca has pensando en nada más que en el ahora.

–¿Y qué narices significa eso? Me casé contigo, ¿no?

–¡Por favor! –sacudiendo la cabeza con firmeza, Mia se agachó para recoger el bolso del suelo–. Sabes perfectamente lo que significa. Sí, te casaste conmigo, pero después ¡nada! Nunca querías hablar del futuro, de formar una familia o de comprar una casa en lugar de tener un piso.

–¿Qué le pasaba al piso?

–Los niños necesitan un jardín donde jugar.

–No tenemos niños.

–¡Exacto!

Ella había querido hijos. Sus dos hermanas tenían familia y había ansiado convertirse en madre, pero a Sam no le había interesado ser padre.

–Estás dando rodeos, Mia –no podía apartar la mirada del fuego que ardía en sus ojos. Mia Harper era la única mujer que conocía que podía pasar del deseo a la furia y de ahí a la más absoluta frialdad en cuestión de segundos. Eso era algo que siempre le había encantado de ella. Era apasionada y orgullosa y tan testaruda que incluso sus discusiones habían resultado tremendamente sexis–. Di lo que sea que quieres decir.

–No querías hijos, Sam, y no te molestaste en decírmelo hasta después de estar casados.

Cierto. Cada vez que Mia había hablado de formar una familia, él había cambiado de tema. La había querido más que a su propia vida, pero nunca había querido ser padre. ¿Cómo iba a querer? Su propio padre había sido pésimo y él no creía que pudiera llegar a ser mejor. Había tenido la esperanza de que Mia cambiase de opinión sobre tener hijos y que le bastaran él y la vida que podían haber tenido juntos.

Pero no había sido así.

—¿De qué sirve hablar de un futuro que puede que no suceda? —se acercó a ella de nuevo.

—Si no tienes un futuro, lo único que tienes es un pasado y un presente.

—El presente puede ser suficiente si lo haces bien.

—¿Por qué conformarse con un «suficiente» cuando puedes tener más?

Lo miró fijamente y Sam vio decepción en su mirada. No le gustó, pero no podía hacer nada al respecto.

—¿Cuánto es «más», Mia? ¿Cuándo dejas de buscar más y disfrutas de lo que tienes? ¿Por qué tienes que alejarte de algo genial porque le falta algo?

Ella relajó un poco su postura y respiró hondo antes de responder:

—Estoy cansada de ser la tía favorita de los hijos de Maya y Merry. Quiero hijos. Ese es el «más» que necesito.

Sin saber qué decir, el cerebro se le llenó de imágenes de Mia rodeada de unos sobrinos que la adoraban y lo invadió la culpabilidad. Sabía que antes de casarse debería haberle dicho que no quería tener hijos, pero la había amado demasiado como para decirle la verdad.

Tal vez había sido un capullo. Había decidido tener a Mia todo el tiempo que pudiera aun sabiendo que no envejecerían juntos porque, por mucho que la deseara, él no estaba hecho para el matrimonio. ¿Y cómo iba a ser un buen padre cuando el suyo propio había sido pésimo? Su único modelo paternal le había convencido de que jamás intentara serlo.

–Debería habértelo dicho –admitió, aunque su orgullo se resintió. No estaba acostumbrado a equivocarse, así que nunca había tenido que acostumbrarse a pedir disculpas.

–Ya no estoy enfadada contigo por eso –le respondió ella con tono suave–. Estamos divorciados, Sam. Se ha acabado. No tenemos que seguir atacándonos por el pasado.

Él esbozó una pequeña sonrisa.

–Pero no estamos divorciados, ¿no?

–Ah, no. No hagas eso. Puede que no estemos divorciados, pero tampoco estamos casados exactamente.

Sam sonrió.

–Lo estamos hasta que los nuevos documentos se tramiten.

–¿Así que ahora te gusta la idea de que estemos casados? ¿Por qué te importa tanto, Sam? –le preguntó colocándose el pelo detrás de la oreja. Los ojos le brillaban con una luz que podía ser de pasión o de furia, o una mezcla de las dos cosas–. No te importó cuando de verdad habría importado.

Sam se sintió como si lo hubiera abofeteado. Por supuesto que le había importado. Era la única razón por la que le había dado una oportunidad al matrimonio en un primer momento. La había amado. No había querido perderla y el matrimonio había sido su única opción.

–Sí que me importó.

–¿En serio? Bueno, a lo mejor sí pero no te veía lo suficiente como para darme cuenta.

Tal vez Mia tenía razón, pero no pensaba admitirlo.

–Cuando nos casamos sabías que dirijo una compañía grande y que trabajo mucho.

–Supongo que sí, pero creía que…

–¿Qué?

–Da igual. Ya da igual –sacudiendo la cabeza, dejó los papeles sobre la mesa más cercana y dijo–: Te dejo esto aquí. Llámame cuando los firmes. O mejor aún, pídele a uno de tus empleados que me los lleve a mi *suite*.

Ver su mirada de dolor le dejó afectado. Lo que fuera que había estallado entre los dos hacía solo unos momentos ahora había desaparecido. Ese beso aún le ardía por dentro, pero si Mia estaba sintiendo lo mismo, entonces había mejorado mucho a la hora de ocultar sus emociones.

Una de las primeras cosas que había admirado de ella había sido su franqueza y cómo se le iluminaban los ojos de placer por cosas en las que la mayoría de la gente ni se fijaría.

En el crucero en el que se habían conocido, había probado a hacer *paddle boarding* por primera vez cuando estaban en puerto y se había caído al agua nada más empezar. Sam había corrido a ayudarla pensando que estaría asustada o que querría parar y volver a la playa, pero ella había emergido del agua riéndose y con la mirada llena de diversión. Había subido al barco y no había dejado de intentarlo sin importarle las decenas de veces que se había vuelto a caer hasta que por fin había logrado mantener el equilibrio y controlar la tabla.

Nunca le habían gustado las personas que se rendían y por eso ver a esa preciosa mujer negándose a darse por vencida le había fascinado tanto. Eso sin mencionar cuánto le habían cautivado sus ojos, su risa, su cuerpo y su interés por todo.

El crucero realizado un año atrás había sido como una revelación para él, le había abierto los ojos a muchas cosas en las que había dejado de fijarse hacía mucho tiempo: las puestas de sol, los amaneceres o lo agradable que era sentarse en la cubierta y ver el mundo pasar.

Eso era lo que le había atraído y lo que posteriormente le había alejado porque se había dado cuenta de que eran demasiado distintos, demasiado opuestos como para durar, y que estar juntos más tiempo del debido acabaría haciéndole daño a Mia. Él no estaba hecho para la vida doméstica ni para las relaciones cercanas. A Sam Buchanan le habían educado para ser un amante de los que se daban a la fuga, de los que no se acercaban a nadie y mucho menos dejaban que nadie se acercara a ellos.

Y eso no había cambiado, se recordó.

La miró a los ojos y asintió.

–Muy bien.

Mia casi pareció decepcionada ante la respuesta, aunque tal vez solo fueron imaginaciones suyas, porque al instante su expresión se volvió fría y distante.

Y era mejor así.

Cuanta más distancia hubiera entre los dos, mejor.

–¿Qué ha hecho? –Maya estaba esperando a Mia en la cubierta superior bajo una sombrilla roja y blanca.

Mia ignoró la pregunta y miró a su alrededor en busca de sus sobrinos. En la cubierta había muchos otros pasajeros riendo y hablando y de la cubierta inferior provenían risas infantiles, pero no veía ni a Charlie ni a Chris por ninguna parte.

–¿Dónde están los niños?

–Te estás andando con rodeos para no hablar de Sam.

–¡Bingo! ¿Dónde están los niños?

–Con Joe. Creo que ya están lanzando bolas de nieve. Y sabes que no voy a parar de preguntar, así que responde. ¿Qué ha hecho el miserable de tu ex?

–Dios mío, Maya, ¿puedes parar de una vez? Me lo estás haciendo todo más difícil.

–Lo siento, lo siento –Maya agitó una mano en el aire como si así pudiera borrar lo dicho–. De verdad, no intento hacértelo todo más difícil, pero es que Sam me pone muy furiosa.

–No. ¿En serio?

Maya arrugó los labios y Mia sonrió. Una cosa de la que no podía dudar nunca era de la lealtad de su hermana. Cuando su matrimonio se había derrumbado, Maya había estado a su lado. Su hermana mayor y ella la habían colmado de botellas de vino y comprensión hasta que se había repuesto.

41

Sus padres también le habían ofrecido apoyo, pero habían intentado mantenerse neutrales, y aunque para algunos podría haber sido una especie de traición, Mia lo había agradecido.

Sam no era una mala persona. No era Darth Vader. Sencillamente no había querido casarse.

–Vale –Maya levantó su cóctel sin alcohol y le indicó al camarero más cercano que le sirviera otro a Mia–. Te lo voy a preguntar de otro modo. ¿Cómo se ha tomado la noticia tu maravilloso ex?

Mia esbozó una irónica sonrisa y le dio las gracias al camarero que le sirvió la preciosa copa de cristal.

–Se ha quedado… sorprendido.

–Bueno, claro. ¿Y quién no? Aún no me puedo creer que la gente no se quejara por no recibir sus envíos. ¿Cómo puede un mensajero acabar desarrollando un síndrome de Diógenes con las cosas de otras personas?

–No lo sé. Y de todos modos, ya no importa. Lo único que necesito es que Sam firme los papeles para poder tener el divorcio antes del veinticinco de enero.

–Así que no los ha firmado.

–Aún no. Pero lo hará.

–¿Y eso cómo lo sabes?

–Porque no se opuso al divorcio, ¿lo recuerdas?

Eso aún le dolía quisiera admitirlo o no.

Aún recordaba el momento: los dos de pie, uno frente al otro, en el salón del piso que compartían, y él mirándola sin más, totalmente inexpresivo, como si estuviera tallado en piedra. Y cuando por fin había hablado, lo único que había dicho había sido:

–Si eso es lo que quieres, no te detendré.

Mia había querido que la detuviese. Había querido que admitiese que no le había dado a su matrimonio una verdadera oportunidad.

Pero lo único que había obtenido había sido un divorcio de mutuo acuerdo.

–Joder –exclamó Maya sacando a Mia de sus deprimentes pensamientos–. ¡Cómo odio esto! Odio ver esas sombras en tu mirada ahora que por fin estabas bien y que habías seguido adelante sin él. Habías planificado una vida y un futuro, y ahora vuelves a estar donde estabas hace unos meses.

–Deja de ser tan dramática –dijo Mia antes de dar un sorbo a su copa–. No me voy a arrojar por la borda. Esto es solo un bache.

Maya la miró fijamente.

–¿Por qué me miras así?

–Porque tienes razón. Estás bien y quiero saber por qué –se le acercó–. No has estado ahí tiempo suficiente como para haberte acostado con él.

–¡Maya! –Mia miró a su alrededor para asegurarse de que nadie había oído a su hermana.

–¡Venga! Incluso con la distracción que suponen los niños, el pago de la casa y el trabajo, Joe puede durar más de veinte minutos.

–Demasiada información, gracias. Ahora cada vez que vea a Joe tendré eso en la cabeza.

–Reconozco la envidia cuando la oigo –dijo Maya con una sonrisa.

Mia soltó una carcajada y dio otro trago.

–Pero veo algo distinto en ti. Algo… –de pronto Maya abrió los ojos de par en par–. Lo has besado, ¿verdad?

No servía de nada negarlo. Maya siempre había tenido visión rayos X para ese tipo de cosas.

–Me ha besado. No es lo mismo.

–Y tú te habrás resistido, por supuesto –contestó Maya con ironía.

–Con todas mis fuerzas –le aseguró Mia. Después dejó la copa sobre la mesa de cristal y añadió–: Vale. Yo también le he besado.

Maya resopló con disgusto.

–Sabía que pasaría esto.

El sol brillaba desde un cielo tan azul que casi dolía mirarlo. Un fresco viento las acariciaba y hacía danzar los flecos de las sombrillas rojas y blancas.

–¡Vaya! Estás perdiendo el tiempo trabajando en la panadería familiar. Deberías salir en un canal de médiums o algo así.

–Como si me hiciera falta ser adivina para saber que acabarías cayendo en sus brazos.

–Yo no he hecho eso. Solo ha sido un beso. Y yo le he puesto fin.

–¿Antes o después de que te quitara la blusa?

–¡Maya!

No le sorprendió la actitud de Maya, sino que más bien le decepcionó la suya propia.

En realidad no se había resistido a volver a besar a Sam, pero ¿cómo iba a hacerlo? Que estuvieran divorciados no significaba que hubiera dejado de amarlo.

–He logrado conservar la ropa puesta, gracias por tu apoyo.

–Tienes mi apoyo, cielo, pero sé lo que pasa entre vosotros –se dio una palmadita en su barriga de embarazada–. Recuerda. Voy por el tercer hijo. Cada vez que Joe entra en la habitación, me entran ganas de abalanzarme sobre él. A este ritmo voy a acabar con diez hijos. Así que créeme cuando te digo que te entiendo.

Mia suspiró un poco e ignoró esa punzada de envidia que sentía por la vida de su hermana. El marido de Maya era bombero y sus dos hijos, Charlie y Chris, eran divertidos, enérgicos y adorables. Ahora su hermana estaba embarazada de otro niño y Mia sabía que en uno o dos años su gemela volvería a intentar tener una niña.

Maya tenía todo lo que ella más deseaba. Tenía amor. Una familia. Sus propios hijos.

Era todo lo que había esperado tener cuando se había casado con Sam: construir una vida y criar a sus hijos juntos. Pero Sam no había querido hijos y ella no le había creído cuando se lo había dicho durante la luna de miel. Había dado por hecho que lo decía porque nunca había estado rodeado de niños y no sabía lo divertidos que podían ser independientemente de los problemas que pudieran dar. Y tal vez él habría cambiado de opinión en algún momento… si su matrimonio hubiera durado.

Aunque ahora eso ya nunca lo sabría.

—Pero abalanzarte sobre Sam no cambiaría nada —señaló Maya con tono suave.

—Ya lo sé —aunque eso no evitaba que quisiera hacerlo.

—Cielo, una vez firme esos condenados papeles, podrás volver a retomar tu vida.

—Eso también lo sé, Maya —contestó con aspereza.

Y su hermana debió de captar el tono porque dijo:

—Vale, vale, ya paro.

—¡Aleluya!

—Muy graciosa. Vamos a ver si te sigues riendo después de pasar el día con mis hijos.

—Tus hijos son geniales.

—Sí que lo son, pero no les digas que te lo he dicho –empujó su silla hacia atrás y levantó una mano–. Ahora, ayuda a tu gemela embarazada a salir de esta ridícula silla. Tengo que pensar dónde voy a colocar al elfo de Navidad.

Mia se rio y levantó a su hermana de la silla.

—¿Os habéis traído a Buddy el Elfo?

—Claro que sí. Los niños lo buscan en cuanto se despiertan por la mañana y ya saben que Buddy informa a Santa Claus, así que… –se encogió de hombros–. Me parecía una buena idea para tenerlos a raya durante el crucero.

—Ya, ya.

—¡Ya verás cuando te toque a ti esconder a ese elfo y tengas que buscarle un escondite nuevo cada día!

Lo estaba deseando.

Durante las siguientes horas, Sam se sumergió en el trabajo. Había sido su respuesta para evitar los problemas emocionales desde que era un niño.

Por entonces, su padre le había dejado claro que el deber de todo hombre era ocuparse de su negocio y de sus empleados y evitar las emociones. En varias ocasiones le había dicho que casarse con su madre había sido el mayor error de su vida, ya que había tenido que cederle una enorme cantidad de dinero al divorciarse.

Siempre le había exigido que jamás permitiera que sus sentimientos condicionaran las decisiones que tomara. Sin embargo, Sam había roto ese decreto al casarse con Mia. Había permitido que las emociones le nublaran el juicio y ahora estaba pagando por ello.

–No estás trabajando nada –murmuró para sí y soltó el bolígrafo sobre el escritorio.

Evitar a Mia no le haría ningún bien si no lograba sacársela de la cabeza. Miró al océano esperando que su cerebro encontrara una estrategia para tratar el problema.

Tratar.

Al pensar en esa palabra volvió a darle vueltas a lo que se le había ocurrido antes.

Aún no había firmado los papeles del divorcio y no sabía bien por qué.

No estaba aferrándose al pasado, ya había asumido que su matrimonio había acabado. Pero ahora Mia estaba allí, quería esos documentos firmados y él no podía evitar preguntarse qué estaría dispuesta a hacer a cambio.

De pronto, alguien llamó a la puerta.

¿Sería Mia? ¿Habría vuelto buscando prolongar ese beso que aún le estaba produciendo cosquilleos? Solo pensar en ello hizo que lo invadiera una ráfaga de calor.

Fue hacia la puerta y al abrirla el calor se esfumó de inmediato.

–¡Hola, tío Sam!

Charlie Rossi, el hijo de cinco años de Maya, entró corriendo en la *suite* seguido de Chris, su hermano de tres años. Chris no dijo nada, pero le saludó con la mano al pasar por delante.

–¡Chicos, no corráis! –gritó Joe Rossi, el padre, antes de girarse hacia él y estrecharle la mano–. Me alegro de verte.

–Yo también me alegro de verte. Qué sorpresa.

Se había esperado que la familia de Mia hubiera ido allí para machacarlo y proteger a Mia; no se había esperado encontrar entre ellos un rostro amistoso y cordial.

–Sí, ya me imagino. ¡Dejad de saltar! ¡Eso no es un trampolín! –gritó de nuevo al ver a sus hijos saltando sobre el sofá.

Chris se detuvo al instante, pero Charlie se resistió un poco más.

–Tío Sam, papá dice que podemos hacer una guerra de bolas de nieve si somos buenos y no te molestamos, así que ¿tienes galletas?

–¿Qué? Eh… no. No tengo galletas.

–¿Y zumos? –preguntó Chris.

–No, lo siento.

No había contado con recibir a unos niños en su habitación y su cara debía de expresarlo, porque Joe salió a su rescate.

–Chicos, acabáis de almorzar –fue hasta el sofá, agarró el mando del televisor y añadió–: Tomad. Podéis ver la peli de dibujos que queráis mientras yo hablo con el tío Sam.

–Vale –dijo Charlie tirándose sobre el sofá con tanta fuerza que su hermano pequeño rebotó sobre el asiento y se cayó al suelo–. ¿Y la guerra de bolas de nieve?

–Sí. Si os portáis bien, sí.

–Pórtate bien, Chris –le advirtió Charlie a su hermano.

–Como si él fuera el problema –murmuró Joe riéndose. Después miró a Sam y añadió–: Debería sentirme mal por usar la televisión como niñera.

–¿Te apetece un café? –le preguntó Sam–. También tengo agua y supongo que algún refresco si los niños quieren…

–Te acepto la cafeína. Los niños no tomarán nada, pero gracias.

–De acuerdo –sirvió una taza para cada uno–. He visto a Maya…

–No está muy contenta contigo.

–Ya, está bastante claro.

Aún podía ver a la hermana de Mia mirándolo como si fuera Jack el Destripador o algo así.

–Y la verdad es que la mayoría tampoco lo estamos.

A Sam no le gustó oír eso y le sorprendió su propia reacción.

Siempre le habían caído bien Joe y Alan, el marido de Merry, y los padres de Mia, aunque nunca había querido unirse demasiado a ellos porque desde el principio había sabido que el matrimonio no funcionaría. Aun así, eran buenas personas.

–Lo entiendo –admitió y dio un sorbo de café–. Lo que no entiendo es por qué estáis todos en el crucero.

–¿En serio? –Joe soltó una carcajada, se bebió el café y miró a sus hijos, que estaban completamente absortos viendo una película en la que aparecía un muñeco de nieve muy raro. Volvió a mirar a Sam y añadió–: Deberías conocer a los Harper lo suficiente como para saber que cuando uno tiene un problema todos cierran filas a su alrededor.

–Ya, pero esto es entre Mia y yo.

–Puede que lo pienses, pero no es así. Lo que sea que pase entre vosotros afecta a todos los demás. Así funcionan las familias, Sam.

Entendía el concepto, pero no podía identificarse con esa clase de familia porque la suya no había sido así. A él le habían enseñado a mantenerse en pie solo. «No dejes que nadie se acerque a ti y, si alguien lo hace, ciérrate emocionalmente para que no pueda afectarte».

Había aprendido bien la lección y después, al casarse con Mia, se había arriesgado a actuar en contra de todo en lo que había creído aun sabiendo que todo se derrumbaría.

Sus remordimientos y lamentos eran solo suyos y no iba a desnudar su alma ante los Harper.

–Si has venido a presionarme para que firme esos papeles, no hacía falta.

–No, no he venido por eso –Joe se detuvo y añadió–: Charlie, he dicho que nada de saltar sobre los muebles –volvió a mirar a Sam y dijo–: Mi mujer está muy enfadada contigo.

–Ya lo sé.

–Lo que no sabes es que yo no estoy de acuerdo con ella. Pero si le dices que he dicho esto, diré que eres un mentiroso.

–De acuerdo…

Las palabras de Joe fueron tan inesperadas como la visita sorpresa.

–La cagaste bien.

–Gracias –respondió Sam levantando la taza a modo de brindis.

–De nada –contestó Joe con simpatía–. Pero la cuestión es que una cagada no tiene por qué acabar con todo. Mia y tú estabais bien juntos. ¡Y, joder, me caes genial!

Sam se rio.

–Gracias.

–Así que estoy pensando que no deberías firmar los papeles. Al menos, no de momento –de pronto le lanzó a su hijo otra mirada de advertencia y después continuó–: Sam, aprovecha el crucero. Habla con Mia, averigua qué fue lo que no funcionó y tal vez puedas arreglarlo.

Sam ya sabía qué era lo que no había funcionado y hablar de ello no cambiaría nada. No estaba hecho para el matrimonio y probablemente jamás lo estaría. ¿Cómo iba a estarlo? Su padre había fracasado en sus cuatro fugaces matrimonios y después había pasado los siguientes treinta años de novia en novia. No era exactamente un modelo en quien fijarse.

Había muchas cosas que quería hacer con Mia, pero hablar no era una de ellas.

–Te agradezco el apoyo moral, Joe. De verdad. Pero no creo que esto sea salvable.

–Vaya, nunca habría pensado que eres un rajado y un cobarde.

–¿Primero me animas y después me insultas?

–Con tal de que funcione, haré lo que sea, tío –soltó la taza–. Mira, tú decides, pero ya que estáis los dos en este barco, podrías sacarle el máximo provecho, ¿no crees?

Sam frunció el ceño y se dio cuenta de que lo que Joe estaba diciendo casi encajaba con su idea de hacer un pacto con Mia. Quizás no era exactamente lo que su cuñado tenía en mente, pero sí que era parecido.

—¡Vosotros dos, hora de jugar con la nieve! —gritó a sus hijos.

—¡Bien! —exclamó Charlie bajando del sofá de un salto seguido por su hermano—. ¡Adiós, tío Sam!

—¡Adiós! —repitió Chris.

—Nos vemos, Sam —y antes de cerrar la puerta, Joe añadió—: Habla con Mia. ¿Qué tienes que perder?

La televisión seguía encendida y una estúpida canción resonaba por la *suite*, pero Sam no la oía. Solo podía pensar en lo que había dicho Joe y preguntarse si debía sucumbir a lo que deseaba o dejar que Mia obtuviera lo que le estaba pidiendo.

Capítulo Cuatro

«Podrías sacarle el máximo provecho».

Sabía que probablemente Joe no tenía en mente lo mismo que Sam, pero durante las próximas dos semanas, Mia y él estarían en ese barco y el Noches de Fantasía no era tan grande como para que pudieran ignorarse durante mucho tiempo.

–¿Y por qué íbamos a hacerlo? –se preguntó mientras miraba hacia la cubierta inferior y veía a sus empleados atendiendo a los pasajeros, riendo, charlando y haciendo que todos se sintieran como en casa.

Pero mientras los observaba, su mente estaba centrada en Mia. No estaban casados y no estaban divorciados. ¿No les abría eso el camino para ser lo que les apeteciera ser?

¿Y qué quería él exactamente?

Muy sencillo.

Quería a Mia. Desde la primera vez que la había visto, lo único en lo que había podido pensar había sido en quedarse a solas con ella para meterse en la primera cama que encontraran. Y eso no había cambiado.

Su matrimonio había sido un error, pero eso no había aniquilado el deseo que sentía por ella y no creía posible que pudiera suceder nunca.

Tenían dos semanas para estar juntos. No le prometería un futuro juntos, pero sí que podría ofrecerle un presente.

Por otro lado, Mia lo había acusado de pensar solo en el «ahora». Pero ¿por qué no centrarse en el presente cuando no había garantías de futuro y el ayer ya pertenecía al pasado?

Lo único que tenía que hacer era lograr que ella también lo viera de ese modo, aunque no sería fácil. Pero si no podía convencerla, sí que podría probar con un poco de chantaje amistoso.

Ella podría mudarse a su *suite* durante el crucero y él le firmaría los papeles del divorcio.

No.

Por mucho que deseara estar con ella, lo último que quería era que Mia se metiera en su cama porque no tenía elección.

Se vio obligado a admitir que había ciertas líneas que no estaba dispuesto a sobrepasar.

—¿Por qué habéis traído al elfo? —preguntó Mia sacudiendo la cabeza mientras su gemela daba vueltas por la *suite*.

—Era o eso o… ¿qué? ¿Admitir que no existe? ¿Quieres que también les diga a los niños que Santa Claus no existe?

—Claro que no.

Mia adoraba a esos niños como si fueran suyos y verlos tan emocionados por la Navidad y por Santa Claus era maravilloso. Estaba deseando poder experimentarlo con sus propios hijos.

—Pues entonces Buddy tiene que estar aquí. Ya sabes, cada noche informa a Santa Claus sobre el comportamiento de los niños y utilizar eso para extorsionarlos es la única forma de asegurarme de que no van a destruir este barco mientras estemos a bordo.

Mia se rio.

–No son monstruos, Maya.

Su gemela sonrió.

–No, pero son unos niños pequeños con demasiada emoción navideña acumulada que puede entrar en erupción en cualquier momento y Buddy el Elfo es mi única esperanza de contenerla.

–¿Y tienes que hacerlo ahora mismo? –Mia se recostó en el sofá y puso los pies sobre la mesita de café–. Solo llevamos en el barco un par de horas. ¿Por qué tanta prisa?

Maya suspiró.

–Porque Joe se ha llevado a los niños a explorar y ahora que puedo quiero aprovechar para buscar escondites para el elfo.

–Vale, pues te ayudo.

–Tienen que ser escondites sencillos para que los niños puedan encontrarlo por la mañana. Y necesitaré unos cuantos para tener opciones para todo el viaje. Podría repetir escondites porque los niños son tan pequeños que no se van a fijar en eso. Cuando has dicho que me vas a ayudar, ¿te referías a hoy?

Mia se rio.

–Qué gruñona te pones cuando estás embarazada.

–Prueba a tener un humano diminuto saltando sobre tu vejiga como si fuera un trampolín y ya verás de qué humor estás –rápidamente añadió–: Cielo, lo siento.

—No pasa nada.

—No, sí que pasa. No estoy enfadada. Solo estoy tensa. Supongo que sigo preocupada por Joe. Lo vi muy cansado cuando volvió de aquel incendio forestal en Idaho.

—Ahora se le ve bien —respondió Mia, aunque sabía que su hermana se preocuparía de todos modos.

Joe y otros compañeros habían volado desde su parque de bomberos en California hasta Idaho para ayudar a extinguir un incendio forestal que se estaba extendiendo muy rápidamente, y durante los cinco días que estuvo fuera, Maya apenas había dormido. Así que no era Joe el único que necesitaba ese viaje para relajarse y recuperar horas de sueño.

—Sí —respondió Maya con firmeza—. Y seguro que solo estoy exagerando por las hormonas y todo eso.

—Y porque quieres a Joe.

—Sí, lo quiero.

—Bueno —dijo Mia levantándose y forzando una sonrisa—. Pues vamos a buscar escondites para Buddy y después iremos a sentarnos a la cubierta para que puedas relajarte un poco.

—Genial.

Miró a su alrededor. La *suite* tenía dos habitaciones. Joe, Maya y los niños ocupaban una, y ella la otra. Además, el salón era grande, así que seguro que encontrarían algún escondite.

—¡Ah! Papá va a hablar con Sam.

—Genial —respondió Mia con un suspiro—. Irá de maravilla.

—Venga, papá no le va a hacer daño. O no mucho, al menos.

Mia volvió a sentarse.

–A lo mejor ha sido mala idea traeros a todos a este crucero.

–Muchas gracias –dijo Maya abriendo un armario y volviéndolo a cerrar–. Ahora mismo me siento muy especial.

–Ya sabes a qué me refiero. Apoyar es una cosa, pero tampoco quería que os convirtieseis en un pelotón de ataque.

–Dios, qué dramática eres –dijo Maya riéndose–. Nadie va a atacar a Sam… de momento –añadió con una sonrisa–. Solo queremos que sepa lo que ha perdido.

–¿Y para qué sirve decirle lo que ha perdido?

–Para fastidiarle, por supuesto –Maya cruzó la sala y se sentó en una silla. Su sonrisa se desvaneció y miró a su gemela–. Cariño, estamos de tu parte. No haremos nada que no quieras que hagamos. Solo queremos estar aquí para que Sam no pueda volver a destrozarte.

–No me destrozó.

–Por favor –contestó Maya poniendo los ojos en blanco.

–Vale, sí.

Se había quedado destruida cuando se separaron, pero más por lo que podía haber sido el matrimonio que por lo que fue en realidad. Había estado sola la mayor parte del tiempo e incluso cuando Sam había estado en casa, se había sentido como si estuviera sola.

Fue como si nada más casarse, él se hubiera encerrado en sí mismo dejándola al margen. No sabía por qué y probablemente nunca lo sabría.

–Tienes razón. Al principio lo pasé muy mal, pero la diferencia es que ahora ya no me quedaré destrozada.

–¿Y cómo vas a evitarlo?

–He aprendido la lección y no volveré a creer en Sam.

Maya la observó en silencio unos segundos y finalmente asintió.

–De acuerdo. Te tomo la palabra.

–Es más, te apuesto veinte pavos a que me iré de este crucero liberada de Sam y con el corazón de una pieza.

Pero sabía que no era del todo verdad.

Solo pensar en Sam hacía que le ardiera la sangre de deseo y estar tan cerca de él durante las dos próximas semanas sería lo más complicado que había hecho nunca. Sin embargo, esta vez le ocultaría a su familia cualquier dolor que pudiera sentir y lo enterraría bien hondo.

–Acepto la apuesta.

–Gracias por tu apoyo –contestó Mia con ironía.

–Oye, veinte pavos son veinte pavos –Maya suspiró–. Además, Sam es tu kriptonita.

–Lo era –la corrigió Mia ignorando el recuerdo del calor que la había abrasado durante el beso que habían compartido. No volvería a permitirle ser tan importante para ella.

Los planes para su nueva vida dependían de que Sam firmara los papeles del divorcio y tener eso en mente la ayudaría a sobrevivir al crucero sin volver a caer rendida a sus pies.

–Bueno –dijo Maya–, ahora que eso ya lo tenemos solucionado, ¿crees que esconder a Buddy en el mueble bar les lanzaría a los niños un mensaje equivocado?

Riéndose, Mia se sacó a Sam de la cabeza por un momento para centrarse en el elfo mágico.

Al día siguiente, Sam se reunió en la proa del barco con Kira Anderson, la oficial de navegación. Intentaba concentrarse mientras la mujer le ponía al corriente de los últimos informes meteorológicos.

–La tormenta no es grande y se está moviendo a buen ritmo –le dijo señalando el gráfico que había impreso–. Hace aproximadamente una hora se desvió de nuestro camino aquí –añadió señalando unas líneas rojas sobre el papel–. Aún hay probabilidades de que dé la vuelta y nos espere, pero ahora mismo parece que la esquivaremos.

Sam estudió los informes.

Era el segundo día en el mar y ya se avecinaba tormenta, tanto dentro como fuera del barco, pensó con ironía. Con Mia allí todo había cambiado y él aún intentaba adaptarse a la situación. No había dormido la noche anterior porque cada vez que cerraba los ojos, la veía. Aún podía notar aquel beso en sus labios y el calor que le había generado.

Sacudiendo la cabeza, se deshizo de esos pensamientos y miró a Kira.

–¿Y qué pasa si no la esquivamos? ¿De qué clase de tormenta estamos hablando?

La mujer miró hacia el mar pensativa, como buscando confirmación antes de responderle:

–Nada que pudiera poner en peligro al barco o a los pasajeros, señor. Aunque el médico podría acabar muy ocupado repartiendo pastillas para el mareo.

Él arrugó los labios.

No importaba en qué época del año navegaran; siempre había al menos una noche con olas altas y vientos fuertes que podían hacer que hasta el marinero más experto se echara a temblar.

–De acuerdo. Vigile esa tormenta y manténgame informado.

–Sí, señor –respondió la mujer antes de despedirse para volver al puente de mando.

–¡Kira! –gritó Sam y esperó a que ella se diera la vuelta–. Quiero que me informes a las siete. Demos tiempo a nuestros pasajeros para prepararse. No quiero que nadie se asuste innecesariamente por esto.

–Entendido.

No le preocupaba lo que pudiera pasar. Llevaba navegando toda su vida y se había enfrentado a su peor tormenta con catorce años.

Había salido solo con el bote en un intento de escapar de una casa que parecía una prisión. Al cabo de dos horas, los relámpagos atravesaron el cielo y comenzó a llover con fuerza. La visibilidad era tan mala que no sabía dónde estaba la orilla, pero sí sabía que una mala decisión mandaría su bote a mar abierto y con pocas probabilidades de rescate. Además, las olas habían sacudido su pequeña embarcación hasta tal punto que estaba seguro de que se desmoronaría.

Finalmente decidió dirigirse hacia donde esperaba que estuviera la orilla. Estuvo solo en mitad de la tormenta durante una hora que le pareció una eternidad hasta que llegó a la playa agotado, empapado y congelado.

Cuando volvió a casa era tarde y su padre lo estaba esperando. No quiso oír nada de la tormenta y se limitó a decirle que era un irresponsable, que no se merecía tener un bote nuevo y que si no sabía mantenerse alejado del océano durante una tormenta, lo enviaría a una escuela privada en el desierto.

Su querido padre le había dejado bien claro el puesto tan bajo que ocupaba en su lista de prioridades.

Pero algo le había sucedido aquella noche, además de sobrevivir a una tormenta: por fin había aceptado que a su padre no le importaba un comino, que estaba solo, y que cuanto antes dejara de esperar que alguien se preocupara por él, mejor.

–Sí –murmuró para sí–. Fuiste un gran modelo a seguir, papá.

Bajó la mirada hacia la cubierta de la piscina. Había niños por todas partes y los socorristas estaban constantemente alerta. Los adultos paseaban por la cubierta, se arremolinaban junto al bar e intentaban relajarse a pesar de los chillidos de los niños y del agua que salpicaban.

El cielo estaba azul y con grandes nubes blancas. La superficie del agua se ondulaba con las olas y Sam se preguntó si estarían acercándose a la tormenta más rápido de lo que Kira había creído.

Entonces vio a los padres de Mia.

Estaban apoyados en una baranda contemplando el océano. Henry Harper tenía el brazo derecho echado sobre los hombros de su esposa, Emma, que estaba recostada en él. Una unidad. Así los había visto desde el principio y una parte de él envidiaba esa unión. Los Harper lo habían recibido y acogido con cariño en la familia al casarse con Mia, pero sabía que ese sentimiento había cambiado. Sabía que cuando había dejado a Mia, los Harper lo habían dejado a él.

Pero ahí estaban, en su barco, y sería ridículo intentar evitarlos durante las dos próximas semanas.

—Además —se dijo mientras avanzaba hacia las escaleras que lo conducirían a la cubierta de la piscina—, deberían darme las gracias.

Porque seguir casado con Mia habría sido un desastre y al marcharse le había ahorrado mucho dolor a su hija.

Como si hubiera sentido que se estaba acercando, Henry giró la cabeza y le lanzó una fría mirada.

Sam siguió avanzando hacia ellos sintiéndose como si estuviera atravesando un campo de minas, y cuando estuvo lo suficientemente cerca, dijo:

—Hola, Henry. Emma.

Henry asintió, pero Emma ni se inmutó. Era como si Sam fuera invisible para ella.

—Sam —dijo Henry. Su cabello marrón rojizo se sacudía con el viento y los ojos verdes que habían heredado sus hijas se posaron en él—. No esperábamos verte.

—¿En serio? Creía que precisamente por eso habíais venido con Mia a este viaje. Para verme.

—No. Solo hemos venido para asegurarnos de que no vuelves a hacerle daño a nuestra niña.

Ante esa bofetada verbal, Sam se limitó a apretar los dientes porque respetaba a Henry y no discutiría con él. Además, efectivamente le había hecho daño a

Mia, aunque menos del que le habría hecho si hubieran estado casados más tiempo.

Miró a Emma, que seguía mirando al océano.

–Bueno, entonces no os molesto más. Solo quería avisaros de que puede que luego nos crucemos con una tormenta.

–¿Tu barco está preparado para una tormenta?

Sam se rio y se metió las manos en los bolsillos.

–Todos los barcos Buchanan están construidos para la estabilidad y la comodidad.

–Estabilidad –murmuró Emma.

Sam la miró, pero la mujer no le estaba mirando a él.

–Estaremos a salvo –dijo mirando a Henry–, pero puede que sea una noche complicada.

Henry miró a su alrededor.

–¿Y no se lo vas a decir al resto de pasajeros?

–Luego, si confirmamos que no podemos esquivar la tormenta –esbozó una mueca de disgusto cuando una pelota de playa lo golpeó en mitad de la espalda–. No quiero preocupar a todo el mundo hasta que no estemos seguros.

–¿Pero no te ha importado preocuparnos a nosotros?

–No lo he hecho por eso –sabía que Henry era una persona templada, sin predisposición al pánico–. Sé que no eres un hombre que tienda a exagerar.

–Ya. ¿Así que crees que me conoces, verdad?

–Sí.

–Yo llegué a pensar que te conocía, pero me equivoqué, así que puede que tú también te equivoques.

–Henry… –Sam no sabía qué decir, pero sentía que debía intentar decir algo.

–No –dijo el hombre–. No pude decirte lo que pensaba cuando todo esto saltó por los aires. Abandonaste a mi hija y actuaste como si el resto no existiéramos.

–Supuse que no querríais verme.

–Y supusiste bien.

No quería discutir sobre el tema, pero era imposible evitarlo. Por suerte, había tanta gente alrededor de la piscina y tanto ruido que nadie los oiría. Sacó las manos de los bolsillos, se cruzó de brazos y miró a Henry fijamente.

–Mia me pidió el divorcio y yo se lo di.

–¿Y por qué quería ese divorcio, Sam? ¿Tal vez porque no te importó celebrar una boda pero en realidad no querías estar casado?

Esa conclusión se acercaba demasiado a la realidad.

–No voy a hablar de esto, Henry. Es algo entre Mia y yo.

–Si haces llorar a mi hija, entonces también es asunto mío.

Mia había llorado. Por supuesto que había llorado. Pero él no se había permitido pensar en ello porque no podía soportar imaginarla así, y menos cuando era por su culpa.

Si no se hubieran casado, nada de eso habría pasado, pero el deseo y los sentimientos lo habían cegado tanto que no había podido contenerse aun sabiendo que supondría un desastre para los dos. Había corrido el riesgo porque la había querido, y todavía seguía queriéndola. Era la única mujer que lo había tentado a probar el matrimonio.

Y ya que todo había terminado tan mal, deberían seguir adelante con sus vidas. Sin embargo, él no podía pensar en eso; solo podía pensar en encontrarla, besarla hasta dejarla sin sentido y dejarse arrastrar por el calor de sus caricias, un calor que solo había logrado encontrar con ella. Sacudiendo la cabeza, ignoró esos pensamientos y miró a sus suegros.

—Mira, Henry, no puedo cambiar la opinión que tienes de mí y, sinceramente, no lo voy a intentar. Solo quería avisaros a tu familia y a ti de la posible tormenta. Y ahora que ya lo he hecho, os dejo tranquilos para que disfrutéis.

Parecía que Henry tenía algo más que decir, aunque finalmente apretó los labios como conteniéndose. Sin embargo, antes de alejarse, Sam oyó a Emma decir mientras miraba al mar como hipnotizada:

—¿Sabes, Henry? Si Sam estuviera aquí, le diría que para mí ha sido toda una decepción.

Se sintió como si lo hubieran apuñalado.

Emma siempre se había portado bien con él y ver la relación que tenía con sus hijas había sido toda una revelación porque le había mostrado la dinámica de una familia de verdad y le había gustado. Lo había disfrutado. Lo habían aceptado como a un hijo, tanto como a Joe y a Alan, el marido de Merry. No se había dado cuenta de cuánto había significado eso para él hasta que lo había perdido.

Y ahora Emma se negaba a mirarlo.

—Emma… —empezó a decir.

—Y —continuó ella— le diría que si vuelve a hacer daño a mi pequeña, la tormenta no será su único problema.

Como no había nada que pudiera decir a eso, simplemente se quedó en silencio.

Emma miró a Henry y añadió:

–¿Vamos a dar un paseo?

Henry lo miró un instante y después se giró hacia su esposa.

–Claro. Vamos a ver qué hacen los niños en la sala de nieve.

–Será divertido –contestó Emma pasando por delante de Sam como si fuera un fantasma.

Porque para ella eso era exactamente lo que era. El fantasma de un hombre que había hecho unas promesas que no había cumplido.

Los vio marcharse y se pasó una mano por el pelo. Cuando su matrimonio con Mia había terminando, también había terminado todo lo demás. Había intentado ser amable con Henry y con Emma pero a ellos no les había interesado, así que ¿por qué seguir intentando ser Don Amable? Ese era su barco. Su mundo. Ellos solo estaban de paso.

Estar ahí con Mia era un regalo del universo. Aún había fuego entre ellos, aún deseaba tenerla a su lado y ahora tenía una oportunidad de hacerlo y no quería desaprovecharla. Y una vez finalizara el crucero, volverían a la realidad y no tendrían que volver a verse.

Así que tal vez era el momento de replantearse ese «trato». Un buen tipo no lo haría, pero al parecer él no lo era.

Y eso le abría todo un mundo de posibilidades.

***

Mia se pasó la mayor parte del día en la cocina del barco. Conocía a varios de los chefs y se alegraba de verlos a todos, aunque tenía que admitir que la verdadera razón por la que estaba en la cocina era porque era el único lugar en el que no tendría que preocuparse de toparse con Sam.

Los barcos Buchanan eran demasiado pequeños como para que fuera fácil esconderse. Habría sido mucho más sencillo desaparecer entre las miles de personas que viajaban en cruceros más grandes.

Los chefs se movían por la cocina como si estuvieran ejecutando una danza perfectamente ensayada.

–Es genial, Mia –dijo Holly Chambers, la simpática chef repostera del Noches de Fantasía. Cuando se habían conocido un año atrás, la repostería las había unido.

La panadería de los Harper estaba especializada en pan, por supuesto, pero cuando Mia y sus hermanas empezaron a ocuparse más del negocio, ampliaron el menú y ahora ofrecían galletas italianas, bollitos ingleses, *cannoli*, pudin de dulce de leche y un tiramisú que te podía hacer llorar de felicidad.

Sin embargo, hoy Mia le estaba enseñando a Holly a preparar el impresionante pan de romero de su madre.

–Es uno de los productos más vendidos en la panadería –decía mientras trabajaba la aromática masa sobre la encimera de acero.

–Ya me encanta y eso que ni siquiera lo hemos horneado –respondió Holly comprobando sus notas para asegurarse de que había apuntado la receta a la perfección.

Mia sonrió. Para ella trabajar una masa y convertir harina y hierbas en algo increíble resultaba terapéutico.

—Y cuando está en el horno huele de maravilla.

Las chicas Harper habían empezado a trabajar en la panadería desde muy pequeñas. Habían crecido entre hornos, la sala donde subían las masas y el mostrador de la tienda, donde los clientes hacían cola cada mañana para comprar el especial del día.

La familia de la madre de Mia era mitad italiana y mitad inglesa, lo cual explicaba por qué la carta de postres era tan ecléctica.

Las hermanas Harper habían crecido elaborando esos dulces y experimentando con recetas nuevas, y ahora tenían planes de expansión. No solo querían abrir otra panadería, sino también una tetería inglesa tradicional.

Pero eso aún estaba por llegar. Primero Mia tenía que enderezar su vida y no podía avanzar con ninguno de esos planes hasta no dejar atrás su matrimonio... y a Sam.

De pronto la invadió un intenso calor.

Qué ridículo que simplemente pensar en «dejar a Sam atrás» le recordara todas esas veces que había «tenido a Sam detrás». Se le aceleró la respiración y le invadieron la cabeza recuerdos no solo del dolor de la separación, sino también de alegría, de pasión...

«Bueno, para de una vez», se ordenó.

Trabajó la masa con más energía de la requerida y de pronto se sobresaltó cuando Holly dijo:

—¡Hola, señor Buchanan!

—Ay, Dios —murmuró.

Capítulo Cinco

La estaba mirando fijamente.

Mia respiró hondo, pero eso no evitó ni que el corazón se le saliera del pecho ni que la sangre le hirviera en las venas.

Por supuesto, Sam vestía un traje. Azul marino, entallado a la perfección, con camisa blanca y corbata roja. Ahora mismo Sam Buchanan era la viva imagen de la elegancia con un toque de pirata que le aportaba ese pelo un poco largo.

¿Lo habría invocado solo con pensar en él?

No, era imposible porque, de ser así, se le habría estado apareciendo constantemente en su apartamento durante los últimos meses. Había sido el centro de sus pensamientos desde el día en que se habían conocido y ni siquiera eso había cambiado tras la separación.

Ahí estaba, en la cocina, mirándola.

Segundo día de crucero y ya lo estaba viendo demasiado para su propio bien. ¿Cómo iba a aguantar dos semanas enteras?

–Hola, Holly –dijo Sam antes de añadir–: Mia.

–Hola, Sam –respondió Mia y después, dirigiéndose a Holly, añadió–: Puedes hornearlo en forma de círculo o puedes dividirlo en tres partes y trenzarlo. Así, además de estar delicioso, tendrá una presentación preciosa.

—Seguro que sí —dijo Holly con una sonrisa.

—Una vez suba, hornéalo media hora a ciento noventa grados hasta que quede bien dorado.

—Entendido —Holly miró a Sam de nuevo y Mia notó que parecía un poco tensa con su jefe ahí de pie, mirándola.

—Ya me contarás cómo te ha quedado —le dijo dándole una palmadita en el brazo. Después fue hacia Sam.

Era como si los empleados de la cocina no existieran, como si estuvieran solo ellos dos. Ojalá llevara puesto algo más impresionante que unos simples pantalones cortos blancos y una camiseta amarilla de cuello barco. Llevaba el pelo recogido en una coleta y unas deportivas negras que ahora estaban cubiertas de harina. Mierda. Él parecía una portada de la revista *GQ* y ella… Ella parecía ella.

Podría haber jurado que le crepitaba la piel bajo esa mirada, pero jamás permitiría que Sam lo supiera. Se detuvo frente a él y dijo en voz baja:

—Estás poniendo un poco nerviosa a Holly y probablemente también a todos los demás.

—No he venido aquí por ellos. He venido a hablar contigo.

—¿Cómo has sabido que estaba aquí?

—Es mi barco, Mia. Sé todo lo que pasa en él.

—Es verdad —suspiró—. Bueno, pues ya me has encontrado. Vamos a hablar a otro sitio, ¿vale?

Mia se dirigió al comedor principal. Había camareros por todas partes preparando las mesas cubiertas de impolutos manteles blancos.

No le hizo falta girarse para saber que él la seguía.

Sentía su presencia. Ese hombre era una fuerza de la naturaleza, su propio huracán personal de categoría cinco. Había entrado en su vida arrasándolo todo y dejando a su paso una estela de escombros.

Salieron por otra puerta hacia la Cubierta Dos y Mia esperó que el frío aire le despejara la mente. Fue hasta la barandilla, miró hacia el agua y se giró hacia Sam.

—¿Por qué me buscabas?

—Solo quería hablar contigo.

—¿Por los papeles? ¿Los has firmado?

—No.

¿Por qué lo estaba haciendo todo tan complicado?

—¿Entonces qué pasa?

—Quería decirte que he hablado con tus padres.

Mia soltó una carcajada al imaginarse la conversación. Sus padres seguían furiosos con Sam y nada de lo que ella les hubiera dicho había logrado aplacarlos. Pero sabía por qué. Lo habían acogido en su familia y después él se había alejado de ella. De todos. Y el dolor que sentían por ello era tan fuerte como la rabia.

—Seguro que habrá sido muy divertido —le contestó con ironía.

—Sí, una fiesta. Mira, he hablado con ellos porque quería informarles de la tormenta con la que podríamos toparnos esta noche.

Lo miró asombrada.

—¿En serio? ¿La segunda noche en el mar y ya tenemos tormenta?

—Ya, ya lo sé. Puede que la esquivemos, pero tal como está yendo el día, creo que nos la vamos a encontrar de pleno.

Miró a lo lejos como si la estuviera buscando en el horizonte.

–¿Estás preocupado? –le preguntó Mia incluso sabiendo que era inútil porque, aunque estuviera preocupado, jamás lo admitiría. Sam era un hombre que siempre proyectaba una imagen de calma y control.

–No. Avisaremos al resto de pasajeros si vemos que no la evitamos, pero quería decírselo a tus padres primero.

–Te lo agradezco –le dijo mirándolo fijamente–. Ahora voy a ir a hablar con Maya y Joe para contárselo y decirles que se preparen por si acaso.

–Vale. Pero no se lo digas a nadie más. Todavía no.

–De acuerdo. Cuando hable con mi hermana, voy a llevar a Charlie y a Chris a la piscina. Les dije que los llevaría a nadar esta tarde para que sus padres puedan estar un rato solos.

Él asintió.

–Seguro que necesitan descansar de niños un rato.

–¿Sabes? La verdad es que les gustan sus hijos, y lo mismo les pasa a la mayoría de los padres.

–No a todos –murmuró él y al instante Mia supo por su mirada que volvía a encerrarse en sí mismo para protegerse de su pasado, de lo que fuera que le obligaba a estar solo en la vida.

Durante casi un año había intentado atravesar esos muros que él se había construido a su alrededor, pero no lo había logrado. Tal vez si lo hubiera conseguido, nada de eso estaría pasando ahora.

Sam se apartó para dejarla pasar, aunque al instante le agarró el brazo.

–Mia…

Solo ese pequeño contacto la hizo arder por dentro. Odiaba que ejerciera ese poder sobre ella. Incluso cuando la soltó, el sedoso ardor de sus dedos aún seguía en su piel.

–¿Quieres decirme algo más, Sam?

Por un momento él vaciló, pero entonces apretó los labios y negó con la cabeza.

–No. Nada.

Mia contuvo el aliento y sintió cómo se le aceleraba el corazón. Estar tan cerca de él le resultaba inquietante. Se preguntó si siempre pasaría lo mismo; si se topara con él en algún sitio dentro de treinta años y le estrechara la mano para saludarlo, ¿se derretiría al instante?

De pronto sintió ganas de llorar. ¿Treinta años sin Sam? Solo llevaba unos meses separada de él y estaba destrozada. ¿Cómo podría soportar pasar el resto de su vida sin verlo y sin estar con él?

«Construyéndote la vida que quieres», se recordó.

Y eso sucedería en enero. Lo único que tenía que hacer era tener los papeles firmados y sobrevivir al resto del crucero, y después sería libre para comenzar la vida que se había diseñado.

–Bueno, pues como te he dicho, gracias por avisarnos de la tormenta.

Se marchó corriendo porque, si no lo hacía, tal vez no podría apartarse de su lado. ¿Y adónde la llevaría eso?

***

Efectivamente, se toparon con la tormenta.

–Tengo que darle un aumento a Kira –murmuró Sam para sí–. Ha hecho un cálculo exacto.

A las siete, las primeras olas fuertes comenzaron a azotar el barco como si intentaran volcarlo. Por suerte, el capitán era uno de los mejores del mundo, y Sam lo sabía porque su hermano y él solo contrataban a los mejores.

Truenos y relámpagos quebraron el cielo e iluminaron las olas y las cubiertas vacías del barco. La tripulación iba de un lado para otro comprobando cómo se encontraban los pasajeros e intentaba tranquilizarlos cantando villancicos en el comedor. Los monitores infantiles estaban entreteniendo a los niños con juegos y manualidades. Y en cuanto a los pasajeros que habían preferido permanecer en sus *suites*, sus mayordomos de camarote estaban haciendo todo lo posible por ayudarlos.

Sam pasó la mayor parte de la tarde en el puente, desde donde podía ver a sus empleados desafiar a la tormenta que estaban atravesando. A medianoche las olas eran un poco más altas y Sam estaba harto de estar encerrado en el puente computarizado, que tenía un aspecto tan futurístico que parecía una nave espacial.

Enfrentándose al fuerte viento y a la fría agua que salpicaba las cubiertas, las recorrió para hacer sus propias comprobaciones. Caminar no le resultaba fácil y en más de una ocasión tuvo que agarrarse a la barandilla, pero había crecido entre barcos, así que estaba más que preparado para soportarlo. Llegó a la Cubierta Dos, donde normalmente había hileras de tumbonas que tentaban a los pasajeros a tumbarse en ellas para disfrutar de las espectaculares vistas mientras eran atendidos por los camareros. Ahora, en cambio, esas tumbonas estaban plegadas y apiladas por seguridad. Era como un barco fantasma.

Y fue entonces cuando la vio.

El corazón le dio vuelco. Una simple mirada y ya se vio envuelto en una maraña de deseo y emociones que lo confundía y excitaba a la vez.

Mia estaba junto a la barandilla. El viento le revolvía el pelo y llevaba unos vaqueros, unas deportivas y un cortavientos.

Furioso por que estuviera ahí sola en mitad de la tormenta, lo único en lo que podía pensar era en que si hubiera caído por la borda nadie se habría enterado hasta que hubiera sido demasiado tarde. Ese pensamiento y las imágenes que lo acompañaron le helaron la sangre. Fue hacia ella y le agarró un brazo.

Mia se sobresaltó.

—¡Joder, Sam! ¡Me has dado un susto de muerte!

—Bien, así estamos empatados. Cuando te he visto, se me ha parado el corazón. ¿Qué estás haciendo aquí en plena tormenta?

—Me gusta —le contestó soltándose el brazo y dándole la espalda como si esperara que ese gesto fuera a invitarlo a marcharse.

Pero eso no sucedería.

Volvió a agarrarla. El viento soplaba lo bastante como para levantarla del suelo y lanzarla por la borda.

—Si cayeras al mar, nadie se daría cuenta hasta que fuera demasiado tarde para salvarte.

–No soy idiota, Sam. No voy a caerme por la borda. En serio –añadió mirándolo y soltándose el brazo de nuevo–. No soy responsabilidad tuya. ¿No tienes nada más importante que hacer?

–Ahora mismo no.

–No podía seguir metida en la *suite* ni un minuto más –dijo alzando la voz por encima del viento que los azotaba–. Ya sabes que me encantan las tormentas, o al menos deberías saberlo.

–Sí –dijo y los recuerdos le inundaron la cabeza.

Siempre que había habido tormenta, Mia se había asomado al balcón del salón de su piso para verla.

Recordó también una noche durante un crucero a las Bermudas. Habían permanecido en su cubierta privada y habían dejado que la tormenta aullara a su alrededor como si tuviera vida. Se habían reído como tontos cuando el agua del mar los había empapado y después esas carcajadas habían terminado cuando habían hecho el amor allí mismo, sobre la cubierta privada resbaladiza por el agua.

Aquella noche Mia había dicho que la tormenta era magia, pero Sam siempre había creído que la magia era ella. Dejarla escapar había sido lo más duro que había hecho en su vida, pero había sabido que seguir juntos habría disipado esa magia. No sabía ser como ella quería que fuese, así que la había dejado marchar para protegerla.

–Aun así es peligroso, Mia.

–Correré el riesgo, Sam.

Testaruda. ¿Por qué le gustaba tanto eso de ella?

–Deberías volver a tu camarote.

–¿Vas a hacerlo tú?

–No, pero es mi barco y quiero comprobar unas cosas.

–¿No es ese el trabajo de tus empleados?

Ahí estaba otra vez esa vieja discusión. Mia siempre había opinado que debería delegar más.

–Están ocupados. ¿Por qué estás aquí fuera?

–Ya te lo he dicho, me gustan las tormentas –resopló y añadió–: Vale. Los niños han vomitado, aunque creo que más que por cómo se está sacudiendo el barco es por los litros de chocolate caliente que se han tomado después de cenar. Luego Maya se ha puesto a limpiar y también ha acabado vomitando entre el movimiento del barco y recoger los vómitos de los niños. Joe ha metido a los niños en mi habitación para que Maya pudiera descansar y yo me he ido a dormir al sofá.

–¿Vas a dormir en el sofá?

–No está tan mal. Por ahora. Pregúntame cuando termine el crucero. De todos modos, no podía dormir con tantos quejidos, así que he salido aquí para estar sola.

De ninguna manera iba a dejarla sola en la cubierta en mitad de una tormenta.

–Puedo avisar al personal de mantenimiento para que vayan a limpiar la *suite*.

–Gracias, pero no es necesario. Robert, nuestro mayordomo, nos ha ayudado a Joe y a mí a limpiar y…

Sam se dijo que debía darle un extra a Robert. Parecía que se lo había ganado.

–No tienes por qué dormir en el sofá, Mia.

–Bueno, es mejor que en el suelo. Y tampoco es la primera vez que duermo en un sillón.

—No —la agarró del brazo y la giró para que lo mirara. Su largo cabello pelirrojo estaba húmedo y enredado. Tenía gotas de lluvia en las mejillas y sus ojos verdes eran como un bosque al atardecer.

No quería sentir ese deseo arañándole las entrañas, pero tampoco podía detenerlo. Y aunque pudiera, en el fondo sabía que acabaría echándolo de menos si alguna vez cesaba. Lo que sentía por Mia no se parecía a nada que hubiera conocido y tal vez por eso, en parte, había tenido que alejarse.

Era un deseo inevitable. Lo había sentido desde el primer momento que la había visto y nada había cambiado desde entonces, ni siquiera tras el divorcio.

Mia era su esposa. Mia era la mujer que deseaba. Y la que no podría tener una vez finalizara ese crucero.

De pronto pensó en su plan y en cómo podría encajar perfectamente porque ahora su idea no solo lo beneficiaba a él, sino también a ella.

—No tienes que dormir en un sofá, Mia…

—No pienso quedarme en la *suite* de mis padres. ¿Y si se ponen juguetones?

—Ya, yo tampoco me lo quiero imaginar, pero tengo una solución. Puedes quedarte en mi *suite*.

El barco se elevó con una ola y después cayó de golpe, haciéndola tambalearse hacia delante. Le plantó las dos manos en el torso y ese contacto le aceleró el corazón a Sam.

Como si Mia supiera lo que estaba sintiendo, sacudió la cabeza y dijo:

—Ah, no. No es buena idea.

—¿Qué pasa? —le preguntó sonriendo—. ¿Es que no te fías de poder controlarte estando conmigo?

–¡Ja! Por mucho que te guste pensarlo, no es por eso.

No la creía. Incluso sobre el bramido de la tormenta podía oír su respiración entrecortada.

–¿Entonces dónde está el problema?

–Estamos divorciados, Sam.

–Aún no.

–No oficialmente, pero casi.

–Es una *suite* de dos dormitorios. Tendrías tu propia habitación –«aunque no por mucho tiempo»–. Piénsatelo –añadió mirándola fijamente a los ojos, y aun en la tenue luz pudo ver que estaba tentada a aceptar.

¡Cuánto había echado de menos eso! Hablar con ella, estar tan cerca que podía ver su pulso palpitar; mirar esos ojos verdes que danzaban con magia o se iluminaban con fuego.

Odiaba seguir echándola de menos y odiaba saber que probablemente siempre lo haría.

–Si te alojaras en mi *suite*, Maya y Joe tendrían una habitación para ellos solos…

–Sí, pero…

–Seguro que a Maya le vendría bien descansar…

Ella se rio.

–¿Ahora quieres hacerle un favor a Maya?

–Soy un ser humano estupendo –contestó Sam encogiéndose de hombros.

–Claro –sacudiendo la cabeza, Mia miró hacia el mar y respondió–: Compartir camarote solo nos crearía más problemas, Sam.

–Ya estamos divorciados. ¿Qué más podría ir mal?

–Sabes muy bien qué.

—Y te pregunto de nuevo, ¿es que no te fías de poder controlarte estando conmigo?

—No es de mí de quien no me fío.

Sam sonrió.

Sabía cómo manejar una negociación y el primer paso siempre era no demostrar cuánto quieres algo. Por eso se echaría atrás… de momento. Le dejaría pensar en la oferta durante unos días y le dejaría creer que era ella la que tenía el control de la situación cuando en realidad era él quien lo tenía.

—Piénsatelo, Mia. Una habitación para ti sola. Tiene que ser mejor que el sofá de la *suite* de Maya…

—Lo estás haciendo a propósito —respondió ella sacudiendo la cabeza y retrocediendo.

—Totalmente.

—Bueno, al menos eres sincero.

—Es algo nuevo que estoy probando —le acarició el brazo.

—Me estás mirando.

—Sí —contestó Sam acercándose.

—Vas a besarme —añadió Mia humedeciéndose el labio inferior y encendiéndolo de deseo con ese gesto.

—Sí. ¿Te importa?

—No. Debería, pero no. No me importa.

—Me alegro.

Sam le tomó el rostro entre las manos y la miró fijamente mientras dibujaba nuevos recuerdos en su memoria. La curva de sus mejillas, el modo en que suspiraba y esa pequeña hondonada en su labio superior que quería morder.

Despacio, dolorosamente despacio, agachó la cabeza y acercó la boca a la suya. Su sabor le llenó la cabeza y el cuerpo. Besarla y sentir cómo Mia le devolvía el beso hizo que el corazón le diera un vuelco. Cada célula de su cuerpo se iluminó llena de vida y el deseo por ella aumentó.

Mia lo rodeó por la cintura y él entrelazó sus dedos en su cabello a la vez que le sujetaba la cabeza con delicadeza. Sus lenguas danzaban la una con la otra y sus respiraciones se entremezclaban convirtiéndose en una. Separados pero unidos. Juntos.

Los segundos se convirtieron en minutos que pasaron volando al mismo tiempo que parecieron durar una eternidad. Y entonces Sam alzó la cabeza para mirarla, el viento se detuvo y los truenos cesaron, y fue como si el mundo estuviera conteniendo el aliento mientras una tormenta de otro tipo se desataba entre ellos dos.

—Esto es una locura, Sam —susurró.

—No me importa.

Capítulo Seis

A Mia tampoco le importaba.

Fuera o no una locura, deseaba a Sam desesperadamente y era lo único en lo que podía pensar. Lo único que podía ver. Agarrada a él de la mano, lo siguió por las escaleras que conducían a su *suite*.

El barco se elevaba y caía de golpe con el movimiento de las olas, pero ella apenas lo notaba.

—Date prisa... —le dijo impaciente mientras él sacaba la llave del camarote.

Sam la miró, sonrió, abrió la puerta y entraron.

La *suite* estaba a oscuras, pero no le importaba.

No necesitaba luz. Lo necesitaba a él.

—Ahora, Sam —susurró—. Ahora.

Él la rodeó con sus brazos y hundió la cara en la curva de su cuello para besárselo mientras ella echaba la cabeza atrás suspirando de placer.

Había pasado demasiado tiempo desde que había sentido sus manos y su boca sobre ella, y cuando sus lenguas se entrelazaron, se sintió perdida. Sam la llevó contra una puerta cerrada y le recorrió el cuerpo con las manos mientras ella se arqueaba en respuesta a sus caricias.

—Joder —susurró—. No deberíamos hacer esto.

—Cariño, nacimos para esto —le contestó él con una media sonrisa.

Mia le desabrochó la camisa y deslizó las manos sobre ese amplio torso que recordaba tan bien. Lo oyó suspirar y sonrió. Era guapísimo. Musculoso, bronceado y tan fuerte que le robaba el aliento.

–Así es. Ropa fuera.

–Sí –añadió Mia quitándole la camisa mientras él hacia lo mismo con su cortavientos y la camisa que llevaba debajo. Después sus diestras manos le desengancharon el cierre delantero del sujetador y un instante después sus palmas le estaban rozando los pechos.

–Sam…

Sam le pellizcó los pezones con delicadeza y ella se mordió el labio inferior para intentar contener un gemido.

–Qué maravilla –dijo con la voz entrecortada.

–Y no te imaginas lo bien que saben –respondió él antes de llevarse uno a la boca.

Sus labios, su lengua y sus dientes rozaron esa sensible cúspide y Mia se vio impotente ante semejante embestida de sensaciones.

Se humedecía los labios mientras lo veía lamerle el pezón y susurró:

–Me estás matando.

–Pues te quiero viva y gritando mi nombre.

–Hay muchas probabilidades de que eso pase.

Sam le bajó los vaqueros y la ropa interior. Después, cubrió su íntimo calor con la palma de la mano y con el pulgar le acarició ese diminuto punto de placer hasta que ella gimió y contoneó las caderas.

Mientras la acariciaba dejándola sin sentido, Mia le quitó los pantalones y rodeó con sus dedos su duro y grueso miembro. Sam gimió y ella sonrió para sí porque le encantaba el poder que ejercía sobre un hombre tan fuerte. Lo acarició mientras escuchaba su respiración entrecortada y se estremeció de deseo. Oírlo gemir y ver esa respuesta también reflejada en sus ojos avivó el fuego que la estaba consumiendo.

Sam bajó las manos hasta sus nalgas y la levantó del suelo. Ella sintió una fresca ráfaga de excitación cuando le colocó las piernas alrededor de su cintura y su erección le rozó el cuerpo.

—No vamos a llegar al dormitorio —murmuró Sam.

—Para nada —respondió ella jadeando cuando Sam se adentró en ella.

Eso era lo que había necesitado, lo que había echado tanto en falta los últimos meses: el modo en que Sam la llenaba y cómo encajaban sus cuerpos, como si uno fuera lo que le faltaba al otro.

Contuvo el aliento mientras saboreaba la sensación de tenerlo profundamente dentro de ella. Era magia, como siempre. Después él se movió y ella gimió para dejarle oír lo que estaba sintiendo con la increíble fricción de sus cuerpos deslizándose juntos, de sus dedos agarrándole las nalgas con fuerza, de su aliento llenándole los pulmones mientras la besaba y la instaba con la lengua a no contenerse nada. Y no se contuvo.

Le acarició la espalda arrastrando las uñas sobre su piel y él gimió con fuerza mientras sacudía las caderas hundiendo su erección más y más en su interior.

—Más fuerte, Sam. Más fuerte.

—Espera, cielo.

Se movían con desesperación. Sin cesar, Sam se hundía en su interior mientras ella, con los talones apoyados en su espalda, lo acercaba a sí exigiéndole más.

De pronto un pequeño cosquilleo brotó en su interior y supo lo que la aguardaba.

Él hundió los dedos en sus nalgas y ella gritó:

–Sam… Sam…

–Venga, cariño –le susurró mirándola a los ojos–. Deja que te vea.

Mia lo miró, quería que viera lo que le estaba haciendo sentir y no quería guardarse nada. Vio su propio deseo reflejado en los ojos de Sam y eso fue todo lo que necesitó para entregarse al placer.

Gritando su nombre, se aferró a él con fuerza mientras su cuerpo estallaba por dentro. Varias oleadas de placer la arrastraron más allá de lo que creía posible.

¡Cuánto lo había echado de menos!

Cuánto había echado de menos sus caricias, la calidez de su boca y las increíbles explosiones de puro placer que compartían.

Finalmente, Sam también se liberó y Mia miró fijamente sus ojos cargados de pasión mientras él pronunciaba su nombre y sus cuerpos seguían unidos.

Cuando reaccionó, Sam la miró y sonrió.

Sus cuerpos seguían entrelazados y el murmullo del placer aún le recorría las venas. Se sentía como si después de meses varado en un gélido frío, hubiera encontrado un fuego que calentaba cada centímetro de su cuerpo y de su alma.

Y entonces el deseo volvió a brotar en su interior.

Sabía que nunca se cansaría de ella, que nunca tendría bastante, que nunca la tendría demasiado cerca.

Le rodeó las nalgas con las manos y su miembro, aún dentro de ella, recobró vida.

—Ha sido…

Mia respiró hondo.

—Sí.

—Pero no he terminado —admitió inclinándose para besarla de nuevo.

Quería más de ese fuego y de ese agradable calor.

Cuando echó la cabeza atrás, ella se humedeció los labios como saboreando el sabor que le había dejado en ellos. Y entonces, de nuevo, su miembro reaccionó.

—Debería irme —dijo Mia en voz baja.

Al oír eso, Sam sintió una puñalada de decepción que duró solo un instante porque Mia añadió:

—Pero no lo voy a hacer porque yo tampoco he terminado.

—Gracias a Dios —murmuró Sam apartándose de la pared con ella aún en brazos.

Mia se rio y el temblor de su cuerpo le produjo nuevas sacudidas de placer.

—Puedo caminar, Sam.

—Sí, pero me gusta tenerte así.

—Y yo no te lo voy a discutir —le respondió riéndose y acurrucándose a él.

—A este paso no vamos a llegar al dormitorio.

—Es verdad, así que date prisa.

—Sí, señora.

Siempre le había gustado eso de Mia, que no tuviera ningún problema en hacerle ver cuánto disfrutaba del sexo y lo dispuesta que estaba a probar cualquier cosa.

Al instante, su cabeza se llenó de imágenes de ella en la cama, contra una pared, en el suelo o tendida sobre las encimeras de granito de su cocina como una diosa esperando a que la adoraran. Los recuerdos de aquella noche en concreto habían estado persiguiéndolo desde que se habían separado.

Pero por muy increíble que hubiera sido el sexo que habían compartido, no había bastado para mantenerlos unidos, y por eso la había perdido. Sin embargo, lo de ahora era distinto, sería algo puntual y perfecto.

Ahora volvía a tenerla y no quería desperdiciar ni un segundo. Abrió la puerta del dormitorio y la tendió en la enorme cama. Sus cuerpos seguían unidos y casi lo mató tener que separarse y oírla gemir de decepción.

—No —susurró ella alzando las caderas—. Quédate dentro de mí, Sam. Te necesito dentro de mí.

—Yo también lo necesito, Mia —le aseguró antes de ponerse de rodillas e inclinarse hacia ella.

Bajó la cabeza hasta sus pechos y le besó los pezones. Adoraba su sabor, y su aroma le nublaba el cerebro.

Sujetándole la cabeza contra sus pechos, Mia arqueó la espalda y gimió. A pesar de su excitadísimo miembro y de cómo le bullía la sangre, Sam se obligó a ir más despacio para disfrutar mejor de todo lo que había echado tanto en falta: su suave piel, su cuerpo curvilíneo y esbelto al mismo tiempo, y su pasión.

Deslizó la boca sobre su abdomen y siguió bajando.

–¿Sam?

–Tengo hambre de ti, Mia –le respondió mirándola a los ojos antes de arrodillarse entre sus piernas, separárselas y tomarla con la boca.

–¡Sam!

La voz de Mia resonó por la habitación y también por su mente y su alma.

La acarició con la lengua mientras ella, temblorosa y con la respiración acelerada, elevaba las caderas intentando sentir más.

Sam escuchaba sus gemidos y jadeos y esos sonidos avivaron el fuego que ardía en su interior. Deslizó dos dedos en su interior mientras seguía acariciándola con la boca. Y entonces, cuando notó que estaba al borde del éxtasis, se detuvo.

–¿Qué? –preguntó ella mirándolo con los ojos muy abiertos–. No puedes parar ahora. ¿Qué me estás haciendo, Sam?

–Disfrutándote, Mia –respondió antes de agarrarla de las caderas y tenderla boca abajo.

Ella se apartó el pelo de la cara y giró la cabeza hacia su hombro izquierdo para mirarlo. Esbozó una diminuta sonrisa y volvió a lamerse los labios. Despacio, muy despacio, se puso de rodillas y Sam posó las manos con suavidad sobre sus nalgas.

–Esa es mi chica –dijo tirando de ella hacia el borde del colchón. Después se puso de pie, le agarró las caderas y entró en ella.

Mia echó la cabeza atrás y se movió al ritmo que marcaba él, sacudiéndose contra su cuerpo.

–¡Sam, Sam! –gritó temblando de placer.

En ese instante, Sam la soltó, la tumbó boca arriba y, mirándola fijamente, se adentró de nuevo en su cuerpo y se dejó arrastrar hasta el placer y la pasión que solo había logrado encontrar con ella.

Tendida sobre la enorme cama, Mia miró hacia la pared de ventanas cuyos cristales estaban tratados para que nadie pudiera ver el interior de la *suite*.

No había pretendido que sucediera, aunque tal vez habría sido inevitable de cualquier modo. Sam y ella siempre habían tenido una relación extremadamente física. Cuando todo lo demás en su matrimonio había empezado a disolverse, el sexo entre ellos nunca había perdido la magia.

Al girar la cabeza hacia el hombre que tenía a su lado, vio que incluso dormido estaba contenido, encerrado en sí mismo. No tenía una pierna apoyada en la suya ni el brazo rodeándola. Y, como siempre, eso le partió el corazón. Ojalá hubiera sabido por qué actuaba así, pero su hermano Michael se había negado a contárselo y había insistido en que era Sam quien debía hacerlo.

Ella lo había aceptado, pero el problema era que Sam nunca le había contado nada y, sin saber a qué se enfrentaba, ¿cómo podía vencerlo y ganar? No podía. Por eso había acabado admitiendo la derrota y había aceptado que su matrimonio estaba acabado.

La tormenta había pasado y la luz de la luna empezaba a desvanecerse en el amanecer. De pronto, se levantó de la cama y Sam se despertó.

—¿Adónde vas?

—Tengo que volver al sofá.

—¿Por qué? Quédate aquí.

Mia se rio y sacudió la cabeza.

—Mejor que Maya no sepa lo que ha pasado aquí.

—¿Es que te avergüenzas?

—No.

No se había sentido tan bien en meses, así que ni estaba avergonzada ni lamentaba lo sucedido.

—Genial. Entonces, quédate.

Era imposible discutir con él. Sam hacía lo que quería y cuando quería. No sabía adaptarse ni ser flexible. No sabía ceder.

—No puedo.

Se giró y salió desnuda del dormitorio.

Sabía que pronto los niños se despertarían y que a continuación lo haría Maya. Tenía que darse prisa.

Sam, desnudo, salió tras ella, pero no se permitió mirarlo porque resultaba demasiado tentador.

—¿Has firmado los papeles? —le preguntó al ver el sobre en la mesa.

—Aún no.

Recogió sus vaqueros y sus braguitas del suelo. Las metió en uno de los bolsillos y se puso los pantalones aún húmedos.

—¿Por qué no? ¿Qué pasa?

—¿A qué viene tanta prisa?

Suspirando, Mia se agachó para recoger el sujetador y la camisa. Por suerte, Sam no se lo había arrancado como había hecho con sus braguitas. Se lo puso.

—Tengo planes para enero y necesito que firmes los papeles.

—¿Qué planes? —le preguntó él cruzándose de brazos.

Resultaba imponente. Era como si tuviera un dios griego ante ella.

Se le secó la boca, pero logró decir:

—No es asunto tuyo.

—Lo es si quieres que firme.

Se detuvo para ponerse la camisa, aún fría y mojada.

—¿Me estás chantajeando?

—Ni siquiera te he planteado mi oferta aún.

—¿Hablas en serio?

—Totalmente.

Se le acercó y ella retrocedió. Sam desnudo resultaba demasiado peligroso.

—Quieres esos papeles firmados y yo quiero pasar más tiempo contigo en mi cama además de conocer tus grandes planes secretos. Tú te trasladas a mi *suite* mientras dure el crucero y, cuando volvamos, te firmo los papeles.

—Así que me estás chantajeando con acostarte conmigo a cambio de lo que quiero.

—De lo que queremos los dos.

Podía resistirse, pero ¿de qué serviría? Acababa de demostrarle cuánto lo deseaba y no podía negar la posibilidad de que volvieran a acostarse en las dos semanas que quedaban de crucero.

Sam se le acercó y deslizó las manos bajo su camisa abierta hasta que Mia suspiró de resignación. Era imposible negarlo. Deseaba a Sam. Siempre lo haría.

—¿Qué dices, Mia? —Sam acercó la boca hasta su cuello y comenzó a besarla hasta llegar a su boca.

—De acuerdo —respondió ella incapaz de negarse.

—Entonces te trasladarás aquí esta noche.

–Sí –le contestó apartándole las manos para poder abrocharse la camisa.

Se calzó y lo miró.

Era lo que Maya siempre había dicho, «su kriptonita». Incluso ahora, lo único que quería era acercarse a sus brazos y dejar que la llevara de vuelta al dormitorio.

–Y tú firmarás los papeles del divorcio.

–Sí.

–De acuerdo. Luego nos vemos.

Abrió la puerta y salió corriendo mientras pensaba cómo iba a contarle a su familia lo que iba a hacer.

Cuando llegó la tarde, los pasajeros estaban disfrutando de la piscina, los *spas* y la zona comercial de la Cubierta Sol. Había montones de personas rodeando los cinco puestos de comida, que ofrecían desde *sushi* hasta sándwiches pasando por gofres belgas. Y las tiendas estaban igual de abarrotadas. Era como si todo el mundo quisiera celebrar el fin de la tormenta y la vuelta a una apacible travesía.

Sam recorría la zona para interactuar con sus pasajeros y saber qué opinaban de su negocio y qué debía mejorar.

Era una atmósfera festiva y ni siquiera él pudo evitar sonreír al ver a un grupo de niños jugando junto a uno de los árboles de Navidad. Pero al darse cuenta de lo que estaba haciendo, su sonrisa se desvaneció.

Sacudió la cabeza y siguió andando y observándolo todo. Nada escapaba a su atención, ni el más mínimo detalle.

Le agradaba ver lo bien que parecía estar funcionando el crucero con temática navideña y se dijo que tal vez había llegado el momento de plantearse añadir más cruceros familiares a su oferta anual.

Al prohibir niños en la mayoría de los cruceros, se estaban privando de cientos de miles de pasajeros potenciales. Michael se lo había dicho en numerosas ocasiones, pero nunca le había prestado atención. Su padre había iniciado el negocio de cruceros exclusivos para adultos y él no le había visto ningún sentido a cambiar algo que claramente funcionaba.

Sin embargo, ahora debía admitir que los cruceros familiares podían generarles mucho éxito. Tendría que hablar con Mike.

Por otro lado, era consciente de que hasta ese crucero nunca se había planteado el cambio, y se preguntaba a qué se debería.

Entonces recordó las expresiones de alegría y felicidad de sus sobrinos y las multiplicó por el número de niños que había a bordo.

—¡Sam! —se detuvo y miró a su alrededor hasta que vio a Joe Rossi sentado en una mesa con su suegro—. Ven a sentarte un minuto.

Vaciló mientras buscaba una excusa para huir, pero finalmente cedió. Joe y Henry tenían una cerveza cada uno y un enorme cuenco de nachos con queso, cebolla, pimientos y ternera desmenuzada.

—¿Pasasteis bien la tormenta? —preguntó mirándolos a los dos.

—¡Fue tremenda! —admitió Joe con una carcajada, y apartando una silla añadió—: Siéntate, Sam.

Sam miró a Henry y el hombre asintió. Se sentó

y le pidió una cerveza a un camarero. Tenía la sensación de que iba a necesitarla.

—Mia me dijo que Maya y los niños estuvieron vomitando.

—Sí, pero hoy ya están todos mejor. Mi supersuegra está con los niños en la sala de manualidades haciendo regalos de Navidad y Maya se está relajando con Mia en el *spa*.

Eso explicaba por qué no había visto a Mia por el barco durante su ronda.

—¿Y cuándo viste a Mia anoche? —preguntó Joe.

—Durante la tormenta, a última hora de la noche. Me la encontré junto a la piscina.

—Seguro que fue culpa nuestra —comentó Joe con pesar—. Entre los niños y Maya vomitando…

—No, a Mia siempre le han encantado las tormentas —dijo Henry sin dejar de mirar a Sam.

—Sí, es verdad. Le encantan el viento y la lluvia.

Henry se inclinó hacia delante y agarró su cerveza.

—Sam, quería hablar contigo sin que estuvieran las mujeres delante.

El camarero le sirvió la cerveza a Sam y se marchó. Sam dio un trago y rodeó la helada botella con fuerza mientras esperaba a oír lo que tuviera que decir su suegro.

—Te escucho —dijo esperando que Henry no supiera lo que había sucedido entre Mia y él la noche anterior ni lo que pasaría la próxima vez que estuvieran solos.

—Cometiste un gran error, Sam.

—Yo no lo creo, Henry.

Él no solía cometer errores y, cuando lo hacía, desde luego no necesitaba que nadie se lo dijera.

–Eso lo dices porque no puedes ver más allá de tus narices.

–Henry…

–Ahora el que habla soy yo, así que escucha, ¿de acuerdo? Quiero que sepas que Emma sigue muy enfadada contigo.

–Sí, ya me di cuenta ayer.

–Protege a nuestras hijas con todo su ser, y cuando a una de ellas le hacen daño, que Dios ayude a quien lo haya hecho.

–Sí –señaló Joe–. Nosotros llevamos casados ocho años y Emma todavía no me ha perdonado que dejara plantada a Maya un día cuando empezamos a salir.

–Estás de coña –dijo Sam mirándolo.

–Ojalá.

–La cuestión es –continuó Henry– que quiero que sepas que lo entiendo. No eres el primer hombre que se siente aterrorizado por el matrimonio.

Sam se sintió insultado. Si le hubiera asustado el matrimonio, no se habría casado con Mia. Lo que le había asustado había sido llegar a perjudicarla con sus problemas. La había deseado y amado lo suficiente como para intentarlo a pesar de todas las dudas que lo habían corroído, porque en el fondo había esperado que Mia fuera su cura. El problema era que no le había permitido acercarse a él lo suficiente.

–Yo no tengo miedo, Henry. Y mucho menos me da miedo Mia.

–No he dicho eso. He dicho que te asustaba el matrimonio.

–Y vuelves a equivocarte. El único problema era que no se me daba bien –dijo, aunque le costó admitirlo.

–No creo que te dieras tiempo suficiente para descubrirlo.

–Fue tiempo suficiente, Henry. Pensé que era mejor marcharme que esperar y prolongarlo más. Sí, le hice daño, pero si me hubiera quedado más tiempo, habría sido peor.

–Así que eres un héroe, ¿no?

–Yo no he dicho eso.

–Hijo, tengo que decirte que te engañaste a ti mismo al pensar que no podríais estar juntos. Creo que no tienes ni idea de lo que estás haciendo.

Sam había pensado lo mismo en alguna ocasión, pero se conocía y sabía que si hubieran seguido juntos, habría generado mucho sufrimiento y quería protegerla, y protegerse también a sí mismo de ese dolor.

–Tal vez, pero es mi decisión. Y de Mia.

–No, es solo tuya. Si hubiera sido por ella, no os habríais separado.

–Fue Mia quien pidió el divorcio, Henry.

–Sí, pero creo que no esperaba que aceptaras.

–Deberías preguntarle qué opina ahora –murmuró y dio otro trago de cerveza.

Lo del sexo no contaba.

El sexo entre ellos siempre había sido increíble. Nunca había estado con una mujer que se riera durante las relaciones, nunca había estado con una mujer que lo acariciara como lo hacía ella. Pero eso no bastaba para sustentar un matrimonio.

–Lo único que digo es que deberías aprovechar

este crucero para darte cuenta de lo que has perdido y para preguntarte si te ha merecido la pena.

Sam llevaba meses haciéndose esa misma pregunta y aún no había obtenido respuesta.

–Una cosa más –dijo Henry–. Si cuando el crucero haya acabado no has logrado ver que mi hija es un verdadero tesoro, entonces firma esos papeles y déjala marchar.

Capítulo Siete

Mientras Joe y el padre de Maya tomaban una cerveza, los niños participaron en una búsqueda del tesoro navideña. Bajo la supervisión de todo un batallón de monitores, corrieron por el barco intentando encontrar los objetos de la lista.

Cuando terminó, Emma Harper llevó a sus nietos a la sala de manualidades para hacer regalos para la familia, y Maya y Mia aprovecharon para relajarse en el *spa*. Después de los tratamientos faciales y de la manicura y la pedicura, las gemelas se tendieron en unas lujosas y cómodas tumbonas mientras se les secaban las uñas.

–No tienes que quedarte en el sofá –dijo Maya por décima vez–. Los niños están mejor, así que ya puedes recuperar tu habitación.

Por suerte, Mia había vuelto al sofá antes de que se despertaran todos.

–Es mejor que Joe y tú tengáis vuestra propia habitación. Necesitáis descansar. Además, así por las noches los niños podrán echarse unas risas y charlar en la suya hasta que se queden dormidos.

–Sí, pero tú te mereces algo más que un sofá.

–Ya –respiró hondo y añadió–, así que he encontrado una habitación y me voy a trasladar luego.

Llevaba toda la mañana temiendo esa conversación,

pero había llegado el momento de decirlo. Se trasladaría a la habitación de Sam porque quería estar con él. Aunque solo fuera durante el tiempo que durara el crucero, ahora necesitaba tanto estar a su lado que estaba dispuesta a enfrentarse al dolor que vendría después.

Maya se incorporó y la miró.

—¿Cómo has conseguido una habitación? El barco está lleno. ¿Has tirado a alguien por la borda?

—No.

—¿Qué te pasa? Estás callada, como cuando íbamos al cole y tramabas algo sin contar conmigo.

—¡Estás paranoica! —dijo Mia forzando una carcajada.

—No, solo estoy muy embarazada y escasa de paciencia, así que ¿por qué no me dices directamente qué está pasando?

—Vale —se sentó y miró a su hermana—. Anoche me encontré con Sam…

—¿Cuándo?

—Justo después de la plaga de vómitos.

—Puaj. No me extraña que te fueras incluso en plena tormenta. ¿Y dónde lo viste?

—En la Cubierta Sol y…

—¿Y?

—Y fuimos a su *suite*.

—¡Dios! ¿Os acostasteis, verdad? —Maya intentó incorporarse de golpe, pero su enorme barriga se lo impidió. Alargó la mano hacia su hermana, que se levantó y la ayudó a sentarse—. Te he visto ese resplandor típico que da el sexo, pero luego me he dicho que mi hermana no sería tan idiota de volver a meterse en la cama de Sam.

–No soy idiota. Sigue siendo mi marido –añadió Mia exasperada antes de dar un trago a su bebida, levantarse y comenzar a moverse por la pequeña y lujosa sala privada.

–Mia, se suponía que ya lo habías olvidado. Estamos aquí para que firme los papeles del divorcio y te deje empezar la vida que quieres tener ¿y tú vas y te acuestas con él? ¿Ha firmado ya los papeles?

–Aún no, pero lo hará.

–¿Y eso cómo lo sabes?

–Me dijo que lo haría. Firmará cuando volvamos a Long Beach.

–¿Y por qué estás tan segura?

–Lo estoy y punto –no quería confesar que la había chantajeado porque era demasiado humillante reconocer que había aceptado convertirse en víctima–. Si estoy con él, puedo asegurarme de que firme los papeles.

–Ya, claro. Como que si compartís una *suite* vas a estar pendiente de eso.

Quería que su hermana estuviera de su parte, pero había tomado una decisión y era ridículo estar justificándose por lo que iba a hacer. La verdad era sencillamente que quería estar con Sam. Pasarían juntos el crucero y después terminarían para siempre.

Quería pasar ese tiempo con él.

Por otro lado, cuando estuvieron casados Sam apenas había estado a su lado… exceptuando por las noches, en el dormitorio. Así que, ¿no buscaría formas de mantenerse ocupado ahora también? Probablemente. Pero el barco era mucho más pequeño que Long Beach y le sería mucho más complicado evitarla, sobre todo si compartían *suite*.

—Madre mía, esto sí que me preocupa.

—¿Qué?

—Aún le quieres.

—Yo no he dicho eso.

—No ha hecho falta.

—Te equivocas —dijo Mia felicitándose por sonar tan convincente—. Lo que quiero es el futuro que estoy planeando y para conseguirlo tengo que ocuparme de Sam.

Se había planificado una nueva vida que comenzaría en enero y no permitiría que nada se lo impidiera.

—Mira, saldremos ganando todos. Vosotros tendréis vuestra propia habitación y yo no tendré que dormir en el sofá. Además, ¿por qué no iba a poder alojarme con él? Tiene espacio de sobra y seguimos casados.

—¿Y Sam va a hacer esto solo por ser amable?

—Qué desconfiada eres.

—Lo sé. No quiero ver que te vuelves a hundir ahora que empezabas a salir a flote. No quiero volver a verte llorar por él, Mia.

Ella tampoco quería eso, pero tenía la sensación de que era inevitable. Así que si más adelante tenía que pagar por lo que disfrutara ahora, lo haría. Le había echado de menos demasiado como para negarse la oportunidad de estar con él otra vez por poco tiempo que fuera.

El dolor que vendría después merecería la pena.

—Te quiero y te agradezco que me protejas, de verdad que sí, pero es mi decisión.

—¿Y tus planes para enero? ¿Siguen en pie?

—Sí. Esto no cambia nada. Aún quiero tener hijos y

voy a mantener la cita con el banco de esperma, pero necesito que Sam firme esos papeles para que no haya confusiones legales cuando me quede embarazada.

No quería arriesgarse a seguir casada cuando se quedara embarazada de un donante porque podrían surgir problemas con la custodia. Estaría con Sam hasta que firmara y después sería libre para formar la familia que siempre había querido aun estando sola. Su familia la ayudaría y, aunque su hijo no tendría padre, ella se aseguraría de que jamás dudara de lo querido y deseado que era.

—De acuerdo, no diré nada más…

—Gracias.

—Pero si Sam te vuelve a hacer llorar, no prometo nada.

Se aseguraría de que Maya no la viera llorar nunca.

—Estás siendo tan razonable que no pareces tú.

Maya se rio, se terminó el refresco y dijo:

—Bueno, vamos a hacer tus maletas para que puedas empezar tu viaje hormonal.

—Maya…

Después de la conversación con el padre de Mia, Sam ya estaba saturado de ver a gente. Volvió a su *suite* para estudiar el proyecto de su nuevo barco, pero le era imposible concentrarse.

Soltó la taza de café que ni siquiera estaba saboreando, se levantó y salió a su balcón privado.

El aroma a mar y los sonidos de la gente divirtiéndose lo envolvieron, haciéndole preguntarse por qué se sentía tan extraño en su propio barco.

No encajaba con los pasajeros ni tampoco con la familia de Mia. Ni siquiera encajaba con ella. Pero aun así, y por mucho que odiara admitirlo, esa mujer era lo único en lo que podía pensar.

Sus ojos, su sonrisa, su risa, cómo se movía, sus sonidos cuando hacían el amor, cómo le caía el cabello sobre los hombros como si la estuviera acariciando...

Los últimos meses juntos habían sido difíciles y sabía que volver a estar juntos ahora no cambiaría nada. Él seguiría sin poder darle lo que merecía: una familia y un esposo de verdad. Así que, ¿por qué se iba a arriesgar a volver a estar con ella?

Porque la deseaba.

De pronto sonó la puerta, sacándolo de sus pensamientos. Cruzó el salón, la abrió y allí encontró a Mia.

Su largo cabello rojizo le caía en ondas alrededor del rostro y sobre los hombros. Sus ojos verdes lo miraban fijamente y unas pecas doradas le salpicaban la nariz y las mejillas.

Siempre le había gustado que fuera una mujer alta porque así había sido mucho más fácil besarla.

—¿Te vas a quedar ahí mirándome o vas a ayudarme a meter mis cosas dentro?

—Puedo hacer las dos cosas —le aseguró mientras se agachaba a levantar la maleta.

Dio un paso atrás, la dejó entrar y cerró la puerta.

—He pensado que podría dejar mis cosas en el otro dormitorio.

—¿Por qué?

—Porque no estamos aquí para jugar a las casitas.

Lo único que buscamos es sexo y no una intimidad real, ¿no?

—Creo que ayer compartimos mucha intimidad —y estaba deseando volver a hacerlo.

—Con nuestros cuerpos, sí, pero nada más.

—¿Y no te basta? —le preguntó Sam aun sabiendo que, desde luego, no le bastaba.

—No le bastaría a nadie.

—Pues alójate donde quieras, pero duermas donde duermas, nuestro trato sigue vigente.

—No me voy a echar atrás y tú tampoco te vas a negar a firmar los papeles.

—No lo haré.

—Bien, entonces, todo solucionado.

Sin embargo, no parecía que lo estuviera.

Mia fue hacia el otro dormitorio y él la siguió, dejó la maleta rosa sobre la cama, se cruzó de brazos y la miró.

—¿Qué le has dicho a Maya?

—La verdad.

—Seguro que se ha alegrado mucho al oírlo.

—Lo creas o no, te apreciaba. Y mucho.

—Pues lo disimulaba muy bien.

¿Por qué de pronto estaban tan tensos? ¿Qué había pasado con la mujer que se había mostrado tan libre y abierta la noche anterior? ¿Se estaría replanteando el trato?

—¿Por qué estás aquí?

—Ya sabes por qué. Necesito que firmes los papeles del divorcio.

—Y…

—Y porque te deseo. Nunca he dejado de desearte.

–Ni yo a ti –admitió él, pero entonces sintió que debía decir algo más, debía asegurarse de que Mia sabía que, pasara lo que pasara durante los próximos días, nada cambiaría la realidad–. Mia, tienes que saber y recordar que cuando volvamos a Long Beach, todo terminará entre nosotros. Otra vez.

Mia se rio y sacudió la cabeza.

–¿Crees que estoy soñando con una familia y una casita con una valla blanca? No. Ya aprendí la lección. Eres un gran maestro.

La expresión de Mia lo desgarró por dentro.

Vio su dolor, su rabia y su decepción antes de que ella lo ocultara todo bajo una pequeña sonrisa y unos fríos ojos verdes.

–No pretendía hacerte daño, Mia.

–Pues imagínate lo que habría pasado si te hubieras esforzado.

–Tienes razón. Pero antes de que nos casáramos, yo sabía que no funcionaría.

–Y esa fue la actitud que lo arruinó todo –le contestó ella señalándolo con el dedo–. Como estabas tan seguro de que nuestro matrimonio fracasaría, no tenías que molestarte en hacer que funcionara. Y así, cuando terminara, podrías decir orgulloso: «¿Lo ves? Yo tenía razón». Pero entonces, ¿por qué me pediste que nos casáramos? –añadió mientras abría la maleta.

–¿Ahora quieres la respuesta?

–Más vale tarde que nunca. Dime, ¿por qué?

–Porque te quería.

–No lo suficiente.

–Quería…

–¿Qué, Sam? ¿Qué querías?

—Formar parte de algo, supongo —se le escapó parte de la verdad antes de poder controlarlo.

—Y formaste algo conmigo, pero después me dejaste ir.

Sí. Lo había hecho y se había sentido como si le hubieran arrancado el corazón, pero había considerado que era lo mejor para los dos.

—¿Así que tienes planeado hacérmelo pasar mal?

—Vamos, relájate, Sam. No voy a torturarte con esto. Parece que ya lo estás haciendo muy bien tú solito —entró en el baño del dormitorio para dejar el neceser y miró a su alrededor—. Es diminuto.

—Puedes usar el mío.

—Gracias. Tal vez lo haga.

—Había pensado que cenáramos en nuestro balcón esta noche —dijo Sam cambiando de tema—. Le pediré al chef que nos sirva sus especialidades.

—Ya he pedido que suban la cena temprano. De hecho, debe de estar a punto de llegar.

—¿En serio? —dijo Sam sonriendo. Una cena íntima para los dos solos y después a la cama—. Genial. Me alegro de que te sientas cómoda aquí.

—Sí, totalmente —de pronto llamaron a la puerta y Mia le dio una palmadita en el brazo—. Será la cena.

Eran solo las cinco, pero cuanto antes cenaran, antes se meterían en la cama.

La siguió hasta la puerta.

—Gracias, Brian —dijo Mia—. ¿Podéis llevarlo todo a la mesa del comedor?

—Claro, señora Buchanan.

Sam corrió hacia la mesa y apartó los documentos que había estado estudiando antes. Los mayordomos dejaron encima las dos bandejas cubiertas y el primero dijo:

–¿Podemos servirles algo más?

–No, así está genial –respondió Mia–. Gracias otra vez. ¿Va a venir Steven?

–Sí, señora. Y Devon traerá el resto de cosas que ha pedido.

–Fenomenal –respondió Mia sonriendo.

–¿Qué cosas? –preguntó Sam.

–Ya lo verás.

–Vale. Bueno, ¿y qué tenemos para cenar?

–Eso también es una sorpresa –contestó Mia, que se giró hacia la puerta al oír a un niño gritar.

–¡Hola, tía Mia! –dijo Charlie soltándose de la mano de la joven monitora que había llevado a los dos niños hasta la *suite*.

Sam contuvo un gemido de disgusto.

Mia se agachó para abrazar a sus sobrinos.

–¡Hola, chicos! ¿Listos para la fiesta?

–¿Y el árbol de Navidad? –preguntó Chris.

–Pronto, cariño. Y ahora, ¿por qué no cenamos? Es vuestra comida favorita. ¡Perritos calientes!

–¡Yupi! –gritó Charlie corriendo hacia la mesa–. ¡Hola, tío Sam! –añadió al pasar por delante de él.

–¿Perritos calientes? –preguntó Sam mientras Mia llevaba a Chris a la mesa.

–He pensado que estaría bien darles la noche libre a mis padres y a Maya y a Joe. Nosotros nos quedaremos con los niños mientras los adultos cenan juntos –se encogió de hombros y esbozó una amplia sonrisa inocente.

–Ya.

Sam miró hacia donde estaba Charlie intentando levantar la tapa de una de las bandejas. Fue corriendo hacia la mesa, la levantó y le dijo al niño que se sentara.

–Me gusta el kétchup –dijo Chris.

–El mío lleva mostaza, ¿verdad, tía Mia?

–Claro, cielo –Mia se acercó a la mesa y les preparó los platos a los niños–. Y aquí tenéis macarrones con queso. No comas con los dedos, Charlie. Chris, ¿quieres un poco? También tenemos zumos –levantó la otra bandeja, donde había zumos, vasos con hielo y un plato de galletas de chocolate para el postre.

Chris alargó la mano y volcó un vaso. Un río de zumo color cereza recorrió la mesa y cayó sobre la alfombra tejida a mano.

Sam contuvo un gruñido y echó un montón de servilletas sobre el charco.

–Necesito más zumo –gimoteó Chris.

–Claro, cielo –dijo Mia.

Sam los observaba desde la distancia. Una horda de bárbaros había invadido su espacio personal y lo único que podía hacer era mirar.

–¡Yupi! ¿Podemos ver una peli de Navidad mientras adornamos el árbol? ¿Dónde está tu árbol, tío Sam?

Sam miró a Mia. Debería haber sospechado algo al verla tan sonriente.

–¿Un árbol de Navidad?

Ella se encogió de hombros y volvió a sonreír.

–Si voy a quedarme aquí contigo, tenemos que sumergirnos en el espíritu navideño.

–Mia… –no le gustaba la Navidad y ella lo sabía muy bien. ¿Qué pretendía?

–Steve va a traer uno de los árboles que no habéis usado.

–¡Película! –gritó Chris antes de dar un bocado al perrito caliente.

–A bocaditos pequeños, Chris, y mastica muy bien –le advirtió Mia antes de encender la televisión.

Puso *Solo en casa* y los niños se echaron a reír en cuanto empezó su película favorita.

–Como te decía, Steve va a traer el árbol y Devon me ha dicho que buscaría los adornos que tenéis de reserva. Por eso he pensado que podríamos celebrar una fiesta con los niños.

–Se me da bien decorar –dijo Charlie–. ¿Podemos traer nieve de la sala de nieve para ponerla encima?

–No –dijo Sam ignorando el gesto de decepción del niño–. ¿Has metido a mis empleados en esto?

–Sí, y han sido fantásticos. Todo el mundo estaba encantado de ayudar a la mujer del jefe.

–Me has tendido una trampa.

–La verdad es que sí –Mia sonrió, le dio una palmadita en el brazo y se sirvió un perrito caliente. Mientras lo cubría con mostaza añadió–: Ahora lo único que tienes que hacer es disfrutar.

¿Que disfrutara de decoración navideña, de películas infantiles y de dos niños que se reían y hablaban con un tono que solo podían captar los perros?

–A mí…

–No te gusta la Navidad, ya lo sé. Pero es solo un árbol, Sam –le acercó su perrito caliente–. ¿Quieres un mordisco?

Sam negó con la cabeza y ella sonrió.

–Bueno, ¿entonces nos vas a decepcionar a los niños y a mí o vas a fingir ser un elfo de la Navidad?

–Hoy nuestro elfo ha nadado en el váter –dijo Charlie–. Chris ha dicho que Buddy quería nadar, así que lo ha metido en el váter porque parece una piscina para elfos. Mami lo ha secado con su secador de pelo, pero seguía mojado, así que mañana saldrá a tomar el sol para secarse.

–A tomar el sol –repitió Sam.

–Mamá dice que los elfos no saben nadar bien y que no puedo volver a meterlo en la piscina.

–Buen plan –dijo Sam antes de respirar hondo.

Elfos en el váter. Árboles de Navidad. Perritos calientes. Miró a Mia y se vio perdido. Sus ojos verdes resplandecían de risa contenida. Sin duda estaba disfrutando con todo eso; con los gritos, con los niños dando patadas a las sillas, con la película a un volumen ensordecedor y con el gesto de consternación que se le había quedado a él al ver que su mundo ordenado y sus planes de seducción se habían ido al traste.

¿Qué debía hacer un hombre con una mujer así?

Sonó la puerta y los niños gritaron:

–¡El árbol de Navidad!

Mia lo miró. Sam sacudió la cabeza y dándose por vencido dijo:

–Ya abro yo. Y quiero mostaza en mi perrito.

Capítulo Ocho

Tres horas después los niños estaban agotados, el árbol de Navidad estaba precioso y decorado de mitad para abajo, y el aroma a perritos calientes flotaba en el aire.

Mia sonrió.

La noche había salido mejor de lo esperado y, aunque muy a su pesar, Sam había participado. Había puesto las luces del árbol y se había tomado unas galletas de chocolate con ellos mientras veían *Rudolph, el reno de la nariz roja.*

Pero lo mejor había sido el momento en el que Chris se había subido al sofá para acurrucarse a su tío y Sam, instintivamente, lo había rodeado con su brazo. Probablemente ni siquiera se había dado cuenta de lo que había hecho, pero Mia sí, y todavía estaba sonriendo por ello.

Cuando Maya y Joe llegaron para recoger a los niños y vieron cómo había quedado la elegante habitación, Maya sonrió y dijo mirando a Sam:

–Parece que todo el mundo lo ha pasado muy bien.

–Ha sido divertido –dijo Mia agachándose para darle un beso a Charlie.

Chris, dormido, estaba en brazos de su padre.

–Gracias por cuidar de ellos. Ha sido agradable salir a cenar y poder cortar solo la carne de mi plato.

Sam se rio y Mia le sonrió.

Había estado genial con los niños y ahora mismo su corazón estaba tan repleto de alegría que sentía como si le fuera a estallar. Eso era lo que se había esperado de su matrimonio. Sí, era un hombre estricto y demasiado volcado en su trabajo, pero cuando se relajaba y centraba su atención en ella, ¡le hacía sentir tanto!

El corazón le dio un vuelco y supo que tenía un problema. Se suponía que estaba allí para que el hombre al que amaba firmara los papeles del divorcio cuando lo que de verdad quería era que le dijera que no quería separarse, que la amaba y que quería estar siempre con ella.

Que quería que tuvieran una vida juntos.

Pero ¿qué probabilidades había de que eso sucediera?

Prácticamente ninguna, se dijo con firmeza.

Así que lo que tenía que hacer era recordar por qué había querido divorciarse. Y no había sido porque no lo amase, sino porque estaba harta de estar completamente sola. Esa noche, sin embargo, la había sorprendido al quedarse con ellos y no buscar una excusa para desaparecer, como siempre había hecho. Y a juzgar por la expresión de Maya, parecía que su gemela estaba tan sorprendida como ella.

—Bueno, gracias otra vez. Nos llevamos a estos niños para bañarlos y meterlos en la cama.

—Buena idea —dijo Sam metiéndose las manos en los bolsillos—. Todos tenemos mostaza, kétchup y macarrones con queso por encima.

Maya se rio.

–Así que ha sido una cena típica. Me alegra saberlo.

Fueron hacia la puerta, pero entonces Charlie se soltó de la mano de su madre, corrió hacia Sam y se abrazó a sus piernas.

–Gracias, tío Sam. ¡Ha sido genial!

Claramente avergonzado, Sam le dio una palmadita al niño y dijo:

–De nada.

Charlie le sonrió y volvió corriendo con su madre.

–¿Ya está seco Buddy el Elfo, mamá?

–Ahora lo descubriremos –respondió Maya antes de sonreír a Sam y marcharse.

Mia cerró la puerta y se dejó caer sobre ella. Era increíble cuánto podían agotarte dos niños pequeños en cuestión de horas.

–¿Llamamos para que vengan a llevarse las bandejas?

–¿Qué? –respondió él sacudiendo la cabeza y pasándose las manos por el pelo–. No. Que vengan mañana. Ya he visto a demasiada gente por esta noche.

–Yo también –se acercó hacia él. Sam tenía mostaza en la camisa, kétchup seco en la barbilla y un macarrón pegado al cuello de la camisa. Sonriendo, se lo quitó y se lo enseñó.

–¿Cómo…?

–Nadie lo sabe. Acércate demasiado a unos niños y acabarás cubierto de toda clase de cosas curiosas.

–¿Cómo pueden tener tanta energía?

–Eso también es un misterio –lo rodeó por la cintura y apoyó la cabeza en su pecho.

Sam la rodeó con sus brazos y posó la barbilla sobre su cabeza.

—¿Lo has pasado bien?

—Mucho ¿Y tú? ¿O lo has pasado fatal todo el tiempo?

—Ya sabes que no.

—Ya lo sé. Solo quería oírte admitirlo.

—Lo admito. Ha sido divertido ver a los niños adornar el árbol y cenar perritos calientes. Los macarrones con queso también estaban buenos y hasta me ha gustado esa película. ¿Cómo era? *¿Solo en casa?*

—¿No la habías visto nunca?

—¿Por qué tendría que haberla visto? No me gusta la Navidad, ¿no te acuerdas?

—A veces me asombras.

—Gracias —esbozó media sonrisa—. Pero bueno, no ha sido tan terrible como creía.

—Eso es todo un elogio viniendo de ti —lo besó en los labios—. Y ahora creo que necesito una ducha tanto como los niños necesitan darse su baño.

—En eso estoy contigo.

—Es justo lo que esperaba —murmuró mirándolo a los ojos.

—¿Qué?

—Que esperaba que estuvieras conmigo en la ducha… a menos que estés demasiado agotado.

Él sonrió lentamente.

—Creo que estoy recobrando fuerzas.

—Me alegro. Usaremos tu baño. Vamos a necesitar espacio.

En unos minutos se habían desnudado y estaban entrando en el enorme cuarto de baño. La pared de cristal que ocupaba todo un lateral ofrecía unas vistas impresionantes del océano iluminado por la luz de la luna y del cielo estrellado.

Pisó el suelo de baldosas climatizado en dirección a la sorprendente ducha: era toda de cristal y con una zona en voladizo que te permitía ver directamente el mar mientras te duchabas si mirabas abajo. Por supuesto, el cristal estaba tratado para que solo se pudiera ver de dentro afuera. Nadie podía verlos desde fuera. Nadie sabría que había alguien duchándose.

Cuando Sam se le acercó, se giró y el estómago le dio un vuelco de deseo.

Entonces él se juntó a ella en el centro de la ducha y dijo en voz alta:

—Abrir ducha.

Al instante, el agua, a una temperatura perfecta, brotó de seis chorros ubicados a diferentes ángulos y alturas. Sorprendida, Mia se rio y se apartó el pelo mojado de la cara.

—¿Una ducha activada por voz?

—Así puedo tener las manos libres para ocuparme de otras cosas —respondió él sonriendo.

En una pared había dos dispensadores. Sam se echó gel de ducha en la mano y lo extendió por el cuerpo de Mia mientras el agua caliente los cubría a los dos.

Cada caricia de sus manos la conducía hacia ese camino para el que estaba tan preparada. Ella se pasó las manos sobre sus pechos cubiertos de jabón antes de enjabonar el torso de Sam y sonrió para sí cuando él claramente se quedó sin aliento. Se echó gel y le hizo a Sam exactamente lo mismo que él le estaba haciendo a ella.

Recorrió cada músculo, cada línea de su increíble cuerpo y sintió su propia excitación ir en aumento. Lo rodeó con la mano derecha y comenzó a deslizarla rítmicamente sobre su miembro. Lo miró a los ojos, oyó su gemido contenido y sonrió para sí de nuevo.

El agua seguía cayendo sobre ellos y mientras se movían rozando sus cuerpos entre sí, el calor dentro de la ducha aumentó.

—Cerrar ducha —dijo de pronto Sam, y el agua se detuvo al instante.

La levantó en brazos y Mia suspiró sobre su cuello antes de acariciárselo con los labios y la lengua. Sam la llevó al dormitorio y la tendió sobre la cama.

—Espera un minuto —murmuró. Abrió un cajón de la mesilla de noche, sacó un preservativo, se lo puso y volvió a su lado—. La última vez se nos olvidó y no deberíamos tentar a la suerte.

—Tienes razón.

Una pequeña punzada de decepción la invadió, pero cuando Sam le rodeó uno de sus pezones con la boca, ese pensamiento se desvaneció.

Él se sentó de rodillas en la cama y la colocó sobre su regazo. Mia le acarició su sedoso cabello aún mojado y lo besó con intensidad, dejándose guiar por su propio deseo.

¿Por qué nunca parecía bastarle? Quería seguir tocándole, abrazándole, besándolo y teniéndolo dentro de ella. Lentamente se sentó sobre su erección, centímetro a centímetro y torturándolos a los dos al moverse lo más despacio posible.

Pero entonces Sam dijo:

—¡Ya es suficiente!

La agarró por las caderas y se adentró en ella con fuerza. Mia gimió, echó la cabeza atrás y comenzó a sacudir las caderas creando una deliciosa fricción que retumbaba por su interior. Y cuando levantó la cabeza para mirarlo, vio fuego en sus ojos.

–Te has recuperado del cansancio muy bien.

–Lo mismo estaba pensando de ti –respondió Sam acercándose para besarle el cuello.

Mia se estremeció de placer y volvió a moverse sobre él. Él jadeaba y hundió los dedos en sus caderas para guiar sus movimientos y marcar el ritmo al que estaban danzando. Ella lo rodeó por el cuello, lo miró fijamente y recibió encantada las primeras sacudidas de placer que la invadieron.

–Déjate llevar, Mia. Déjate llevar.

–No –insistió ella–. Juntos. Esta vez quiero que lo hagamos juntos.

–Testaruda –susurró Sam, y con un movimiento rápido la tumbó en la cama y le cubrió el cuerpo con el suyo.

Le levantó las piernas, se las enganchó a la cintura y se inclinó sobre ella hundiéndose en su calor con tanta rapidez que la dejó sin aliento. Mia echó la cabeza atrás mientras él sacudía las caderas contra las suyas a un ritmo frenético. Al sentir el cuerpo de Sam tensarse de deseo, volvió a mirarlo fijamente.

–Juntos –susurró él apretando los dientes.

–Ahora. Por favor, ahora.

–Ahora.

Se quedaron aferrados el uno al otro y cuando los temblores de placer cesaron, se derrumbaron juntos sobre el colchón.

Sam se echó el brazo sobre los ojos y esperó a que el ritmo del corazón se le calmara.

Siempre que estaba con Mia era como la primera vez. Siempre que estaba con ella, deseaba más y más.

Se giró para mirarla y sonrió al ver que tenía los ojos cerrados y una sonrisa de satisfacción.

Esa mujer era un misterio para él en muchos aspectos. Cada vez que pensaba que la conocía por completo, ella hacía algo inesperado que lo descolocaba.

La mayoría de las mujeres que había conocido usaban esos momentos posteriores al sexo para acosarlo con preguntas o instarlo a hacer promesas que no tenía ningún interés en cumplir. Pero Mia no. Desde la primera vez que habían estado juntos, ella se había limitado a disfrutar sin más y había aceptado lo que tenían tal como era.

Había sido él quien le había pedido matrimonio aun sabiendo que ella no se lo esperaba. Había sido él quien había dado ese paso aun sabiendo que no funcionaría. Y ahora ahí estaba Mia, olvidando que la había chantajeado para meterla en su cama y disfrutando de ese momento juntos mientras durara.

—Me estás mirando —murmuró Mia.

—Supongo que sí.

Ella se giró hacia él y sonrió. Le brillaban los ojos y su cabello pelirrojo resplandecía sobre la almohada blanca.

A Sam se le encogió el corazón mientras la observaba.

—Eres preciosa, Mia.

De pronto, ella pareció sorprendida. ¿Es que no se lo había dicho nunca antes? ¿Tanto le costaba hacer un cumplido?

—Estás muy serio. ¿Qué pasa, Sam?

—Buena pregunta —no estaba seguro de qué pasaba y esa sensación le incomodaba tanto que cambió de tema—. ¿Por qué quisiste divorciarte?

—¿Qué?

—No lo entendí. Tampoco me sorprendió, claro, pero no entendí tu razonamiento y sigo sin entenderlo. Casi nunca discutíamos y el sexo era genial, así que ¿dónde estaba el problema?

Mia se incorporó.

—Voy a responderte con una pregunta. ¿Recuerdas la fiesta del sesenta aniversario de mis abuelos?

—No.

—Porque no fuiste. Me prometiste que irías, pero en el último minuto tuviste que volar a Florida para reunirte con Michael.

Ahora lo recordaba.

Incluso después de casarse, se había centrado en la empresa porque había sabido que su negocio era lo único con lo que podía contar. Su matrimonio acabaría con el tiempo, pero Cruceros Buchanan estaría ahí para siempre… mientras cuidara bien del negocio, claro.

—A veces el trabajo tiene que ser lo primero.

—Ya, pero esa fiesta es solo un ejemplo de que desaparecías sin pensar en cómo podía afectarme.

Podrías haber tomado un vuelo más tarde, pero ni se te ocurrió.

–Mia, tengo una empresa de la que ocuparme.

–También tenías un matrimonio del que ocuparte. Siempre estabas ocupado, Sam. Si salíamos a cenar era porque tú habías decidido que podíamos estar juntos. Cuando decidí comprarme un coche, de pronto apareció uno en la puerta de casa.

Lo recordaba. Le había comprado un todoterreno rojo, el más seguro del mercado.

–Era un coche muy bueno.

–Era el coche que tú creías que debía tener a pesar de saber que yo ya había decidido qué coche quería.

–El todoterreno era más seguro.

–Pero no era el coche que yo quería. Nunca escuchabas. Simplemente te imponías y esperabas que yo te siguiera. Aunque eso también fue culpa mía porque te seguí durante un tiempo. Pero estar enamorada de ti no significaba que no tuviera mi propia personalidad. Sinceramente, creo que el problema fue que nunca aprendiste a ceder, a ser flexible. Sam, básicamente me cansé de estar sola en nuestro matrimonio. Es duro ser la que siempre da sin recibir nada a cambio.

Lo entendía, pero no le gustaba admitir que Mia tenía razón.

–Y quería hijos, Sam –añadió en voz baja y mirándolo fijamente–. Quería formar una familia contigo, pero tú no querías.

Al ver tanto dolor en su mirada, quiso defenderse y decir que sabía que habría sido un marido pésimo y que su matrimonio había sido un error pero que se había casado con ella porque la amaba.

Sin embargo, no dijo nada porque él nunca se excusaba por nada. Él se responsabilizaba de sus actos y por eso había accedido al divorcio cuando ella lo había propuesto.

Había fracasado y eso no era habitual en él, ni tampoco algo que quisiera admitir o de lo que estuviera orgulloso. Pero había cometido un error y su deber era enmendarlo.

—No estoy diciendo esto para hacerte sentir mal, Sam —dijo Mia posando la mano sobre su brazo y haciéndole sentir una calidez y una suavidad que le penetró los huesos—. Hace meses acepté que nuestro matrimonio había terminado y empecé a hacer planes para mi futuro —sonrió—. Ya no estoy rota.

«Rota».

Detestó cómo sonó eso. Era tan fuerte, tan segura de sí misma, que jamás habría imaginado que pudiera tener el poder de romper a Mia Harper, y saber que sí lo había hecho era como sentir un puñal atravesándole el corazón.

Cuando volvieran a Long Beach, firmaría los papeles tal como había prometido. Ella tenía planes de futuro; planes que no lo incluían a él.

De pronto, quiso saber de qué se trataban.

—No dejas de mencionar esos planes —dijo cambiando de tema bruscamente—. ¿Qué son?

—¿Por qué quieres saberlo?

—¿Qué pasa? ¿Ahora que muestro interés y te hago una pregunta, te molesta?

—Tienes razón —respondió Mia.

Él esbozó una fugaz sonrisa.

—De acuerdo. Necesito que firmes los papeles

pronto porque tengo una cita importante el veinticinco de enero.

–¿Qué clase de cita?

–En un banco de esperma. Voy a ser madre en
cuanto pueda.

Era lo último que Sam se había esperado oír. Se
quedó atónito. Sí, sabía que quería tener hijos, pero
¿así? ¿Sola? ¿Y quedándose embarazada de un extraño?

–¿Por qué? –preguntó Sam incorporándose.

–¿Por qué no? Quería tener hijos contigo, pero tú
lo impediste.

–Lo sé. Debería habértelo dicho antes de casarnos.
No es que no me gusten los niños. Los hijos de tu
hermana, por ejemplo, son geniales. Pero sería igual
de pésimo como padre que como marido.

–Qué tontería. Has estado fantástico con los niños
esta noche.

–Durante tres horas. Y no eran mis hijos.

–No, no lo eran. Y por mucho que los quiera, tampoco son míos. Y quiero tener mis propios hijos, Sam.

–¿A qué viene tanta prisa?

–Tengo treinta años y no quiero esperar a tener
cuarenta para empezar. Por eso voy a ocuparme yo
misma de mi futuro.

–¿Y quedarte embarazada de un desconocido anó-
nimo que ha dejado una muestra en un tarro y luego
criarlo sola? No será fácil.

–Nada que merezca la pena es fácil. Y además, no
estaré completamente sola. Tendré a mi familia. Todos me apoyan.

–¿Y vas a hacerlo más de una vez?

–Espero que sí. Siempre he querido tener tres hijos.

–¿Siempre has querido hacerlo sola?

–Por supuesto que no. Quería hacerlo con mi marido, pero estar sola no va a detenerme.

Sam no sabía qué decir. Imaginar a Mia embarazada de otro hombre lo llenó de dolor, aunque, por otro lado, prefería la inseminación a imaginarla desnuda en la cama de otro.

Sin embargo, nada de eso debería importarle.

Ya no eran pareja y en realidad nunca lo habían sido. Estaban casados, pero no eran una unidad. Habían vivido juntos, pero habían llevado vidas separadas. Así que, ¿por qué le estaba afectando tanto?

Bajó de la cama y salió al balcón. Mia se envolvió en la colcha y lo siguió. El viento levantó su cabello e hizo que su perfume flotara hasta él.

–¿Por qué te ha molestado tanto?

–No lo sé –respondió Sam pasándose una mano por el pelo.

–Buena respuesta.

–¿Qué quieres de mí, Mia?

–Solo lo que he querido siempre. Sinceridad.

–¿Quieres sinceridad? Vaya, qué curioso. Cuando nos acostamos la noche de la tormenta, no usamos preservativo. ¿Es que estabas esperando quedarte embarazada?

–¡Por supuesto que no! –respondió ofendida–. Ni siquiera pensé en usar protección y lo mismo te pasó a ti.

Ahí tenía razón. Aquella primera noche tras meses separados, un preservativo era lo último en lo que Sam había pensado.

—De acuerdo, tienes razón. Pero no te habría importado quedarte embarazada.

—He empezado a dar pasos para formar mi propia familia y por eso es tan importante que firmes los papeles, para que no haya problemas de custodia. Pero si me hubiera quedado embarazada esa noche, no me habría importado. ¿Por qué iba a importarme quedarme embarazada de mi marido?

—Y aun así sigues diciendo que no estamos casados.

—¡Por Dios, Sam! Quiero hijos y lo sabes. Si me quedé embarazada la otra noche, por supuesto que no me va a importar. Pero tampoco habría esperado nada de ti. Firmaría lo que quisieras para liberarte de cualquier responsabilidad o vínculo con el bebé.

—¿Así, sin más?

—Tú no quieres hijos. Yo sí.

Sam le levantó la barbilla con los dedos y mirándola fijamente le dijo:

—Si te quedaste embarazada la otra noche, verás que no será tan fácil ignorarme.

Capítulo Nueve

–Dime algo, Sam –dijo Mia ignorando ese último comentario–. ¿Por qué no quieres tener hijos? ¿Por qué odias la Navidad? Nunca me lo has querido contar, pero dímelo ahora.

–¿Por qué iba a hacerlo?

–Considéralo parte de nuestro trato. ¿No crees que merezco una explicación?

–Tal vez.

Sam miró hacia la oscuridad del océano y después de lo que a ella le pareció una eternidad, empezó a hablar en voz baja y apesadumbrado.

–La Navidad no significa nada para mí porque nunca significó nada.

–No lo entiendo.

–Mi padre estaba ocupado con sus esposas y con sus novias. En mi casa no había Navidad. No había Santa Claus y, desde luego, no había elfos. El ama de llaves ponía un árbol y unas guirnaldas, pero seguía siendo una casa vacía.

Mia se sintió rota al oírlo, al imaginarlo de niño, solo y olvidado, viendo cómo el mundo a su alrededor celebraba las fiestas sin él.

–Al menos parece que el ama de llaves lo intentaba.

–Tal vez. Pero las guirnaldas y los adornos no significan nada para mí porque nunca viví una celebración de verdad. Y por eso ahora no la celebro. Por otro lado, no poner ningún adorno me recuerda esa carencia, así que en Navidad siempre salgo perdiendo de un modo u otro.

—Nosotros podríamos haber creado nuevos recuerdos, Sam.

—Lo único que yo conozco es un vacío enorme, y estoy seguro de que no querrías que un hombre al que crio mi padre sea el padre de tus hijos.

—Te equivocas, Sam.

Al oírlo se le rompió el corazón, aunque al mismo tiempo le entraron ganas de gritar de rabia por el hecho de que Sam se hubiera rendido en su matrimonio por algo que le había sucedido antes de que se conocieran.

—Lo siento, Sam.

—No quiero tu compasión.

—Pues es una pena —le acarició la mejilla— porque sí que lo siento mucho por aquel niño. Aunque ahora estoy furiosa con el adulto.

—¿Por qué?

—Porque dejaste que ese niño solitario decidiera y condicionara toda tu vida. Deberías haber confiado en mí, Sam. Juntos habríamos encontrado la solución.

—Esto es una locura, Mia.

Al día siguiente, Mia intentaba lidiar con su familia a la vez que seguía dándole vueltas a todo lo que Sam y ella habían hablado la noche anterior.

—No lo es —le respondió a su hermana—. Y desde

luego que no hace falta ninguna intervención por vuestra parte –miró a sus padres y de nuevo a su hermana.

Maya la había invitado a tomar café y dónuts, algo que todos sabían que jamás rechazaría, pero cuando entró en la *suite*, sus padres también estaban sentados a la mesa, Joe se había llevado a los niños a la sala de nieve y Merry estaba conectada al ordenador por FaceTime.

Todos tenían algo que decir sobre su relación con Sam.

–No lo veas de ese modo, cielo –dijo su madre dándole una palmadita en la mano.

–Pues es exactamente lo que es, mamá –miró a su padre. En una casa llena de mujeres, Henry Harper siempre había sido la voz de la razón–. Papá, no puedes estar de acuerdo con esto.

Él miró a su esposa y respondió:

–No quiero verte sufrir otra vez, Mia, pero es tu vida y deberías manejarla a tu modo. Tu madre y tus hermanas solo quieren hablar contigo. Están preocupadas.

–Yo no –señaló Merry desde el portátil.

–Gracias por tu sensatez.

–No estás ayudando, Merry –dijo Maya–. Está enamorada otra vez y no sabe lo que eso supone.

–No soy idiota, Maya. Lo amo, pero no espero nada de él.

Y menos aún tras lo de la noche anterior.

Después de que Sam le hubiera contado sus secretos, se había alejado de ella, como siempre, y se había puesto más a la defensiva que nunca.

—Ahí es donde estás cometiendo un error –dijo Merry.

Todos miraron hacia la pantalla.

—¿Qué quieres decir?

—Cielo, quieres a Sam, pero en lugar de luchar por lo que querías, te marchaste.

—Fue él el que se fue, Mer.

—No, cielo. Fuiste tú quien pidió el divorcio y él accedió.

Merry tenía razón.

—Si quieres a Sam, díselo.

—¿Y que me rechace?

—Mia, no sabes qué dirá a menos que lo intentes. Si lo quieres, dilo. Y si no le interesa, no estarás peor de lo que estás ahora.

Tal vez Merry tenía razón.

—¿Tú no eras feminista? –preguntó Maya acercándose a la pantalla.

—Esto es amor, Maya.

—¿Y por qué iba a querer a un hombre que no la quiere?

Merry se rio.

—Me habéis llamado para decirme que Mia y Sam están durmiendo juntos, así que creo que podemos dar por hecho que él sí la quiere.

—Vale, de acuerdo, pero no me fío de él –dijo Maya.

—Eso no es algo que tengas que decidir tú.

—No es algo que tengáis que decidir ninguna de las dos –dijo su madre.

Emma sonrió a su marido y miró a sus hijas.

—Vuestro padre me ha hecho ver que, por mucho

128

que quiera proteger a Mia, no soy yo la que debe decidir. Y vosotras tampoco, chicas. Todo depende de Mia –la miró–. Mia, harás lo que sea mejor para ti y nosotros te apoyaremos decidas lo que decidas.

–Cariño, deja de pensar tanto y empieza a sentir. Sí, fuiste infeliz en tu matrimonio y lo siento, pero tal vez ahora ya estés lista para luchar por lo que quieres –dijo Merry.

–¿Por qué debería luchar? O me quiere o no.

–Cielo, tarde o temprano acabas dándote cuenta que merece la pena luchar por lo que merece la pena tener.

Mia se sirvió un dónut, dio un mordisco y se quedó pensativa mientras su familia seguía discutiendo y hablando sobre su vida.

Las palabras de su hermana mayor le resonaban en la cabeza. Era cierto que ni había luchado por su matrimonio ni le había exigido a Sam que le prestara atención; simplemente se había rendido y había pedido el divorcio. Sam tampoco había luchado, pero ahora sabía que dada la infancia que había tenido, no estaba acostumbrado a que nadie lo quisiera.

–Hoy atracamos en Hawái, Merry –dijo su madre–, así que pasaremos unos días aquí y después volveremos a casa en avión.

Pronto sus padres se irían y poco después el barco volvería a Long Beach.

Ese interludio llegaría a su fin y entonces ella podría retomar su vida sin saber qué habría pasado si hubiera hecho algo, o podría arriesgarse a decirle que lo amaba y tal vez así conseguir todo lo que había querido siempre.

Cuando el teléfono sonó, Sam miró la pantalla y respondió.

–Michael, ¿va todo bien?

–Eso mismo quería preguntarte yo a ti. ¿Cómo va todo con Mia?

Había pasado la noche asediado por unas imágenes que probablemente le quitarían el sueño el resto de su vida: Mia embarazada de un bebé que no era suyo y criándolo sola a menos, claro, que se casara con otro tipo y entonces tuviera los hijos de ese hombre mientras él continuaba solo, como siempre.

–Déjalo, Michael.

–Joder, Sam. Era tu oportunidad de superar lo que fuera que nuestro querido padre le hizo a tu cerebro y tener una vida de verdad.

–Tengo una vida, gracias, y funciona tal como quiero.

–Solo. Para siempre.

–Estoy solo cuando quiero estarlo.

–Genial. Así que vas a ser como nuestro padre. Tendrás una mujer tras otra y ninguna de ellas significará nada.

No le gustaba cómo sonaba eso, pero lo cierto era que lo habían educado para ser así.

–¿Has llamado por algo más o solo para machacarme?

–Sí. Quería que supieras que el nuevo barco ya está casi construido.

–¡Por fin! Es una buena noticia.

—Pues aquí va otra aún mejor. Creen que podrá recibir pasajeros en seis meses.

—Bien. Así estará listo para el verano.

—Eso mismo he pensado yo. Si funciona tan bien como creemos, podríamos incluirlo en las rutas que zarpan de Long Beach.

—Opino lo mismo. Mucha gente querría viajar en ese barco a Hawái o Panamá…

—Y ya que estamos de acuerdo, voy a tentar a mi suerte. No estropees esta segunda oportunidad con Mia, Sam. No seas como papá.

Cuando su hermano colgó, Sam se quedó mirando al mar y de pronto se le ocurrió una idea. Una gran idea.

Una vez atracaron en Honolulú, los pasajeros abandonaron su lujoso barco para explorar la isla, y la familia de Mia no fue una excepción. Los vio desembarcar, pero ella permaneció a bordo porque necesitaba hablar con Sam y decidir si debía seguir o no el consejo de Merry.

—Estás muy pensativa.

Esa voz le resonó por todo el cuerpo y el corazón le dio un vuelco mientras se giraba hacia Sam. Sorprendida, vio que vestía unos pantalones color caqui, una camisa verde oscura y unos zapatos marrones de *sport*.

Estaba tan acostumbrada a verlo con traje que no sabía qué pensar de ese Sam tan desenfadado.

—¿Hoy no tienes reuniones de negocio?

—No —le respondió acercándose a la barandilla—. ¿Y la familia?

–Han desembarcado todos. Mis padres han ido de compras y Maya, Joe y los niños querían ir a la playa.

–Y no has ido con ellos.

–No. Quería quedarme aquí para… hablar contigo.

Asintiendo, él apoyó los brazos sobre la barandilla y la miró.

–¿No crees que anoche ya dijimos bastante? –le puso las manos sobre los hombros invadiéndola con un poderoso calor–. ¿Por qué no desembarcamos nosotros también y hacemos algo de turismo?

Como habían hecho en el crucero cuando se conocieron.

–Suena bien.

–Genial –le sonrió y le agarró la mano–. Vamos.

Sam la llevó a todos los sitios que habían visitado el año anterior.

Estuvieron horas dando vueltas con el coche de alquiler y fue como si alejarse del barco disipara un poco la tensión que había entre ellos. Se rieron y hablaron como lo habían hecho cuando se conocieron. Y después, mientras almorzaban, Mia le dijo sonriendo:

–Gracias.

–De nada. Aunque esto también lo he hecho por mí. Volver a verte me ha hecho recordar muchas cosas que me había obligado a olvidar.

–Esa es la diferencia entre nosotros. Yo no quería olvidar.

–No he dicho que yo quisiera. He dicho que me he obligado a hacerlo.

–¿Por qué?

–¿Por qué? Porque ya no estábamos juntos, Mia, y recordar era doloroso.

–¿Te era doloroso?

Sam apretó los dientes y eligió sus palabras con cuidado.

–¿De verdad pensaste que para mí no significó nada que nos separáramos?

–No pareció disgustarte mucho.

–¿De qué habría servido regodearme en el dolor si todo estaba acabado?

–Si tan de acuerdo estás con el divorcio, ¿por qué no firmaste los papeles el primer día que te los di?

No tenía respuesta para eso porque ni siquiera estaba seguro de saber por qué no lo había hecho. ¿Tal vez para torturarse a sí mismo?

–Bueno, da igual. Venga, vamos almorzar y a disfrutar del resto del día –dijo Mia.

–¿Te refieres a que disfrutemos del «ahora»?

–Sí, disfrutemos del ahora.

–¡Bienvenida a mi mundo! –exclamó Sam levantando su vaso de cerveza.

Brindaron y después se produjeron unos segundos de silencio durante los que se dio el gusto de contemplar esos ojos verdes y admirar cómo le caía el cabello sobre los hombros.

–Cena conmigo esta noche.

–¿Que cenemos?

–¿Por qué no seguir disfrutando del momento?

Mia lo miró y finalmente respondió:

–De acuerdo.

Y Sam se prometió que después harían lo que mejor hacían.

–¿Te he dicho ya que estás preciosa?

–Lo has mencionado, pero gracias. Es agradable oírlo –respondió Mia.

Llevaba un vestido amarillo corto y sin mangas, unos tacones color topo y el pelo suelto y ondulado por la humedad.

Sam, cómo no, estaba guapísimo con un traje negro, camisa blanca y corbata color magenta.

El entorno era precioso y curioso a la vez.

El restaurante Sunset Cliffs, tal como su nombre indicaba, se asentaba sobre un acantilado y ofrecía unas vistas sobrecogedoras del océano y de la playa. La terraza estaba llena de mesas vacías adornadas con velas cuyas llamas danzaban con la suave y cálida brisa.

El atardecer en ese lugar resultaba impresionante, con el sol tiñendo al océano de naranja, dorado, escarlata y morado. Mia lo recordaba todo de la última noche que había estado ahí, un año atrás, cuando Sam le había pedido matrimonio.

Ahora estaba mirándolo fijamente y preguntándose por qué habría elegido ese restaurante en particular. No era un hombre sentimental, así que, ¿por qué?

–¿Qué? –dijo él.

–Estoy pensando que… me alegra que me hayas traído aquí a cenar.

–Es el mejor restaurante de la isla.

–¿Y por eso estamos aquí?

–No –admitió Sam antes de mirar hacia el horizonte–. Ya que hoy hemos recordado viejos tiempos, he pensado que podíamos terminar el día aquí.

–Bueno, si de verdad querías revivir aquella noche, debería haber clientes en las otras mesas.

–Alquilar la terraza para los dos solos me ha parecido una buena idea. Así podemos hablar sin que nadie nos oiga.

¿De qué quería hablar? ¿Iba a proponerle que siguieran juntos y tuvieran esos hijos que ella tanto anhelaba? ¿Se había dado cuenta de que la vida sin ella no era tan buena como la vida con ella?

¡Ojalá!, pensó emocionada e intentando contenerse a la vez.

Tal vez Merry tenía razón. Tal vez era el momento de decirle que lo amaba y que no quería divorciarse, sino que quería formar una familia con él.

Sin embargo, en lugar de decirle eso le preguntó:

–¿De qué querías hablar?

Sam le agarró la mano por encima de la mesa.

–Quería decirte que estos días contigo han sido…

–Yo opino lo mismo.

–Bien porque desde anoche, cuando hablamos, he estado pensando muchas cosas.

–De acuerdo…

Ahí estaban otra vez el corazón acelerado y esa chispa de esperanza.

En ese momento llegó el camarero para servirles la cena. Sam le soltó la mano y esperó a que el hombre se alejara antes de añadir:

–No me gustó lo que me contaste sobre ir al banco de esperma.

–Lo siento, pero es mi decisión.

–Y lo entiendo. De verdad que sí. Pero oír tu plan me hizo pensar y se me ha ocurrido algo que no puedo sacarme de la cabeza.

–¿De qué estás hablando, Sam? –preguntó Mia conteniendo el aliento y sin querer hacerse muchas ilusiones porque la esperanza podía resultar peligrosa; si albergabas demasiada, podías terminar viviendo en una constante decepción.

–Habló sobre lo que pasó la noche de la tormenta. El sexo sin protección. Podrías estar embarazada ahora mismo.

No se había permitido pensar en esa posibilidad porque lo cierto era que le encantaría quedarse embarazada de Sam aunque, desde luego, no era algo que hubiera planificado.

–Supongo –respondió e instintivamente se llevó la mano al vientre como para proteger al bebé que podría estar ahí dentro.

–Al darme cuenta, decidí algo –le agarró la mano–. Quieres tener hijos. Ten los míos.

¿Había oído bien? Sí, por supuesto. No estaba sorda. Estaba… impactada.

–¿Hablas en serio?

–¿Por qué no? Seguimos casados, Mia.

–Sí, pero…

–Estamos bien juntos, así que ten hijos míos y sigue casada conmigo.

–¿Quieres que volvamos a estar juntos y formemos una familia?

–Eso es lo que estoy diciendo.

–¿Y qué cambiaría esta vez?

–Que tendrás los hijos que quieras.

–¿Los tendré yo, no nosotros? –preguntó decepcionada.

–Mia, ya te lo he dicho. No sé ser padre. Lo único que sé lo aprendí de mi padre y, créeme, no es un modelo que quiera imitar.

–Tú no eres él, Sam.

–Eso no lo sé, y no me parece justo descubrirlo a costa de un niño inocente. No se me dan bien los niños.

Mia sabía que no era cierto. Lo había visto con sus sobrinos y los niños lo adoraban.

–Claro que sí. Charlie y Chris te quieren, y también los hijos de Merry.

Sam le soltó la mano.

–Eso es distinto. Ser tío no requiere la misma cantidad de paciencia y… Bueno, da igual. No quiero volver a hablar de esto. Lo que te ofrezco es sencillo: seguimos casados, tú tienes los niños que quieras y nosotros seguimos como antes.

–No, Sam. No puedo hacerlo. Lo que teníamos era un matrimonio vacío y me destrozó el corazón.

–Vamos, Mia, no estuvo tan mal. Nos llevábamos muy bien. Nos divertíamos.

–Nos divertíamos cuando estabas conmigo, pero por lo general te mantenías alejado todo lo posible. ¿Y ahora quieres volver a hacer eso que tanto me dolía? Y lo que es peor, ¿quieres sumarle hijos al problema? ¿Unos niños que acabarían con el corazón roto porque su padre nunca estuvo a su lado?

–Me aseguraría de que tuvieran todo lo que necesitaran.

–Excepto amor –Mia suspiró y miró al cielo–. Nos la hemos perdido.

–¿Qué?

–La puesta de sol. Estábamos discutiendo y nos hemos perdido ese espectáculo precioso.

–Ha sido una puesta de sol. Mañana habrá otra.

Lo miró conteniendo las lágrimas. No quería romper a llorar hasta no estar sola.

–¿No lo entiendes, Sam? Habernos perdido esta puesta de sol es una metáfora de lo que serían nuestras vidas si acepto tu plan.

–¿De qué narices estás hablando?

–Si volvemos juntos y hacemos lo mismo que no nos funcionó, nos perderíamos la belleza.

–¿Qué belleza?

–La belleza de la familia, del amor, de estar juntos.

–Mia…

–No, Sam. Déjame terminar. Te quiero, siempre te he querido y probablemente siempre lo haré. Pero no puedo exponerme a más dolor cuando sé que no ha cambiado nada. Tú sigues pensando que el matrimonio es una pesadilla y yo sigo queriendo una familia.

–Puedo darte esa familia, Mia.

Sí, podía, pero se mantendría alejado de ella y de los niños que tuvieran y para Mia eso era una vida vacía.

–Es muy tentador, Sam, porque te quiero, pero no puedo hacerlo. Me merezco más. Los dos nos merecemos más. ¿No lo entiendes? Si tuviéramos hijos y te mantuvieras alejado de ellos, entonces sí estarías haciendo exactamente lo que hizo tu padre contigo.

Dices que no quieres arriesgarte a ser como él, pero lo estás siendo al hacer esta propuesta.

Él se tensó y Mia supo que había dado en el clavo.

–¿No es eso lo que quieres, verdad, Sam?

–Por supuesto que no.

–Lo siento, pero no quiero tener que luchar por tu atención ni quiero que mis hijos pasen también por eso. Y ahora, si no te importa, pediré un taxi y volveré al barco.

–No seas ridícula –Sam se levantó, llamó al camarero, le dio cien dólares y le dijo que se quedara con el cambio.

Salieron juntos pero separados. Mia sabía que así estarían siempre.

Y eso le partió el corazón una vez más.

Capítulo Diez

Sam conducía en silencio.

¿Qué podía decir? Le había ofrecido los hijos que tanto quería, pero no había bastado.

El silencio aumentó hasta convertirse en un tercer ocupante del coche imposible de ignorar y de tratar.

Y cuando miró a Mia por el rabillo del ojo, la vio aferrada a su bolso como si fuera un salvavidas.

—Esta noche volveré al camarote de Maya.

No, no permitiría que durmiera en un sofá. Aunque ya no fueran a compartir cama, en su *suite* había dos dormitorios, y por muy duro que fuera estar cerca y no poder tocarla, no permitiría que se mudara.

—No.

—Sam…

—Déjame terminar. Puedes quedarte en el otro dormitorio e incluso echar el cerrojo si quieres.

—No es por eso, Sam. Lo que no quiero es que esto sea más difícil todavía para los dos.

—De acuerdo, pero ¿de verdad quieres contarle a Maya por qué vuelves a su camarote?

—No. Esta noche no.

—Entonces quédate. Joder, Mia, somos adultos. Puedo estar en la misma habitación sin acercarme y creo que, aunque lo intentara, tú también serías capaz de decir que no.

–Lo sé. Por eso te he dicho que ese no era el problema. Es solo que… No quiero generar una situación incómoda, y quedarme en tu habitación haría que todo fuera más complicado.

–Relájate, Mia. En cuanto volvamos al barco firmaré los papeles. Nos evitaremos el uno al otro y con eso bastará –dijo, aunque sabía que sería un infierno estar con ella y no poder tocarla ni abrazarla.

Ya sentía la pérdida y eso que la tortura no había comenzado aún.

–¿Firmarás los papeles antes de que volvamos a Long Beach?

–¿Sirve de algo esperar?

–No, supongo que no.

–Entonces solucionado. Esta situación no es nueva para nosotros –aunque sí lo era porque le había ofrecido una familia e hijos y ella lo había rechazado–. Lo soportaremos.

Después, el silencio volvió a caer sobre ellos.

Durante dos días Sam la estuvo evitando para que todo fuera más sencillo y Mia no sabía si enfadarse por ello o dejarle una nota de agradecimiento.

Era duro no verlo, pero habría sido mucho peor estar con él sabiendo que todo había terminado de verdad. Aun así, ¡cuánto lo echaba de menos!

–Te ha pedido que sigáis casados.

–Sí –le respondió a Maya.

–Y que tengáis hijos.

–Sí.

–Y has dicho que no.

Tumbada en la tumbona de la piscina, Mia respiró hondo y giró la cabeza.

–Sí. Llevamos dos días hablando de esto sin parar. ¿Por qué no puedes dejar el tema?

–Es que sigo impactada. Ha dado un paso adelante y ha accedido a tener hijos.

–Sí, pero no ha accedido a formar parte de esa familia que se ha ofrecido a formar conmigo.

–Y aun así sigues en su *suite*.

–Maya, te suplico…

–Y sin diversión de ningún tipo.

–No.

¡Cuánto echaba de menos esa clase de diversión! Cada vez que se duchaba, recordaba las manos de Sam deslizándose sobre su piel y acariciándole los pechos hasta dejarla sin sentido.

Pero, curiosamente, echaba más de menos tomarse un café juntos por la mañana, reírse con él, acurrucarse a él en la cama, estar tumbada a su lado en la cubierta privada, de la mano y mirando las estrellas.

Lo echaba de menos a él.

–¿Sabes que ayer se llevó a los niños al puente de mando? –dijo Maya sonriendo y sacudiendo la cabeza como si aún no pudiera creerlo.

–¿En serio?

–Hasta le dijo al capitán que les dejara manejar el timón.

A Mia se le encogió el corazón.

–No me dijo nada.

–Porque no habláis.

–No, no hablamos.

–Los niños estaban tan emocionados que después Joe y él los llevaron a tomar un helado.

–¿Qué?

–Lo sé. Es impactante. Y es una de las razones por las que no dejo de preguntarte qué pasó. Parece que este hombre te quiere.

–No me puedo creer que le estés defendiendo.

–Ya, a mí también me asombra. ¿Recuerdas lo furiosa que estaba cuando os separasteis?

–Claro que lo recuerdo.

–Pero no te dije la razón por la que estaba tan enfadada. Apreciaba a Sam y cuando te hizo daño, me enfadé conmigo misma por no haberlo visto venir.

Mia sonrió a su gemela y le apretó la mano.

–Y ahora veo cómo te mira y lo bueno que es con mis hijos y vuelvo a ponerme furiosa por todo lo que ha pasado.

–Pues tienes que relajarte, Mia. Sé que estás disgustada, pero tu bebé necesita tranquilidad.

–Pues si necesita eso, va a venir a la casa equivocada –contestó su hermana con una carcajada.

Se quedaron allí tumbadas bajo las sombrillas y una deliciosa brisa.

Se dirigían a Kauai, donde pasarían dos días. Por primera vez desde que habían zarpado, estaba deseando que el crucero terminara, pero aún faltaba una semana para volver a casa. ¿Soportaría otra semana más en esa *suite* con Sam?

Agradecía que sus padres hubieran tomado un avión de vuelta a casa la noche anterior para retomar el trabajo en la panadería. Al menos así solo tenía que lidiar con Maya.

–Sé que no quieres volver a nuestra *suite* y lo entiendo, pero si de verdad no quieres estar con Sam, podrías ocupar el camarote de mamá y papá.

–Ya lo he consultado, pero alguien lo reservó la semana pasada para el viaje de vuelta a Los Ángeles.

–Pues a lo mejor deberías verlo como una señal.

–¿Una señal de qué?

–De que el universo quiere que Sam y tú solucionéis esto y por eso os mantiene juntos.

–El universo debería meterse en sus propios asuntos. Además, ¿no eras tú la que me decía que me mantuviera alejada de Sam?

–Sí, pero he cambiado de opinión.

–Pues no creo que hablar del tema vaya a cambiar nada.

–De acuerdo. Entonces pararé.

–Gracias.

–Pero primero…

–Maya…

–Pero primero quiero decir que estoy de tu parte, Mia.

Pasara lo que pasara, podía contar con su hermana y con toda su familia. Así que seguiría llorando en privado para no preocuparlos y después emprendería su viaje para formar su propia familia y Sam sería solo un recuerdo.

Un recuerdo maravilloso.

–¿Señora Buchanan?

–¿Sí?

–El señor Buchanan ha pedido que le entreguemos esto –un camarero le entregó un sobre y se marchó.

Mia lo abrió y sacó una nota escrita a mano:

Mia, esta mañana he volado a las Bermudas por negocios. La suite es tuya, disfrútala.

Me ha gustado volver a estar contigo, por breve que haya sido.

Sé feliz.

Sam

–Se ha ido –susurró.

Maya le quitó la nota.

–¿Se ha marchado? ¿Sin decir nada?

–Sí que lo ha dicho. Lo tienes ahí escrito.

–Ya, ¿pero no ha podido decírtelo mirándote a los ojos?

–Todo ha terminado –susurró aceptando por fin que Sam no quería lo que quería ella ni sentía lo que sentía ella.

–¿Sabes? Estoy cambiando de opinión sobre él.

–Pues no lo hagas. Acéptalo. Sam y yo no estamos hechos para estar juntos.

Y decirlo en voz alta le rompió el corazón.

Se había permitido hacerse ilusiones, pero ahora había perdido toda esperanza y sabía que pasaría el resto de su vida formando su propia familia y queriendo a sus hijos pero soñando con cómo habría sido su vida con Sam si hubiera confiado en sí mismo tanto como ella confiaba en él.

Sam estuvo en las Bermudas dos semanas, durante las que pasó la mayor parte del tiempo en su astillero hablando con los constructores sobre cada detalle del nuevo barco; sumergiéndose en el trabajo para no tener que pensar en Mia ni en lo vacía y silenciosa que era su vida sin ella.

Se alojaba en la casa que los Buchanan tenían en la isla.

Su abuelo la había construido porque pasaba mucho tiempo allí trabajando con los constructores de sus barcos, y después su padre la había usado para llevar a todas sus novias.

Por su parte, de niños Michael y él habían pasado allí una semana al año y durante esas temporadas se habían dedicado a explorar el lugar, a jugar y a ser los hermanos que sus padres habían separado. Por eso esa casa guardaba buenos recuerdos, pero aunque intentaba centrarse en ellos para no pensar en Mia, no le funcionaba.

No se había esperado echarla tanto de menos, echar de menos despertarse a su lado, charlar mientras tomaban un café y escuchar su risa. Incluso echaba de menos que le diera empujones en mitad de la noche y tirara de las sábanas.

Y no dejaba de recordar la noche en la que habían decorado el árbol con los niños y Mia había resplandecido más que las propias lucecitas. Por primera vez en su vida los adornos navideños le habían parecido preciosos.

Aunque durante el día lograba sacársela de la cabeza, por las noches siempre la tenía ahí, en sus sueños. Y cada mañana se despertaba agotado, aturdido y tenso como si hubiera estado conteniendo el aliento toda la noche.

Sabía sin ninguna duda que tardaría años en olvidar a Mia.

–Estás muy pensativo. A ver si lo adivino… ¿Intentas sacarte a Mia de la cabeza?

Sam se giró y vio a su hermano en la puerta del despacho.

Nunca se había alegrado tanto de ver a alguien.

–Ahora que estás aquí, puede que con suerte lo logre.

Michael entró, se acercó al minibar y sacó dos cervezas.

–¿Sabes? Creo que la echas de menos, que lo pasaste genial con ella en el barco y que no querías marcharte.

–Y yo creo que deberías meterte en tus propios asuntos.

–Eres mi hermano, así que eres asunto mío.

Sam dio un trago a su cerveza y desvió la mirada.

–Venga, cuéntame.

–No hay nada que contar –respondió. Había tomado una decisión y, al igual que su padre, cuando decidía algo, ya no había vuelta atrás.

–Vale –Michael miró a su alrededor–. Oye, ¿cuándo has pintado esto?

–Nada más llegar.

Había contratado a una cuadrilla para reformar el despacho de su padre. Llevaba años queriendo hacerlo y esta vez el color granate oscuro de las paredes lo había agobiado más que nunca.

Siempre había odiado la oscuridad de esa casa y por eso había encargado que pintaran no solo el despacho, sino toda la casa. Ahora las paredes eran de color crema y se sentía como si se hubiera quitado de encima años de depresión.

–Así tiene mejor aspecto. Ojalá tú también lo tuvieras. Joder, Sam…

–Gracias, a lo mejor necesito una capa de pintura.

–Los dos sabemos lo que necesitas.

–Mi abogado me ha llamado esta mañana. Dice que ya se están tramitando los papeles del divorcio. Será oficial en un par de meses.

–¿Es una buena noticia, no?

–Claro que sí. Mia quiere una familia y yo no puedo dársela.

–¿No puedes o no quieres?

–No hay diferencia.

–Claro que la hay –Michael dio un trago de cerveza–. Si eliges decir que no a algo y a alguien que quieres, entonces es porque no quieres, no porque no puedes.

–Le ofrecí la familia que quiere y me dijo que no.

–Porque te quiere a ti, Sam. Quiere que formes parte de esa familia.

–Joder, Michael. Me crio nuestro padre y sabes que era un modelo a seguir de mierda.

–Y, aun así, estás dejando que él decida tu vida. Te estás alejando de una mujer que te ama porque crees que serás como papá.

–¿Y crees que no lo voy a ser?

Nervioso, salió al patio trasero y contempló los exquisitos jardines y el océano.

Aun estando en un paraíso, se sentía como si estuviera viviendo en un garaje con vistas a un muro de ladrillos.

–Ahora mismo podría darte un ejemplo de por qué no eres como papá.

Michael se le acercó y se quedó observando el jardín.

Cuando su hermano no dijo nada más, la curiosidad se apoderó de él.

—¿Qué?

—Te casaste con Mia. ¿Papá alguna vez se casó por amor?

—Bueno, nuestra madre…

—Cuando me comprometí con Alice, mamá me dijo lo mucho que se alegraba y me contó que cuando se divorciaron, papá le dijo que solo se había casado con ella porque el abuelo le había ordenado que lo hiciera y que tuviera al menos dos hijos para asegurar el legado Buchanan.

Eso impactó a Sam y le hizo alegrarse más que nunca de que su madre hubiera encontrado el amor verdadero junto a su padrastro.

—Tú, en cambio, te casaste con Mia porque la querías.

—Y aun así el matrimonio acabó.

—Porque lo permitiste.

—No podía hacer nada. Ella quería el divorcio.

—Porque no estabas a su lado —Michael se situó delante de su hermano, obligándolo a mirarlo—. Creo que te preocupaba tanto estropearlo todo que te mantuviste alejado, lo cual fue una estupidez.

—Gracias —Sam dio otro trago de cerveza, pero no le supo a nada. Como el resto de su vida.

—De nada. La solución ahora es que averigües qué hiciste mal y lo arregles.

—Quiere hijos.

—¡Y tú! —dijo Michael riéndose—. Solo estás asustado, pero sé que querrás a tus hijos y te esforzarás por hacerlo lo mejor posible. Te conozco y sé que cuando te esfuerzas nunca fallas.

¿Tenía razón su hermano? Sam había estado toda su vida intentando evitar ser como su padre sin darse cuenta de que al final se había convertido en él. Al igual que por fin había decidido eliminar la oscuridad de la casa, ¿no podía también eliminar la oscuridad de su vida?

–Me has dado mucho en lo que pensar, Michael. Gracias.

Su hermano le dio una palmada en el hombro.

–No hay de qué. Por cierto, ¿te he dicho que Mia va a venir a mi boda?

Sam lo miró y esbozó una lenta sonrisa.

De pronto le costaba menos respirar y el día parecía más luminoso.

–¿En serio?

Mia debía estar en la boda de Michael.

Siempre había apreciado al hermano de Sam y su prometida era igual de agradable que él. Además, que Sam y ella hubieran terminado no significaba que tuviera que renunciar a su relación con Michael.

Sin embargo, verlo y estar con él en la pequeña iglesia estaba siendo mucho más duro de lo que había imaginado.

El divorcio se haría efectivo en dos meses, pero el amor seguía ahí.

Había pasado la Navidad con su familia ocultándoles todo su dolor y, tras comprobar que no estaba embarazada, había aceptado que debía dejar de soñar y se había mentalizado para tener a su hijo sola y crear la familia que tanto anhelaba.

Y aunque Sam no formara parte de esa familia y eso siempre la hiciera sufrir, sonreiría de todos modos y viviría la vida que quería.

Durante la ceremonia intentó centrarse en los novios, pero su mirada no dejaba de desviarse hacia Sam. ¡Qué alto y qué guapo con su esmoquin hecho a medida!

¿Estaría acordándose de su boda en ese momento? Ella sí, y esos recuerdos le produjeron tanto dolor que de pronto le costó respirar.

Las dos bodas no podían haber sido más distintas. Sam y ella se habían casado en un acantilado en Laguna Beach durante una luminosa mañana de diciembre mientras que Michael y Alice estaban celebrando una ceremonia nocturna en una diminuta iglesia adornada con flores blancas y amarillas.

Cuando finalizó, y antes de que los novios comenzaran a recorrer el pasillo sonrientes, salió apresuradamente para evitar a Sam y corrió hacia uno de los coches facilitados por la pareja para transportar a los invitados al banquete que se celebraría en uno de los barcos Buchanan.

Al llegar allí vio globos, serpentinas, flores y guirnaldas blancas y amarillas recubriendo la pasarela de acceso.

Ya a bordo, pidió una copa de champán y dio un trago. Iba a necesitarlo si tenía que ver a Sam.

Había una banda tocando y todas las mesas estaban decoradas con más flores y velas.

Dio otro trago y evitó a la multitud que abarrotaba la sala saliendo a la cubierta.

Ahí en Florida el clima era cálido, incluso tratándose de enero, pero la brisa era fresca.

–Qué agradable –susurró para sí–. Tendré que ver a Sam, pero a lo mejor eso me ayuda a olvidarlo.

Eso no tenía mucho sentido, pero deseaba que fuera verdad.

–No me olvides.

Respiró hondo y se agarró a la barandilla. Sam estaba ahí mismo, tras ella.

–Mia…

–Sam, no me hagas esto –contestó sin girarse–. Por favor. Déjame disfrutar de la boda y marcharme a casa después.

–No puedo hacerlo –dijo Sam con voz suave mientras la giraba lentamente hacia él.

Era tan guapo que le robaba el aliento.

–Lo siento.

–¿Por qué?

La soltó, se pasó las manos por el pelo y se encogió de hombros.

–Por todo, Mia. Siento no haber estado presente durante nuestro matrimonio. Siento haberte hecho sentir como si no me importaras cuando lo cierto es que eres la persona más importante de mi vida.

Mia lo observaba intentando descifrar su expresión, pero había demasiadas emociones invadiendo sus ojos como para poder identificarlas.

–Antes de decir lo que necesito que sepas, tengo que decirte que estás tan preciosa que se me encoge el corazón de verte.

Había querido que la viera guapa y se había comprado un vestido rojo oscuro con los hombros al descubierto y escote corazón, cintura ajustada y falda a mitad de muslo. Sus tacones negros la situaban a la altura de sus ojos, así que podía ver sin ninguna duda que, efectivamente, lo había dejado impresionado.

—Gracias. Me he comprado este vestido a propósito para hacerte sufrir.

Él se rio.

—Pues misión cumplida.

—¿Qué quieres, Sam?

—A ti, Mia. Te quiero a ti.

—Sam, ya hemos hablado de esto.

—No. No de este modo.

—¿Qué quieres decir?

—Que por fin entiendo que no soy solo hijo de mi padre, sino también de mi madre, y mi madre encontró el amor con su segundo marido y sé los felices que son.

—Sé que tu padre fue duro contigo y lo siento.

Sam le rodeó la cara con las manos.

—Mia, por fin he superado lo de mi padre. Por fin entiendo que son mis decisiones, y no mi padre, lo que definirá mi vida.

Ella lo miró a los ojos y, al ver amor en ellos, se le aceleró el corazón y volvió a sentir esperanza.

—Quiero creerlo, Sam. De verdad que sí.

—Pues créelo, Mia. Créeme. Dame otra oportunidad. Esta vez no te decepcionaré. Estoy cansado del vacío, Mia. Quiero magia y la magia vive dentro de ti. Quiero Navidades de verdad. Quiero risas, alegrías y pasión. Y todo eso lo tengo contigo.

Justo en ese momento le sonó el teléfono. Maldiciendo, se lo sacó del bolsillo y sin mirar la pantalla, lo arrojó al mar.

–¿Qué has hecho? ¿Y si era una llamada de trabajo?

–Ojalá –le respondió con firmeza y la rodeó con sus brazos–. Odio que te sorprenda que te elija a ti antes que a una llamada de trabajo. No debería ser así. Deberías poder contar con que tu marido… porque aún estamos casados… te anteponga al trabajo o a cualquier otra cosa. Lo siento mucho, Mia. Siento no haberme dado cuenta de lo que tenía mientras lo tuve.

–Oh, Sam.

Estaba tan nerviosa y le temblaban tanto las manos que el champán se le salió de la copa.

Sam agarró la copa y la arrojó al mar también.

–¡Deja de hacer eso! Nunca quise que ignoraras tu trabajo. A mí me encanta mi trabajo en la panadería. Lo único que quería era saber que yo también te importaba.

Sam hundió los dedos en su cabello y la miró fijamente.

–Tú para mí eres más importante que cualquier otra cosa que haya en mi vida.

–¿Qué supone todo eso, Sam?

–Supone que quiero que sigamos casados.

–Sam…

–Quédate conmigo, Mia –la besó–. Ten bebés conmigo.

–¿En serio? –le preguntó ella con los ojos llenos de lágrimas.

–Quiero formar una familia contigo. Tal vez siempre lo quise y estaba demasiado asustado para aceptarlo –volvió a besarla–. Pero me asusta mucho más perderte que intentar ser un buen padre.

–Serás un buen padre. Un padre genial.

–Te prometo que me esforzaré al máximo. Te quiero. Querré a nuestros hijos y tendremos todos los que quieras. Lo único que deseo es tener una familia contigo, un futuro contigo. Mia, sin ti no tengo futuro.

–Sam, me estás haciendo llorar.

–Eso es buena señal –le dijo él con una sonrisa.

El cielo estaba cubierto de estrellas y el sonido de la fiesta llegaba hasta la cubierta envolviéndolos.

–Compraremos una casa donde quieras. Incluso podemos vivir en la casa de al lado de Maya y Joe.

–La casa de al lado me parece demasiado cerca.

–De acuerdo, pero haré lo que sea que te haga feliz. Te juro que soy un hombre diferente.

–Espero que no demasiado diferente. Siempre me gustó quien eras y por eso te quería. Solo necesitaba tener algo más de ti.

–Lo tendrás. Y si alguna vez vuelvo a meter la pata, dímelo y lo arreglaré. No quiero volver a perderte.

Sonriendo entre lágrimas, Mia dijo:

–Yo tampoco puedo volver a perderte.

–No lo harás. Lo juro.

Sam se metió la mano en el bolsillo, sacó un anillo de diamantes y esmeralda y se lo puso en la mano derecha.

–Ya estamos casados, así que espero que te vuelvas a poner tu alianza cuando volvamos a casa, pero quiero que tengas este otro anillo como símbolo de mi promesa. Te querré para siempre, Mia Buchanan. Querré a los hijos que tengamos juntos y te daré todo lo que tengo.

Mia miró el anillo y levantó la mirada hacia los ojos azules más preciosos que había visto en su vida.

—Te quiero, Sam. Siempre te he querido y siempre te querré. Y me alegra mucho que hayas vuelto a casa.

—Tú eres mi casa, Mia. Mi hogar. Mi corazón. Mi todo.

Cuando se besaron, Mia sintió que todo su mundo volvía a estar bien y supo que el futuro que los aguardaba estaba cargado de todo el amor con el que siempre había soñado.

DESEO

MAUREEN CHILD

UNA MENTIRA INOCENTE

Viajar en el avión privado de Luke Barrett y pasar un fin de semana cargado de pasión con él resultó bastante arriesgado para Fiona Jordan. Confiaba en no estropear su misión secreta de convencer al multimillonario de la industria tecnológica para que regresara al negocio familiar. Cuando Luke descubriera la verdad, ¿lograría Fiona evitar la caída? Mezclar el placer con los negocios podría terminar siendo el malabarismo más complicado de su vida...

N.º 532

MAGIA EN EL MAR

Hacer un crucero de lujo en Navidad debería ser como estar en el paraíso, pero Mia Harper tenía que confesarle algo a su multimillonario ex: ¡seguían casados!

Ahora estaba atrapada entre el tremendamente sexy Sam Buchanan y el abrasador deseo que los había rodeado siempre y, por si eso fuera poco, Sam le iba a hacer un pequeño chantaje: le concedería el divorcio si le daba lo que él quería por Navidad: una breve aventura con ella.

JAZMÍN.

SUE SWIFT
EN BRAZOS DEL JEQUE

El jeque Rayhan ibn-Malik estaba a punto de olvidar que la dulce y sensual Cami Ellison era la misma pilluela que había prometido utilizar como instrumento para su venganza. Había jurado hacerle pagar al padre de Cami por haberlo estafado. Pero no había previsto que la muchacha conquistara su corazón de aquella manera.

RENEE ROSZEL
EN BRAZOS DE UN SEDUCTOR

Taggart Lancaster había accedido a hacerse pasar por su amigo por una buena razón. Pero su papel de mujeriego estaba teniendo tanto éxito que todo el mundo creía que así era él realmente. Mary O'Mara no quería tener nada que ver con un tipo así. El problema era que no le quedaba más remedio que pasar algún tiempo con él.

N.º 569

SUSAN LUTE
UNA VIDA PERFECTA

Dillon Stone andaba buscando a la esposa perfecta, pero no podría ni haberse imaginado casado con la irresistible Eleanor. Lo que necesitaba no era pasión, sino una madre para su hija. ¿Sería aquella la mujer que le daría el amor y la ilusión que tanta falta le hacía?

DESEO

Se suponía que esta vez
tenía que evitar la tentación

UN PEQUEÑO DESLIZ

JOSS WOOD

N.º 220

A Sadie Slade no le interesaban las relaciones amorosas. Ya había sufrido bastante durante su matrimonio con un hombre que la maltrataba verbalmente y su posterior divorcio. No quería arriesgarse a tener que volver a pasar por lo mismo.

Pero Carrick Murphy, el apuesto director de la casa de subastas que la había contratado para investigar la autenticidad de un cuadro, irrumpió en su vida cambiándolo todo. Tras una inesperada noche de pasión juntos, ella no podía dejar de fantasear con repetir, complicando así su relación laboral. Y por si eso fuera poco, Sadie no tardó en descubrir que no solo estaba enamorada de él, sino que también esperaba un hijo suyo.

DESEO

KATHERINE GARBERA
SOLO POR UNA NOCHE

La heredera Iris Collins necesitaba un acompañante para una boda y el millonario Zac Bisset era el mejor candidato. A cambio, ella tenía que invertir en el equipo de regatas de Zac. El acuerdo era redondo, y todo iba bien hasta que acabaron en la cama.

KIRA SINCLAIR
PECADOS DE UN SEDUCTOR

Gray Lockwood había cumplido sentencia por un crimen que no había cometido. Para limpiar su nombre, necesitaba la ayuda de Blakely Whittaker, la severa y preciosa auditora cuyo testimonio le había enviado a la cárcel. El problema era que la línea entre la enemistad y la pasión entre ellos era extremadamente fina.

N.º 531

JULES BENNETT
AMOR EN LA CIUDAD DE LA MÚSICA

El propietario de su nuevo sello discográfico, el hombre a cargo de su carrera profesional, era demasiado atractivo. Tanto que Hannah Banks solo podía pensar en él. Para evitar la tentación, se hizo pasar por su hermana gemela, una mujer mucho más discreta. Pero Will Sutherland quería a la auténtica Hannah en el estudio de grabación… y en la cama.